Conan Doyle
Der Hund der Baskervilles

—

Sherlock Holmes
Werkausgabe in neun Einzelbänden
nach den Erstausgaben neu und getreu
übersetzt

—

ROMANE

BAND IV

SIR ARTHUR CONAN DOYLE

Der Hund der Baskervilles

NEU ÜBERSETZT VON
GISBERT HAEFS

HAFFMANS VERLAG

Titel der Originalausgabe:
»The Hound of the Baskervilles«,
The Strand Magazine August 1901 – April 1902,
Buchausgaben: London und New York 1902,
Umschlagzeichnung von
Peter Neugebauer

1.–6. Tausend, Frühling 1984

Alle Rechte an dieser Neuedition
und Neuübersetzung vorbehalten
Copyright © 1984 by
Haffmans Verlag AG Zürich
Satz aus der Baskerville von Mühlberger, Augsburg
Druck und Bindung: Wiener Verlag, Wien
ISBN 3 251 20013 5

Inhalt

1. Mr. Sherlock Holmes 7
2. Der Fluch der Baskervilles 15
3. Das Problem 28
4. Sir Henry Baskerville 39
5. Drei zerrissene Fäden 53
6. Baskerville Hall 65
7. Die Stapletons von Merripit House . . . 77
8. Erster Bericht von Dr. Watson 94
9. Zweiter Bericht von Dr. Watson:
   Das Licht auf dem Moor 103
10. Auszug aus Dr. Watsons Tagebuch . . . 123
11. Der Mann auf dem ›tor‹ 135
12. Tod auf dem Moor 150
13. Das Netz wird ausgelegt 167
14. Der Hund der Baskervilles 179
15. Ein Rückblick 192
    Editorische Notiz 205
    Anmerkungen 205

1. MR. SHERLOCK HOLMES

MR. SHERLOCK HOLMES, der sehr spät am Morgen aufzustehen pflegte (außer bei den gar nicht seltenen Gelegenheiten, da er die ganze Nacht aufblieb), saß am Frühstückstisch. Ich stand auf dem Kaminteppich und nahm den Stock zur Hand, den unser Besuch am Abend vorher zurückgelassen hatte. Es war ein feines, kräftiges Stück Holz mit Knollenknauf, eines jener Dinger, die als »malaiischer Gesetzgeber« bekannt sind. Ein beinahe zollbreites Silberband saß knapp unter dem Knauf. »Für James Mortimer M. R. C. S. von seinen Freunden im C. C. H.« war darauf eingraviert, dazu das Datum »1884«. Es war genau der Stock, wie ihn ein altmodischer Hausarzt zu tragen pflegt – würdevoll, unverwüstlich und vertrauenerweckend.

»Nun, Watson, was leiten Sie davon ab?«

Holmes saß mit dem Rücken zu mir, und ich hatte ihm keinen Hinweis auf meine Beschäftigung gegeben.

»Woher wußten Sie, was ich tue? Ich glaube, Sie haben Augen im Hinterkopf.«

»Jedenfalls habe ich eine gutpolierte silberne Kaffeekanne vor mir stehen«, erwiderte er, »aber sagen Sie, Watson, was leiten Sie von dem Spazierstock unseres Besuchers ab? Da wir ihn unglücklicherweise verfehlt und keine Ahnung von seinem Anliegen haben, ist dieses zufällige Souvenir von Bedeutung. Lassen Sie mich hören, wie Sie durch eine Untersuchung des Stocks den Mann rekonstruieren.«

»Ich meine«, sagte ich, indem ich die Methode meines Gefährten anwandte, so gut ich konnte, »daß Dr. Mortimer ein erfolgreicher, älterer Arzt ist und außerdem sehr geschätzt wird, da ihm Bekannte dieses Zeichen ihrer Anerkennung gewidmet haben.«

»Gut«, sagte Holmes, »ausgezeichnet!«

»Außerdem spricht, glaube ich, die Wahrscheinlichkeit

dafür, daß er ein Landarzt ist, der einen großen Teil seiner Besuche zu Fuß macht.«

»Warum das?«

»Weil dieser Stock, obwohl ursprünglich gewiß sehr schön, so abgenutzt ist, daß ich mir ihn kaum im Besitz eines Stadtarztes vorstellen kann. Die starke eiserne Spitze ist beinahe stumpf; es ist also offensichtlich, daß er damit viel gewandert ist.«

»Sehr überzeugend!« sagte Holmes.

»Und dann ›die Freunde im C. C. H.‹. Ich schätze, es handelt sich um eine ›Hunt‹, die örtliche Jagdgesellschaft, deren Mitgliedern er vielleicht medizinische Hilfe geleistet hat, und die ihm als Gegenleistung eine kleine Ehrengabe überreicht haben.«

»Wirklich, Watson, Sie übertreffen sich!« sagte Holmes; er schob seinen Stuhl zurück und zündete sich eine Zigarette an. »Ich muß Ihnen sagen, daß Sie in allen Berichten, die Sie freundlicherweise über meine kleinen Leistungen erstattet, immer Ihre eigenen Fähigkeiten unterschätzt haben. Mag sein, daß Sie selber keine Leuchte sind, aber Sie wirken erleuchtend. Es gibt Menschen, die, ohne selbst Genie zu besitzen, die bemerkenswerte Gabe haben, es bei anderen zu stimulieren. Ich muß zugeben, lieber Freund, daß ich tief in Ihrer Schuld stehe.«

Noch nie hatte er so viel gesagt, und ich gestehe, daß mich seine Worte besonders freuten, denn ich hatte mich oft über seine Gleichgültigkeit gegen meine Bewunderung für ihn und meine Versuche, seine Methoden bekanntzumachen, geärgert. Auch war ich stolz bei dem Gedanken, daß ich sein System so weit beherrschte, daß ich es nun in einer Weise anwenden konnte, die seinen Beifall fand. Er nahm mir den Stock aus den Händen und betrachtete ihn einige Augenblicke lang mit bloßem Auge. Mit einem Ausdruck von Interesse legte er dann seine Zigarette weg, trug den Stock zum Fenster und untersuchte ihn nochmals, diesmal mit einem Vergrößerungsglas.

»Interessant, wenn auch elementar«, sagte er, als er zu

seiner Lieblingsecke des Kanapees zurückkehrte. »Zweifellos enthält der Stock einen Hinweis oder zwei. Das gibt uns die Grundlage für mehrere Deduktionen.«

»Habe ich etwas übersehen?« fragte ich etwas eingebildet. »Ich hoffe, mir ist nichts entgangen, was von Wichtigkeit wäre?«

»Ich fürchte, mein lieber Watson, die meisten Ihrer Folgerungen waren unrichtig. Als ich sagte, daß Sie mich anregen, meinte ich damit, offen gestanden, daß ich, indem ich Ihre Fehler bemerke, zuweilen dadurch auf die richtige Spur gebracht werde. Nicht daß Sie sich in diesem Falle vollständig geirrt hätten. Der Mann ist bestimmt ein Landarzt. Und er geht viel zu Fuß.«

»Dann hatte ich doch recht.«

»So weit gewiß.«

»Das war aber doch alles.«

»Nein, nein, mein lieber Watson, nicht alles – bei weitem nicht alles. Ich meine zum Beispiel, daß eine Ehrengabe an einen Arzt wohl eher von einem Krankenhaus als von einer Jagdgesellschaft stammt und daß, wenn die Buchstaben C. C. vor diesem Hospital stehen, sich die Worte ›Charing Cross‹ ziemlich selbstverständlich daraus ergeben.«

»Damit könnten Sie recht haben.«

»Es spricht vieles dafür. Und wenn wir das als Arbeitshypothese nehmen, haben wir eine neue Grundlage für die Rekonstruktion dieses unbekannten Besuchers.«

»Nun denn – angenommen, daß die Buchstaben C. C. H. wirklich Charing Cross Hospital bedeuten, welche weiteren Schlüsse können wir daraus ziehen?«

»Drängen sich denn keine auf? Sie kennen meine Methoden. Wenden Sie sie an!«

»Ich kann nur zu dem offensichtlichen Schluß kommen, daß der Mann in der Stadt praktiziert hat, ehe er auf das Land gegangen ist.«

»Ich glaube, wir können sogar einen Schritt weiter gehen. Betrachten Sie die Sache von folgendem Standpunkt aus. Was wäre wohl die wahrscheinlichste Gelegenheit zu einer solchen Widmung? Wann täten sich seine Freunde zusammen, um ihm ein solches Unterpfand ihres guten Willens zu geben? Doch wohl in dem Augenblick, da Dr. Mortimer den Dienst im Krankenhaus aufgibt, um eine eigene Praxis zu gründen. Wir wissen, daß ein Geschenk gemacht worden ist. Wir nehmen an, daß es einen Wechsel von einem Krankenhaus in der Stadt zu einer Praxis auf dem Land gegeben hat. Ist die Voraussetzung, daß dieser Wechsel die Ursache zu diesem Geschenk war, zu weit hergeholt?«

»Es scheint mir sogar sehr wahrscheinlich.«

»Nun müssen Sie in Betracht ziehen, daß er nicht Mitglied des Ärztepersonals dieses Krankenhauses gewesen sein kann, da nur ein Arzt mit einer gutetablierten Londoner Praxis eine solche Stellung einnehmen könnte, und ein solcher Mann würde sich nicht aufs Land zurückziehen. Was also war seine Stellung? Wenn er im Krankenhaus gearbeitet hat, aber nicht Mitglied des Ärztestabs war, kann er nur Assistenzchirurg oder Internist gewesen sein – wenig mehr als ein älterer Student. Und er hat das Krankenhaus vor fünf Jahren verlassen – das Datum ist auf dem Stock eingraviert. So löst sich Ihr Hausarzt gesetzten Alters in Luft auf, und ein junger Mensch unter dreißig taucht auf, liebenswürdig, ohne Ehrgeiz, zerstreut, und Besitzer eines Lieblingshundes, den ich grob als größer denn einen Terrier und kleiner denn eine Bulldogge beschreiben möchte.«

Ich lachte ungläubig, während sich Sherlock Holmes auf dem Kanapee zurücklehnte und kleine Rauchringe zur Zimmerdecke hinaufblies.

»Was den zweiten Teil betrifft, habe ich keine Möglichkeit, ihn zu überprüfen«, sagte ich. »Aber wenigstens ist es nicht schwer, Genaueres über das Alter und die berufliche Karriere dieses Mannes herauszufinden.«

Ich nahm das Ärzteverzeichnis von meinem kleinen Regal mit medizinischen Werken und schlug den Namen nach. Es gab mehrere Mortimers, aber nur einer kam als unser Besucher in Frage. Ich las die Stelle aus dem Buche laut vor.

Mortimer, James, M. R. C. S., 1882, Grimpen, Dartmoor, Devon. Assistenzchirurg 1882–1884 am Charing Cross Hospital. Gewinner des Jackson-Preises für Vergleichende Pathologie für eine Abhandlung, betitelt ›Ist Krankheit ein Atavismus?‹ Korrespondierendes Mitglied der Schwedischen Gesellschaft für Pathologie. Autor von ›Einige sonderbare Fälle von Atavismus‹ (*Lancet* 1882), ›Machen wir Fortschritte?‹ (*Journal of Psychology*, März 1883), Gemeindearzt für Grimpen, Thorsley und Highbarrow.

»Keine Erwähnung einer örtlichen Jagdgesellschaft, Watson«, sagte Holmes mit einem spitzbübischen Lächeln. »Aber er ist Landarzt, wie Sie so scharfsinnig bemerkt haben. Ich glaube, daß meine Annahmen einigermaßen berechtigt waren. Bei den Eigenschaften habe ich, wenn ich mich recht erinnere, gesagt: liebenswürdig, ohne Ehrgeiz und zerstreut. Meiner Erfahrung nach ist es nur ein liebenswürdiger Mensch, der beschenkt wird, nur ein ehrgeizloser, der seine Karriere in London gegen das Land eintauscht, und nur ein zerstreuter, der seinen Stock und nicht seine Visitenkarte zurückläßt, wenn er eine Stunde in Ihrem Domizil gewartet hat.«

»Und der Hund?«

»Ist daran gewöhnt, diesen Stock seinem Herrn nachzutragen. Da es ein schwerer Stock ist, hält ihn der Hund fest in der Mitte, und die Spuren seiner Zähne sind sehr gut sichtbar. Der Kiefer des Hundes, wie man aus dem Abstand zwischen diesen Zahnspuren schließen kann, ist meiner Meinung nach zu breit für einen Terrier und nicht breit genug für eine Bulldogge. Es könnte sein – ja, bei Jupiter! Es ist ein kraushaariger Spaniel!«

Er war aufgestanden und im Zimmer auf und ab gegangen, während er sprach. Nun stand er in der Fensternische. Aus seiner Stimme klang solche Überzeugung, daß ich überrascht aufsah.

»Lieber Freund, wie können Sie dessen so sicher sein?«

»Aus dem sehr einfachen Grund, daß ich den Hund soeben vor unserer Haustüre sehe, und sein Besitzer läutet gerade. Gehen Sie bitte nicht weg, Watson, er ist ein Kollege von Ihnen, und Ihre Gegenwart kann hilfreich für mich sein. Es ist immer ein dramatischer, schicksalhafter Moment, Watson, wenn Sie auf der Treppe einen Schritt hören, der in Ihr Leben einzutreten im Begriff ist, und Sie wissen nicht, ob es zum Guten oder zum Bösen sein wird. Was kann Dr. James Mortimer, der Mann der Wissenschaft, von Sherlock Holmes, dem Sachverständigen für Verbrechen, wollen? Herein!«

Das Auftreten unseres Besuchers war eine Überraschung für mich, da ich einen typischen Landarzt erwartet hatte. Er war sehr groß, sehr schlank, mit einer langen Nase, die wie ein Schnabel zwischen den nahe beieinanderliegenden scharfen grauen Augen hervorragte, die hell hinter einer goldgefaßten Brille funkelten. Er war seinem Beruf entsprechend, aber ziemlich unordentlich gekleidet, denn sein Gehrock war schmutzig und seine Hose abgetragen. Trotz der Jugend war sein langer Rücken schon gebeugt, und er ging mit vorgestrecktem Kopf, was den Eindruck neugierigen Wohlwollens hervorrief. Als er eintrat, fiel sein Blick auf den Stock in Holmes' Hand; er stürzte sich mit einem freudigen Ausruf darauf.

»Da bin ich aber froh«, sagte er. »Ich war nicht sicher, ob ich ihn hier oder bei der Schiffahrtsgesellschaft gelassen hatte. Ich möchte um nichts in der Welt diesen Stock verlieren.«

»Ein Geschenk, wie ich sehe«, sagte Holmes.

»Ja, Sir.«

»Vom Charing Cross Hospital?«

»Von einem oder zwei Freunden dort anläßlich meiner Hochzeit.«

»O weh, o weh, das ist aber schlecht«, sagte Holmes und schüttelte den Kopf.

Dr. Mortimer blinzelte in milder Verwunderung hinter seinen Brillengläsern hervor.

»Warum sollte das schlecht sein?«

»Nur weil Sie unsere netten Deduktionen zunichte gemacht haben. Ihre Hochzeit, sagen Sie?«

»Ja, Sir. Ich habe geheiratet und deshalb das Krankenhaus und damit auch jede Aussicht auf eine Konsultationspraxis verlassen. Ich mußte eben meinen eigenen Hausstand gründen.«

»So, so, wir haben uns also doch nicht vollkommen geirrt«, lächelte Holmes. »Und nun, Dr. James Mortimer...«

»Mister, Sir, Mister – ein schlichtes Mitglied des Royal College of Surgeons. M. R. C. S.«

»Und anscheinend ein Mann von exaktem Wissen.«

»Ein Amateurwissenschaftler, Mr. Holmes, ein Mann, der Muscheln am Strand des weiten, unbekannten Ozeans aufhebt. Ich nehme doch an, daß ich mit Mr. Sherlock Holmes spreche und nicht mit...?«

»Nein – dies hier ist mein Freund Dr. Watson.«

»Nett, Sie kennenzulernen, Sir. Ich habe Ihren Namen im Zusammenhang mit dem Ihres Freundes gehört. Sie interessieren mich sehr, Mr. Holmes. Ich hätte kaum eine so ausgesprochene Langschädelformation und so stark entwickelte Jochbogen bei Ihnen erwartet. Hätten Sie etwas dagegen, wenn ich mit dem Finger Ihre Scheitelnaht entlangfahre? Ein Abguß Ihres Schädels, Sir, wäre, solange nicht das Original zur Verfügung steht, die Zierde jedes anthropologischen Museums. Plumpe Schmeichelei ist nicht meine Absicht, aber ich gestehe, daß ich auf Ihren Schädel Lust bekomme.«

Mit einer Handbewegung lud Sherlock Holmes unseren seltsamen Besucher zum Sitzen ein.

»Sie sind offenbar in Ihrer Sparte ein ebensolcher Enthusiast wie ich in meiner«, sagte er. »Ich sehe an Ihrem Zeigefinger, daß Sie Ihre Zigaretten selbst drehen. Lassen Sie sich nicht davon abhalten, eine anzuzünden.«

Der Mann zog Papier und Tabak hervor und drehte mit überraschender Fingerfertigkeit eine Zigarette. Seine langen, behenden Finger waren beweglich und rastlos wie die Fühler eines Insekts.

Holmes schwieg, aber seine schnellen, forschenden Blicke zeigten mir sein Interesse an unserem sonderbaren Besucher.

»Ich nehme an, Sir«, begann er endlich, »daß Sie mir nicht die Ehre erweisen, mich gestern abend und heute früh erneut aufzusuchen, nur um meinen Schädel zu betrachten?«

»Nein, Sir, nein – obwohl ich mich auch freue, daß ich es bei dieser Gelegenheit tun konnte. Ich bin zu Ihnen gekommen, weil ich plötzlich vor einem sehr ernsten und außergewöhnlichen Problem stehe. Da ich davon überzeugt bin, daß Sie der zweitbeste Experte Europas sind...«

»So? Darf ich fragen, wer die Ehre hat, der beste zu sein?« erkundigte sich Holmes ziemlich gereizt.

»Einen Mann mit pedantisch genauem wissenschaftlichem Geist wird wohl die Arbeit von Monsieur Bertillon immer sehr beeindrucken.«

»Sollten Sie dann nicht besser ihn befragen?«

»Ich habe von pedantisch genauem wissenschaftlichem Geist gesprochen, Sir. Aber als praktisch denkender Mann der Tatsachen stehen Sie nach allgemeiner Ansicht unerreicht da. Ich hoffe, Sir, daß ich Sie nicht, ohne es zu wollen...«

»Nur ein wenig«, sagte Holmes. »Ich glaube, Dr. Mortimer, es wäre gut, wenn Sie mir nun ohne weitere Umschweife erklärten, welcher Art das Problem ist, zu dessen Lösung Sie meine Hilfe wünschen.«

2. DER FLUCH DER BASKERVILLES

»Ich habe ein Manuskript in meiner Tasche«, sagte Dr. James Mortimer.

»Das habe ich gesehen, als Sie ins Zimmer kamen«, bemerkte Holmes.

»Es ist eine alte Handschrift.«

»Beginn des 18. Jahrhunderts – wenn es keine Fälschung ist.«

»Woher wissen Sie das?«

»Während Sie sprachen, haben Sie mir ein oder zwei Zoll davon gezeigt. Es müßte schon ein unfähiger Experte sein, wer nicht imstande wäre, das Alter eines Dokuments auf zehn Jahre genau zu bestimmen. Vielleicht haben Sie meine kleine Monographie zu diesem Thema gelesen. Ich schätze es auf ungefähr 1730.«

»Die genaue Jahreszahl ist 1742.« Dr. Mortimer zog das Papier aus seiner Brusttasche hervor. »Dieses Familiendokument wurde mir von Sir Charles Baskerville anvertraut, dessen plötzlicher und tragischer Tod vor etwa drei Monaten in ganz Devonshire so viel Aufregung verursacht hat. Ich darf wohl sagen, daß ich ebenso sein persönlicher Freund wie sein ärztlicher Berater war. Er war ein willensstarker Mann, Sir, scharfsinnig, praktisch und ebenso phantasielos wie ich selbst. Trotzdem hat er dieses Dokument sehr ernst genommen, und er war auf genau solch ein Ende vorbereitet, wie es ihm dann tatsächlich beschieden war.«

Holmes streckte die Hand nach dem Manuskript aus, nahm es und strich es auf seinem Knie glatt.

»Beachten Sie, Watson, daß abwechselnd das kurze und das lange s benutzt werden. Das ist eine von verschiedenen Indikationen, die es mir ermöglicht haben, die Jahreszahl zu bestimmen.«

Ich blickte über seine Schulter hinweg auf das vergilbte

Papier und die verblaßte Schrift. Oben stand Baskerville Hall geschrieben und darunter in großen, ungelenken Ziffern: »1742«.

»Es scheint eine Art Bericht zu sein?«

»Ja, es ist die Aufzeichnung einer bestimmten Legende, die die Familie Baskerville betrifft.«

»Aber ich denke, es ist ein moderneres und praktischeres Problem, dessentwegen Sie mich konsultieren wollen?«

»Sehr modern. Ein sehr praktisches, dringendes Problem, das binnen vierundzwanzig Stunden gelöst werden muß. Aber das Manuskript ist kurz und mit dieser Angelegenheit eng verbunden. Mit Ihrer Erlaubnis will ich es Ihnen vorlesen.«

Holmes lehnte sich zurück, legte seine Fingerspitzen aneinander und schloß mit einem Ausdruck der Resignation die Augen. Dr. Mortimer hielt die Handschrift ins Licht und las mit hoher, brüchiger Stimme die folgende sonderbare alte Erzählung vor:

> »Über den Ursprung des Hundes der Baskervilles gibt es viele Schilderungen; da ich jedoch in gerader Linie von Hugo Baskerville abstamme, und da ich die Geschichte von meinem Vater erfahren, der wiederum sie von seinem Vater übernommen, habe ich sie so niedergeschrieben, in dem festen Glauben, daß alles so geschah, wie hier dargelegt. Und möchte ich, daß Ihr, meine Söhne, daran glauben sollet, daß dieselbe Gerechtigkeit, welche Sünden bestraft, sie ebenso gnädiglich vergeben mag, und daß kein Bann so schwer ist, daß nicht Gebet und Reue ihn aufhöben. Lernet also aus dieser Geschichte, nicht die Früchte der Vergangenheit zu fürchten, sondern in der Zukunft Umsicht walten zu lassen, daß nicht diese verderbten Leidenschaften, ob welcher unsere Familie so bitterlich gelitten, abermals zu unserem Unheil losbrechen.
>
> Wisset also, daß in der Zeit der Großen Rebellion (deren Geschichte, aufgezeichnet vom gelehrten Lord

Clarendon, ich ernstlichst Eurer Aufmerksamkeit anempfehle) dieses Herrengut von Baskerville einem Hugo desselben Namens gehörte, welcher ein besonders wilder, lästerlicher und gottloser Mensch war. Dies wahrlich hätten seine Nachbarn verzeihen mögen, sintemalen in diesen Landen Heilige nimmer gediehen, doch waren ihm Wollust und Grausamkeit eigen, die seinen Namen im ganzen Westen zu einem Sprichwort machten. Nun begab es sich, daß besagter Hugo die Tochter eines Freisassen, welcher nahe den Liegenschaften der Baskervilles Land besaß, liebte (wenn man denn solch düstre Leidenschaft mit solch lichtem Worte nennen kann). Aber die junge Maid, die bescheiden und guten Rufes war, mied ihn, da sie seinen üblen Namen fürchtete. So trug es sich zu, daß an einem St.-Michaels-Tag dieser Hugo mit fünf oder sechs seiner nichtigen und verruchten Gefährten sich an den Bauernhof heranschlich und die Maid entführte, wohl wissend um die Abwesenheit ihres Vaters und ihrer Brüder. Nachdem sie die Maid ins Herrenhaus gebracht, sperrten sie sie in ein hochgelegenes Gemach und ließen sich, wie es ihre allnächtliche Gewohnheit war, zu einem langen, üppigen Gelage nieder. Die arme Maid oben in ihrem Gemach mag außer sich geraten sein über dem Singen und Brüllen und den schrecklichen Flüchen, die zu ihr empordrangen, denn man sagt, daß die Worte, die Hugo Baskerville, des Weines voll, ausstieß, der Art waren, daß sie jenen, der sie sprach, zerschmettern müßten. Endlich tat sie in ihrer großen Angst, wovor der tapferste und tatkräftigste Mann zurückgeschreckt wäre: Mit Hilfe der Efeuranken, welche die Südmauern bedeckten und noch bedecken, klomm sie von der Traufe hinab und machte sich auf den Heimweg über das Moor, und es waren neun Meilen zwischen dem Herrenhaus und ihres Vaters Hof.

Eine Weile später verließ Hugo seine Gäste, um der

Gefangenen Essen und Trinken – und vielleicht Schlimmeres – zu bringen, da fand er den Käfig leer und den Vogel ausgeflogen. Da wollte es scheinen, als sei ein Teufel in ihn gefahren; denn er raste die Treppe hinunter, stürzte in die Halle, sprang auf den großen Tisch, wobei Teller und Krüge zu Boden fielen, und schrie laut vor allen Versammelten, daß er heute nacht noch Leib und Seele dem Bösen verschreiben wolle, wenn es ihm nur gelänge, das junge Weib zu haschen. Und während die Saufkumpane angesichts der Wut des Mannes bestürzt dort stunden, rief einer von ihnen, verworfener oder vielleicht noch betrunkener als die anderen, daß man die Meute auf sie hetze. Hugo eilte darauf in den Hof und befahl den Reitknechten, seine Mähre zu satteln und das Pack aus dem Zwinger zu lassen. Dann warf er den Hunden ein Taschentuch der Maid vor, setzte sie auf die Spur an, und los brauste die wilde Jagd im Mondlicht über das Moor. Eine Weile standen die Kumpane offenen Mundes, unfähig zu begreifen, was dort in solcher Hast geschehen war. Alsbald ging jedoch ihren benebelten Sinnen die Art der Tat auf, die sich nun dort auf dem Moor vollziehen würde. Alles geriet in Aufruhr. Manche riefen nach ihren Pistolen, manche nach ihren Pferden und manche nach mehr Wein. Schließlich kehrte jedoch ein wenig Vernunft in ihre wirren Hirne ein und alle, dreizehn an der Zahl, sprangen auf ihre Pferde und nahmen die Verfolgung auf. Der Mond schien hell über ihnen und sie galoppierten wild dahin, in die Richtung, die auch die Maid eingeschlagen haben mußte, wollte sie ihr Heim erreichen.

Sie mochten eine oder zwei Meilen zurückgelegt haben, als sie auf einen der Nachthirten im Moor trafen und ihn anriefen, um zu erfahren, ob er die wilde Jagd gesehen habe. Und der Mann, so erzählt die Sage, war vor Furcht so von Sinnen, daß er kaum sprechen konnte.

Endlich aber sagte er, er habe wohl die unglückselige Maid gesehen, mit den Hunden hart auf ihrer Spur. ›Aber ich habe mehr als das gesehen‹, sagte er, ›denn Hugo Baskerville ritt auf seiner schwarzen Stute an mir vorüber, und hinter ihm lief lautlos ein Höllenhund, und Gott sei davor, daß solch einer je auf meinen Fersen sei.‹
Da fluchten die berauschten Edelleute des Hirten und ritten weiter. Alsbald jedoch lief es ihnen kalt über den Rücken, denn über das Moor erscholl ein Galopp und die schwarze Stute, benetzt von weißem Schaum, jagte mit schleifendem Zügel und leerem Sattel an ihnen vorbei. Da drängten die Kumpane sich eng aneinander, denn große Furcht war über sie gekommen, aber trotzdem ritten sie weiter über das Moor hin, obzwar jeder einzelne, wäre er allein gewesen, sehr gern sein Pferd gewendet hätte. Langsam ritten sie so weiter und trafen schließlich auf die Hunde. Diese, die doch wegen ihrer Tapferkeit und Rasse bekannt waren, winselten dichtgedrängt am Rande einer tiefen Senke oder *goyal*, wie wir es nennen, im Moor. Einige schlichen sich davon, und andere starrten mit gesträubten Haaren das enge Tal vor ihnen hinab.
Die Gesellschaft hatte angehalten, jählings viel nüchterner, wie Ihr Euch denken könnt, denn bei ihrem Aufbruch. Die meisten wollten auch nicht weiter, aber drei von ihnen, die tapfersten oder vielleicht die berauschtesten, ritten den *goyal* hinab. Der Graben mündete in eine breite Fläche, auf welcher zwei jener großen Steine standen, die man noch heute dort sehen kann, und die in den Tagen der Vorzeit von vergessenen Menschen dort errichtet worden waren. Der Mond schien hell über der Lichtung, und da, in der Mitte, lag die unglückliche Maid, wie sie vor Erschöpfung und Angst tot zusammengebrochen war. Doch war es nicht der Anblick ihrer Leiche, noch der Anblick der Leiche Hugo

Baskervilles, die in ihrer Nähe lag, bei welchem sich die Haare auf den Häuptern der drei gottlosen Raufbolde sträubten, sondern, daß über Hugo, an seinem Halse reißend, ein gräßlich Ding stund, eine große schwarze Bestie von der Gestalt eines Hatzhundes, doch größer denn alle Hatzhunde so sterbliches Auge je erblickt. Und dieweil sie schauten, riß das Ding die Gurgel aus Hugo Baskerville; dann wandte es seine flammenden Augen und triefenden Fänge auf die Männer. Die drei kreischten vor Angst und ritten, alleweil schreiend, über das Moor um ihr Leben. Einer, sagt man, sei in nämlicher Nacht gestorben, und die beiden anderen blieben für den Rest ihrer Erdentage nurmehr gebrochene Männer.

So, meine Söhne, geht die Sage von dem Erscheinen des Hundes, der seither die Familie so schrecklich heimgesucht. Wenn ich sie hier niedergeschrieben habe, ist es, weil das klar Gewußte minderen Schrecken birgt denn das Angedeutete und Rätselhafte. Auch ist nicht zu leugnen, daß viele Mitglieder der Familie unseligen Todes starben: jäh, blutig und mysteriös. Doch mögen wir uns in der unendlichen Güte der Vorsehung geborgen fühlen, welche doch nicht Unschuldige über das in der Heiligen Schrift bedrohte dritte und vierte Geschlecht hinaus züchtigen wird. Dieser Vorsehung, meine Söhne, empfehle ich Euch hiermit und rate Euch noch, in jenen dunklen Stunden, da die Kräfte des Bösen die Oberhand haben, vom Durchqueren des Moores abzusehen.

(Dies von Hugo Baskerville seinen Söhnen Rodger und John mit der Mahnung, ihrer Schwester Elizabeth nichts davon zu sagen.)«

Als Dr. Mortimer die Verlesung dieses einzigartigen Berichts beendet hatte, schob er seine Brille auf die Stirn und starrte zu Sherlock Holmes hinüber. Dieser gähnte und warf den Stummel seiner Zigarette ins Feuer.

»Nun?« sagte er.

»Finden Sie das nicht interessant?«
»Für einen Märchensammler – ja.«
Dr. Mortimer zog eine zusammengefaltete Zeitung aus seiner Tasche.
»Nun, Mr. Holmes, werden wir Ihnen etwas Aktuelleres bieten. Dies ist der *Devon County Chronicle* vom 14. Juni dieses Jahres. Es ist eine kurze Darstellung der Tatsachen, die anläßlich des wenige Tage zuvor erfolgten Ablebens von Sir Charles Baskerville bekannt wurden.«
Mein Freund beugte sich ein wenig vor, und sein Gesicht nahm einen gespannten Ausdruck an. Unser Besucher schob seine Brille zurecht und begann:

>»Der kürzlich erfolgte plötzliche Tod von Sir Charles Baskerville, dessen Name als voraussichtlicher Kandidat der Liberalen Partei für Mid-Devon anläßlich der nächsten Wahlen im Gespräch war, hat einen Schatten über die Grafschaft geworfen. Obwohl Sir Charles erst seit kurzer Zeit in Baskerville Hall residierte, haben seine Liebenswürdigkeit und außerordentliche Großherzigkeit die Liebe und Wertschätzung all jener gewonnen, die seine Bekanntschaft machten. In dieser Welt der *nouveaux riches* ist es erquickend, einen Fall zu finden, in dem der Sproß einer alten Familie, die schlechte Zeiten durchgemacht hat, imstande ist, selbst ein Vermögen zu erwerben und es heimzubringen, um den verblaßten Glanz seiner Ahnen wieder aufleben zu lassen. Bekanntlich hat Sir Charles große Summen in südafrikanischen Spekulationen erworben. Weiser als jene, die nicht aufhören wollen, ehe sich das Glück von ihnen wendet, hat er seinen Gewinn zu Geld gemacht und ist damit nach England zurückgekehrt. Erst vor zwei Jahren nahm er seinen Wohnsitz auf Baskerville Hall, doch ist es allgemein bekannt, wie umfassend seine Pläne für Wiederaufbau und Verbesserungen waren, Pläne, die durch seinen plötzlichen

Tod unterbrochen sind. Selbst kinderlos, war es sein ausdrücklicher Wunsch, alle umgebenden Lande sollten zu seinen Lebzeiten an seinem Reichtum teilhaben, und sicher gibt es viele, die sein vorzeitiges Ableben aus persönlichen Gründen beklagen. Seine großmütigen Spenden für wohltätige Werke, sowohl in der Grafschaft als auch in seinem nächsten Umkreis, sind oftmals in diesen Spalten erwähnt worden.

Die Umstände des Todes von Sir Charles sind wohl durch die gerichtliche Untersuchung nicht ganz aufgeklärt worden, aber es ist wenigstens genug geschehen, um die aus örtlichem Aberglauben entstandenen Gerüchte verstummen zu lassen. Es gibt keinerlei Grund, ein Verbrechen zu vermuten oder den Tod einer anderen als einer natürlichen Ursache zuzuschreiben. Sir Charles war Witwer und ein Mann, den man in manchen Dingen als ein wenig exzentrisch veranlagt bezeichnen kann. Trotz seines beträchtlichen Wohlstands war er einfach in seinen persönlichen Ansprüchen, und seine häusliche Dienerschaft auf Baskerville Hall bestand nur aus einem Ehepaar namens Barrymore, wobei ihm der Mann als Butler und die Frau als Haushälterin diente. Nach ihren Angaben, die von mehreren Freunden bestätigt wurden, war Sir Charles' Gesundheit seit einiger Zeit geschwächt. Besonders erwähnt wurde ein Herzleiden, das sich in wechselnder Gesichtsfarbe, Atemnot und akuten Anfällen nervöser Depression geäußert hatte. Dr. James Mortimer, Freund und Arzt des Verstorbenen, hat im selben Sinne ausgesagt.

Die Umstände sind einfach. Sir Charles Baskerville pflegte abends vor dem Schlafengehen in der berühmten Eibenallee von Baskerville Hall auf und ab zu spazieren. Beide Barrymores bezeugen, daß dies seine Gewohnheit war. Am 4. Juni hatte Sir Charles die Absicht geäußert, am nächsten Tag nach London aufzubrechen, und Barrymore angewiesen, sein Gepäck vorzubereiten. Am selben Abend begab er sich auf seinen gewohnten Spaziergang, bei dem er eine Zigarre zu rauchen pflegte. Er kehrte nie zurück. Als Barrymore um Mitternacht die Haustür noch offen fand, wurde er unruhig, zündete eine Laterne an und begab sich auf die Suche nach seinem Herrn. Es hatte an diesem Tag geregnet, und Sir Charles' Fußspuren waren in der Allee leicht erkennbar. Auf halbem Weg befindet sich ein Tor, das auf das Moor hinausführt. Es war ersichtlich, daß Sir Charles kurze Zeit dort gestanden hatte. Dann war er weitergegangen, und seine Leiche wurde am Ende der Allee aufgefunden. Eine der unerklärten Tatsachen ist Barrymores Behauptung, die Fußabdrücke seines Herrn hätten sich von dem Augenblick, als er das Tor verlassen hatte, verändert, und er scheine von da an auf Zehenspitzen gegangen zu sein. Ein gewisser Murphy, Zigeuner und Pferdehändler, überquerte um jene Zeit in nächster Nähe das Moor, doch scheint er seinem eigenen Bekenntnis zufolge angetrunken gewesen zu sein. Er sagt, er habe Schreie gehört, die genaue Richtung, aus der sie kamen, jedoch nicht feststellen können. An Sir Charles' Leichnam waren keinerlei Zeichen von Gewalt zu sehen, und obwohl der Befund des Arztes von einer nahezu unglaublichen Verzerrung der Gesichtszüge spricht – die so stark war, daß Dr. Mortimer anfangs nicht glauben wollte, daß sein Freund und Patient vor ihm lag –, scheint es sich um ein Symptom zu handeln, das in einem Falle von Herzlähmung nicht selten ist. Diese Erklärung wurde durch den Obduktionsbefund bestätigt, der ein altes Herzleiden feststellte, und die Leichenschau-Kommission entschied in Übereinstimmung mit dem ärztlichen Zeugnis. Es ist gut, daß dem so ist, denn es ist gewiß von großer Wichtigkeit, daß sich Sir Charles' Erbe in Baskerville Hall niederläßt und die guten Werke fortsetzt, die so jäh unterbrochen wurden. Wenn das nüchterne Urteil des Coroner nicht mit den abenteuerlichen Geschichten aufgeräumt hätte, die im Zusammenhang mit dieser Angelegenheit gemunkelt wurden, wäre es sicher schwer gewesen, einen Bewohner für Baskerville Hall zu finden. Der nächste Verwandte ist dem Vernehmen nach, falls er noch lebt, Mr. Henry Baskerville, der Sohn von Sir Charles Baskervilles jüngerem Bruder. Als man zuletzt von ihm hörte, war der junge Mann in Amerika, und Nachforschungen wurden bereits eingeleitet, um ihn von dem ihm zufallenden Erbe zu verständigen.«

Dr. Mortimer faltete die Zeitung zusammen und steckte sie wieder in die Tasche.

»Dies, Mr. Holmes, sind die allgemein bekannten Tatsachen im Zusammenhang mit dem Tod von Sir Charles Baskerville.«

»Ich bin Ihnen sehr dankbar«, meinte Sherlock Holmes, »daß Sie mich auf einen Fall aufmerksam machen, der sicherlich viel Interessantes an sich hat. Ich habe zu jener Zeit einige Zeitungsberichte darüber gelesen, aber ich war damals mit dieser kleinen Angelegenheit der vatikanischen Kameen sehr beschäftigt, und in meinem Bestreben, dem Papst gefällig zu sein, habe ich den Überblick über einige interessante Fälle in England verloren. Dieser Artikel, sagen Sie, enthält alle allgemein bekannten Umstände?«

»So ist es.«

»Dann lassen Sie mich die unbekannten Umstände wissen.« Er lehnte sich zurück, legte die Fingerspitzen aneinander und setzte seine gleichmütigste und kritischste Miene auf.

»Wenn ich das tue«, erklärte Dr. Mortimer, der Anzeichen starker Gemütsbewegung aufwies, »sage ich etwas, das ich noch niemandem anvertraut habe. Mein Beweggrund dafür, daß ich es dem Coroner vorenthalten habe, ist der, daß ein Mann der Wissenschaft davor zurückschreckt, in der Öffentlichkeit einem bestehenden Aberglauben das Wort zu reden. Weiter war es ein Motiv für mich, daß, wie die Zeitung sagt, Baskerville Hall nicht bewohnt werden würde, wenn sein ohnehin recht düsterer Ruf Bestätigung fände. Aus diesen beiden Gründen fühlte ich mich berechtigt, eher weniger zu sagen, als ich wußte, da etwas anderes auch keinen praktischen Sinn gehabt hätte. Aber Ihnen gegenüber kann ich vollkommen aufrichtig sein.

Das Moor ist sehr spärlich besiedelt, und die Menschen, die dort in der Nähe voneinander wohnen, halten natürlich zusammen. Daher habe ich Sir Charles Baskerville oft besucht. Mit Ausnahme von Mr. Frankland auf Lafter Hall und Mr. Stapleton, dem Naturforscher, gibt es im Umkreis von vielen Meilen keinen gebildeten Menschen. Sir Charles war von Natur aus zurückhaltend, aber der Zufall seiner Krankheit brachte uns zusammen, und ein gemeinsames Interesse für alles Wissenschaftliche vertiefte unsere Freundschaft. Er hatte aus Südafrika manch wissenschaftliche Kenntnis mitgebracht, und wir haben viele angenehme Abende mit Diskussionen über die vergleichende Anatomie des Buschmannes und des Hottentotten verbracht.

Im Laufe der letzten Monate wurde mir immer klarer, daß Sir Charles' Nervensystem aufs äußerste angespannt war. Er hatte sich diese Legende, die ich Ihnen vorgelesen habe, sehr zu Herzen genommen, so sehr, daß, obschon er auf seinem eigenen Grund und Boden spazieren ging, ihn nichts dazu bringen konnte, in der Nacht auf das Moor zu gehen. So unwahrscheinlich es für Sie klingen mag, Mr. Holmes, er war davon ehrlich überzeugt, daß ein schreckliches Unheil über seiner Familie hing; und die Geschichten, die er mir von seinen Vorfahren erzählte, waren ganz und gar nicht ermunternd. Die Vorstellung eines gespenstischen Wesens hat ihn unablässig heimgesucht, und mehr als einmal hat er mich gefragt, ob ich auf meinen nächtlichen Arztvisiten nie eine sonderbare Kreatur gesehen oder das Bellen eines Hundes gehört hätte. Letztere Frage hat er mir mehrfach gestellt, und immer mit einer vor Erregung bebenden Stimme.

Ich erinnere mich genau, wie ich, ungefähr drei Wochen vor dem Unglückstag, abends zu seinem Haus fuhr. Zufällig befand er sich im Portal der Hall. Ich war aus meinem Wagen ausgestiegen und stand ihm gegenüber, als ich plötzlich sah, wie seine Augen über meine Schulter hinwegstarrten, mit einem Ausdruck entsetzlichen Grauens. Ich habe mich rasch umgedreht und gerade noch etwas gesehen, das mir wie ein großes schwarzes Kalb vorkam und das am Ende der Zufahrt vorüberging. Er war so aufgeregt und verängstigt, daß ich zu der Stelle, wo das Tier gewesen war, zurückgehen mußte, um es zu suchen. Es war aber verschwunden, und der Zwischenfall schien einen entsetzlichen Eindruck auf ihn gemacht zu haben. Ich bin den ganzen Abend bei ihm geblieben, und bei dieser Gelegenheit war es, daß er, um seine Erregung zu erklären, mir zu treuen Händen das Dokument übergab, das ich Ihnen soeben vorgelesen habe. Ich erwähne diese Begebenheit, weil sie in Anbetracht der nachfolgenden Tragödie an Wichtigkeit gewinnt, aber damals war ich davon überzeugt, daß die Sache ganz harmlos sei und seine Aufregung darüber vollkommen unberechtigt.

Auf meinen Rat hin war Sir Charles im Begriff, nach London zu reisen. Ich wußte, daß sein Herz angegriffen war, und die stete Angst, in der er lebte, so chimärisch auch deren Ursache sein mochte, war offensichtlich ernsthaft schädlich für seine Gesundheit. Ich dachte, einige Monate in der Stadt mit ihren Zerstreuungen würden einen anderen Menschen aus ihm machen. Mr. Stapleton, ein gemeinsamer Freund, der sich große Sorgen um Sir Charles' Gesundheit machte, war derselben Meinung. Im letzten Augenblick kam es dann zu dieser entsetzlichen Katastrophe.

In der Nacht von Sir Charles' Tod schickte Barrymore den Reitknecht Perkins zu Pferde zu mir. Da ich noch wach war, konnte ich Baskerville Hall eine Stunde nach dem Unglück erreichen. Ich habe alle Einzelheiten, die später bei der Untersuchung erwähnt wurden, überprüft und bestätigt. Ich bin den Fußspuren durch die Eibenallee gefolgt, habe die Stelle neben dem Tor zum Moor gesehen, wo er anscheinend gewartet hat; ich habe die Veränderung der Fußabdrücke von dort an bemerkt, ich habe gesehen, daß es außer denen von Barrymore keine anderen Fußspuren auf dem weichen kiesbedeckten Boden gab, und schließlich habe ich sorgfältig die Leiche untersucht, die bis zu meiner Ankunft nicht berührt worden war. Sir Charles lag mit ausgebreiteten Armen auf dem Gesicht, seine Finger waren in den Boden gekrallt und seine Züge von gewaltiger Erregung so verzerrt, daß ich seine Identität kaum hätte beschwören können. Ganz sicher gab es keinerlei körperlichen Schaden. Aber eine der Angaben, die Barrymore bei der Untersuchung gemacht hat, ist falsch. Er hat gesagt, um die Leiche herum seien keinerlei Spuren auf dem Boden gewesen. Er hatte keine gesehen. Aber ich. Sie waren wohl etwas weiter entfernt, aber frisch und deutlich sichtbar.«

»Fußspuren?«

»Fußspuren.«

»Von einem Mann oder von einer Frau?«

Dr. Mortimer blickte uns einen Augenblick lang sonderbar an, und seine Stimme sank zu einem Flüstern herab, als er antwortete:

»Mr. Holmes, es waren die Fußspuren eines gigantischen Hundes!«

3. DAS PROBLEM

Ich gestehe, daß es mich bei diesen Worten durchschauerte. Die bebende Stimme des Arztes zeigte, wie sehr er selbst von dem, was er uns erzählt hatte, erschüttert war. Holmes beugte sich erregt vor, und seine Augen bekamen den harten, trockenen Glanz, der aus ihnen sprühte, wenn er äußerst interessiert war.

»Sie haben die Spuren wirklich gesehen?«
»So deutlich, wie ich Sie jetzt sehe.«
»Und Sie haben nichts gesagt?«
»Was hätte es für einen Sinn gehabt?«
»Wie kommt es, daß sonst niemand sie gesehen hat?«
»Die Spuren waren etwa zwanzig Yards von der Leiche entfernt, und niemand hat darauf achtgegeben. Ich wohl auch nicht, wenn ich nicht die Legende gekannt hätte.«
»Gibt es nicht viele Schäferhunde auf dem Moor?«
»Gewiß, aber das war kein Schäferhund.«
»Sie sagen, er war groß?«
»Riesengroß.«
»Aber er hatte sich der Leiche nicht genähert?«
»Nein.«
»Wie war denn die Nacht?«
»Kalt und feucht.«
»Es hat aber nicht mehr geregnet?«
»Nein.«
»Wie sieht diese Allee aus?«
»Sie besteht aus zwei Reihen alter Eibenhecken, die zwölf Fuß hoch und undurchdringlich dicht sind. Der Weg dazwischen ist ungefähr acht Fuß breit.«
»Ist irgend etwas zwischen Hecke und Weg?«
»Ja. Auf jeder Seite ein Grasstreifen, etwa sechs Fuß breit.«
»Wird die Eibenhecke nicht an einer Stelle durch ein Tor unterbrochen?«

»Ja. Das Gittertor, das auf das Moor hinausführt.«

»Gibt es noch eine Öffnung?«

»Keine.«

»So daß man, um die Eibenallee zu erreichen, entweder aus dem Hause kommen oder sie durch das Tor vom Moor her betreten muß?«

»Es gibt einen Ausgang durch ein Sommerhäuschen am Ende der Allee.«

»Hatte Sir Charles diesen Ausgang erreicht?«

»Nein, er lag etwa fünfzig Yards davon entfernt.«

»Nun sagen Sie mir, Dr. Mortimer – und das ist sehr wichtig –, die Spuren, die Sie gesehen haben, waren auf dem Weg und nicht auf dem Gras?«

»Auf dem Gras wären Spuren nicht sichtbar gewesen.«

»Waren sie auf der gleichen Seite des Weges wie das Tor zum Moor?«

»Ja, sie waren am Rand des Pfads, auf derselben Seite wie das Moor-Tor.«

»Außerordentlich interessant. Etwas anderes: War das Gittertor verschlossen?«

»Geschlossen und verriegelt.«

»Wie hoch ist es?«

»Etwa vier Fuß hoch.«

»Dann könnte jeder darüber hinwegklettern?«

»Ja.«

»Und welche Spuren haben Sie am Gittertor gefunden?«

»Keine besonderen.«

»Lieber Himmel! Hat das niemand untersucht?«

»Doch, ich selbst.«

»Und nichts gefunden?«

»Es war alles sehr wirr. Sir Charles hatte anscheinend vier bis fünf Minuten dort gestanden.«

»Woraus schließen Sie das?«

»Weil zweimal Asche von seiner Zigarre abgefallen war.«

»Ausgezeichnet. Watson, da haben wir einen Kollegen nach unserem Herzen. Aber die Spuren?«

»Er hatte seine eigenen Spuren überall auf diesem Stückchen Kies hinterlassen. Ich konnte keine anderen entdecken.«
Sherlock Holmes schlug sich mit einer ungeduldigen Bewegung aufs Knie.

»Wenn ich doch nur dort gewesen wäre!« rief er. »Es ist offensichtlich ein außerordentlich interessanter Fall, der einem wissenschaftlichen Experten ungeheure Möglichkeiten eröffnet hätte. Dieser Kiesweg, aus dem ich so viel hätte herauslesen können, ist nun längst vom Regen verwischt und von den Holzschuhen neugieriger Bauern zerstampft. Oh, Dr. Mortimer, Dr. Mortimer, warum haben Sie mich nur nicht eher gerufen! Sie tragen eine große Verantwortung.«

»Ich konnte Sie nicht zuziehen, Mr. Holmes, ohne diese Tatsachen bekanntzugeben, und ich habe Ihnen bereits meine Gründe, weshalb ich das nicht tun wollte, dargelegt. Und dann – und dann...«

»Warum zögern Sie?«

»Es gibt einen Bereich, in dem der schärfstsinnige und erfahrenste Detektiv machtlos ist.«

»Sie meinen, diese Sache ist übernatürlich?«

»Das habe ich nicht gesagt.«

»Nein, aber offensichtlich denken Sie es.«

»Mr. Holmes, seit dieser Tragödie sind mir einige Dinge zu Ohren gekommen, die sich schwer mit der natürlichen Ordnung der Natur in Einklang bringen lassen.«

»Zum Beispiel?«

»Ich habe erfahren, daß, ehe das Unglück geschah, einige Leute eine Kreatur auf dem Moor gesehen haben, deren Beschreibung auf den Baskerville-Dämonen paßt und die unmöglich ein der Wissenschaft bekanntes Tier sein kann. Alle sind sich darüber einig, daß es ein riesiges Wesen war, leuchtend, gespenstisch und grauenhaft. Ich habe diese Männer, von denen der eine ein dickschädliger Landmann, der andere ein Schmied und der dritte ein Moorlandbauer ist, ins Kreuzverhör genommen, und sie alle erzählen die gleiche Geschichte über diese furchtbare Erscheinung, die genau auf die Beschreibung des Höllenhundes in der Legende paßt. Ich versichere Ihnen, im ganzen Gebiet regieren Furcht und Schrecken, und es müßte schon ein besonders tapferer Mann sein, der nachts über das Moor ginge.«

»Und Sie, ein ausgebildeter Wissenschaftler, glauben, daß alles übernatürlich ist?«

»Ich weiß nicht, was ich glauben soll.«

Holmes zuckte die Achseln. »Ich habe bis jetzt meine Nachforschungen auf diese Welt beschränkt«, sagte er. »In meiner bescheidenen Art habe ich das Böse bekämpft, aber den Vater alles Bösen selbst herauszufordern ist vielleicht ein zu ehrgeiziges Unternehmen. Immerhin müssen Sie zugeben, daß die Fußspuren irdisch waren.«

»Der Hund der Legende war irdisch genug, die Gurgel eines Mannes herauszureißen, und teuflisch war er trotzdem auch.«

»Ich sehe, daß Sie zu den Supernaturalisten übergelaufen sind. Aber nun, Dr. Mortimer, sagen Sie mir Folgendes. Wenn Sie dieser Ansicht sind, warum sind Sie dann überhaupt gekommen, um mich zu konsultieren? Sie sagen mir im selben Atemzug, daß es sinnlos ist, die Umstände von Sir Charles' Tod zu erforschen, und daß Sie mich bitten, es zu tun.«

»Ich sagte nicht, daß ich Sie darum bitte.«

»Wie kann ich Ihnen denn behilflich sein?«

»Indem Sie mir raten, was ich mit Sir Henry Baskerville tun soll, der –« Dr. Mortimer blickte auf seine Uhr – »in genau einer und einer Viertelstunde auf der Waterloo Station ankommt.«

»Er ist der Erbe?«

»Ja. Nach dem Tod von Sir Charles haben wir nach diesem jungen Mann gesucht und herausgefunden, daß er in Kanada Landwirtschaft betreibt. Nach allem, was wir gehört haben, ist er in jeder Beziehung ein prächtiger Bursche. Ich spreche jetzt nicht als Arzt, sondern als Vertrauensmann von Sir Charles und als sein Testamentsvollstrecker.«

»Ich nehme an, daß es keinen anderen Anwärter gibt?«

»Keinen. Der einzige andere Blutsverwandte, den wir ermitteln konnten, war Rodger Baskerville, der jüngste der drei Brüder, deren ältester der arme Sir Charles war. Der zweite Bruder, der jung gestorben ist, war der Vater von Sir Henry. Der dritte, Rodger, war das schwarze Schaf der Familie. Er war die Verkörperung der alten, herrischen Art der Baskervilles und, wie mir gesagt wurde, das leibhaftige Ebenbild von des alten Hugo Familienportrait. Der Boden in England wurde ihm zu heiß, und er floh nach Mittelamerika, wo er 1876 am gelben Fieber gestorben ist. Henry ist der letzte der Baskervilles. In einer Stunde und fünf Minuten hole ich ihn an der Waterloo Station ab. Ich habe ein Telegramm bekommen, daß er heute früh in Southampton eingetroffen ist. Nun, Mr. Holmes, was raten Sie mir? Was soll ich mit ihm machen?«

»Warum sollte er nicht ins Heim seiner Väter gehen?«

»Das wäre nur natürlich, nicht wahr? Aber bedenken Sie, daß jeder Baskerville, der dorthin geht, einem tückischen Schicksal zum Opfer fällt. Ich bin sicher, daß Sir Charles, hätte er vor seinem Ende mit mir sprechen können, mich davor gewarnt hätte, den letzten seines Geschlechts und den Erben eines großen Vermögens an diesen tödlichen Ort zu bringen. Und doch ist nicht zu leugnen, daß der Wohlstand dieses ganzen armen, öden Landstriches von seiner Gegenwart abhängt. All die gute Arbeit, die Sir Charles begonnen hat, wird zusammenstürzen, wenn Baskerville Hall unbewohnt bleibt. Ich fürchte eben, daß ich von meinem persönlichen, begreiflichen Interesse an dieser Angelegenheit zu sehr beeinflußt bin, und deshalb lege ich Ihnen diesen Fall vor und bitte um Ihren Rat.«

Holmes dachte eine kleine Weile nach. »Schlicht gesagt liegt der Fall so«, begann er. »Ihrer Meinung nach wird Dartmoor durch teuflische Machenschaften zu einem ungesunden Aufenthalt für einen Baskerville. – Ist das Ihre Ansicht?«

»Ich möchte jedenfalls so weit gehen, zu sagen, daß es viele Anhaltspunkte gibt, die es so erscheinen lassen.«

»Ganz richtig. Aber sicherlich kann dem jungen Mann in

London genauso viel Böses zustoßen wie in Devonshire, wenn Ihre übernatürliche Theorie richtig ist. Ein Teufel mit ausschließlich örtlicher Zuständigkeit, wie ein Pfarramt sie hat, wäre unvorstellbar.«

»Sie sprechen leichtfertiger über diese Dinge, Mr. Holmes, als Sie es täten, wenn Sie persönlich damit zu tun hätten. Ihrer Meinung nach, wenn ich Sie recht verstehe, ist der junge Mann also ebenso sicher in Devonshire wie in London. Er kommt in fünfzig Minuten an. Was raten Sie mir zu tun?«

»Ich rate Ihnen, in einen Wagen zu steigen, Ihren Spaniel, der an meiner Türe kratzt, mitzunehmen und zur Waterloo Station zu fahren, um Sir Henry Baskerville zu empfangen.«

»Und dann?«

»Und dann werden Sie ihm nichts von der ganzen Angelegenheit erzählen, bis ich mir alles gründlich überlegt habe.«

»Wie lange wird es dauern, bis Sie zu einem Schluß kommen?«

»Vierundzwanzig Stunden. Ich würde mich sehr freuen, Dr. Mortimer, wenn Sie mich morgen früh um zehn Uhr hier besuchten, und es wäre von Nutzen für meine künftigen Entschlüsse, wenn Sie Sir Henry Baskerville mitbrächten.«

»Das werde ich tun, Mr. Holmes.«

Er kritzelte die Verabredung auf seine Manschette und eilte in seiner sonderbaren, suchenden, geistesabwesenden Art davon. Holmes hielt ihn am Kopf der Treppe zurück.

»Nur noch eine Frage, Dr. Mortimer. Sie sagen, daß vor Sir Charles Baskervilles Tod mehrere Leute diese Erscheinung auf dem Moor gesehen haben?«

»Es waren drei.«

»Hat nach dem Tod jemand das Ding noch gesehen?«

»Ich habe nichts davon gehört.«

»Danke. Guten Morgen.«

Holmes kehrte an seinen Platz zurück mit jenem ruhigen Ausdruck innerer Befriedigung, der bedeutete, daß er sich vor einer ihm angemessenen Aufgabe sah.

»Gehen Sie aus, Watson?«

»Nur, wenn Sie mich nicht brauchen.«

»Nein, mein lieber Freund, die Stunde des Handelns ist es, in der ich Ihre Hilfe brauche. Aber dies hier ist großartig, wirklich einzigartig, von mancherlei Gesichtspunkten aus. Wenn Sie bei Bradley vorbeikommen, bitten Sie ihn doch, mir ein Pfund vom stärksten Shag-Tabak heraufzuschicken. Danke. Es wäre auch gut, wenn Sie erst abends zurückkommen könnten. Ich werde mich dann sehr freuen, mit Ihnen die Eindrücke von dem höchst interessanten Problem auszutauschen, das man uns heute morgen vorgelegt hat.«

Ich wußte, daß Abgeschlossenheit und Einsamkeit für meinen Freund in jenen Stunden intensiver geistiger Konzentration sehr notwendig waren, in welchen er jedes kleinste Beweisteilchen abwog, vielerlei Theorien aufstellte, sie gegeneinander abwägte und sich darüber schlüssig wurde, welche Punkte wesentlich und welche unwichtig waren. Ich verbrachte daher den Tag in meinem Club und kehrte erst abends in die Baker Street zurück. Es war beinahe neun Uhr, als ich mich wieder im Wohnzimmer einfand.

Mein erster Eindruck, als ich die Tür öffnete, war der, daß Feuer ausgebrochen sein mußte, denn das Zimmer war derart von Rauch erfüllt, daß das Licht der Tischlampe wie durch Nebel schien. Als ich jedoch eintrat, zerstoben meine Befürchtungen, denn es war nur der beißende Rauch des starken, groben Tabaks, der mich würgte und husten ließ. Durch den Rauch sah ich undeutlich Holmes in seinem Schlafrock in einem Lehnsessel hocken, mit seiner schwarzen Tonpfeife zwischen den Lippen. Um ihn herum lagen einige Rollen Papier.

»Haben Sie sich erkältet, Watson?« fragte er.

»Nein, es ist diese giftige Atmosphäre.«

»Ich glaube, sie *ist* ein bißchen dick; jetzt, wo Sie es sagen.«

»Dick? Unerträglich!«

»Dann öffnen Sie doch das Fenster! Sie haben, wie ich sehe, den ganzen Tag in Ihrem Club verbracht!«

»Mein lieber Holmes!«

»Habe ich recht?«

»Gewiß, aber wie . . .?«

Er lachte über meine verblüffte Miene.

»Sie haben eine so hinreißende Naivität an sich, Watson, daß es eine Wonne ist, meine geringen Gaben auf Ihre Kosten zu betätigen. Ein Gentleman geht aus an einem Tag mit Regen und Dreck. Er kehrt abends tadellos sauber zurück, der Glanz seines Hutes und seiner Schuhe ist unberührt. Er hat daher den ganzen Tag stillgesessen. Er hat keine intimen Freunde. Wo also kann er sich aufgehalten haben? Ist es nicht offensichtlich?«

»Nun ja, ziemlich.«

»Die Welt ist voll von offensichtlichen Dingen, die zufällig niemand je bemerkt. Wo, glauben Sie, bin ich gewesen?«

»Sie haben auch stillgesessen.«

»Im Gegenteil, ich war in Devonshire.«

»Im Geist?«

»Genau. Mein Körper ist in diesem Fauteuil geblieben und hat – ich sehe es mit Bedauern – in meiner Abwesenheit zwei große Kannen Kaffee und eine unwahrscheinliche Menge Tabaks konsumiert. Nach Ihrem Fortgang habe ich zu Stanford um das Meßtischblatt diesen Teils des Moors geschickt, und mein Geist schwebte den ganzen Tag darüber. Ich bilde mir ein, daß ich mich dort nicht verlaufen würde.«

»Wohl eine Karte mit großem Maßstab, oder?«

»Sehr groß.« Er rollte einen Teil der Karte auf und hielt sie auf seinen Knien fest. »Hier sehen Sie den speziellen Distrikt, der uns angeht. Das in der Mitte ist Baskerville Hall.«

»Von einem Wald umgeben?«

»Ja. Ich nehme an, daß die Eibenallee, wenn auch nicht mit Namen eingetragen, sich an dieser Linie entlang zieht. Das Moor, wie Sie sehen, liegt rechts davon. Dieser kleine Haufen von Gebäuden ist der Weiler Grimpen, wo unser Freund Dr. Mortimer sein Hauptquartier hat. Im Umkreis von fünf Meilen gibt es, wie Sie sehen, nur wenige verstreute Häuser. Hier ist Lafter Hall, das Mortimer erwähnte. Dort ist ein Haus, in dem wohl der Naturforscher wohnen mag – Stapleton war sein Name, wenn ich mich recht erinnere. Hier sind zwei Moorbauernhäuser, High Tor und Foulmire. Vierzehn Meilen weiter liegt das große Zuchthaus von Dartmoor. Um diese vereinzelten Gebäude dehnt sich das trostlose, unbelebte Moor. Dies also ist die Bühne, auf der die Tragödie gespielt worden ist und mit unserer Hilfe vielleicht erneut gespielt wird.«

»Es muß eine wilde Gegend sein.«

»Ja, die Dekoration ist trefflich. Wenn der Teufel wirklich seine Finger in menschliche Belange stecken wollte . . .«

»Sie sind also auch geneigt, an eine übernatürliche Erklärung zu glauben?«

»Die Werkzeuge des Teufels können auch aus Fleisch und Blut sein, nicht wahr? Zwei Fragen sind es, die uns an unserem Ausgangspunkt beschäftigen müssen. Die eine, ob überhaupt ein Verbrechen begangen worden ist; die andere, was das Verbrechen war und wie es ausgeführt wurde. Wenn Dr. Mortimers Vermutungen richtig sind und wir es mit Kräften außerhalb der üblichen Naturgesetze zu tun haben, enden natürlich unsere Nachforschungen da. Wir müssen aber alle anderen Hypothesen ausschöpfen, ehe wir auf diese zurückgreifen. Wenn es Ihnen nichts ausmacht, schließen wir das Fenster wieder. Es ist sonderbar, aber ich fühle, daß eine konzentrierte Atmosphäre die konzentrierte Gedankenarbeit fördert. Ich bin noch nicht soweit gekommen, mich in eine Schachtel zu setzen, um nachzudenken, aber dies wäre das logische Ergebnis meiner Überzeugungen. Haben Sie sich die Sache durch den Kopf gehen lassen?«

»Ja. Ich habe im Lauf des Tages viel über den Fall nachgedacht.«

»Was halten Sie davon?«

»Er ist sehr verwirrend.«

»Jedenfalls hat er einen eigentümlichen Charakter. Es sind auffallende Merkmale dabei. Die Änderung in den Fußspuren zum Beispiel. Was machen Sie daraus?«

»Mortimer sagt, der Mann sei dieses Stück der Allee auf Fußspitzen gegangen.«

»Er hat nur wiederholt, was irgendein Trottel bei der gerichtlichen Untersuchung gesagt hat. Warum sollte ein Mann die Allee auf Fußspitzen hinuntergehen?«

»Was also dann?«

»Er ist gerannt, Watson – er ist voller Verzweiflung um sein Leben gerannt, gerannt, bis sein Herz zersprungen ist und er tot auf das Gesicht fiel.«

»Wovor ist er denn fortgerannt?«

»Darin liegt unser Problem. Es gibt Anzeichen dafür, daß der Mann schon wahnsinnig vor Angst war, ehe er zu laufen begann.«

»Woraus schließen Sie das?«

»Ich nehme an, daß die Ursache seiner Angst über das Moor zu ihm kam. Wenn das so war, und es ist sehr wahrscheinlich, dann würde nur ein Mensch, der den Verstand verloren hat, vom Haus weg statt zu ihm hin laufen. Wenn die Aussage des Zigeuners ernst genommen werden kann, dann ist Sir Charles um Hilfe schreiend in die Richtung gelaufen, wo Hilfe am wenigsten zu erwarten war. Ferner – auf wen hat er in dieser Nacht gewartet, und warum hat er ihn in der Eibenallee und nicht eher in seinem Haus erwartet?«

»Sie glauben also, daß er jemanden erwartet hat?«

»Der Mann war eher alt und krank. Wir können verstehen, daß er abends einen Spaziergang machte, aber der Boden war feucht und die Nacht unwirtlich. Ist es natürlich, daß er fünf oder zehn Minuten lang stehengeblieben ist, wie Dr. Mortimer, mit mehr Verstand, als ich ihm zugetraut hätte, aus der Zigarrenasche schloß?«

»Er ging aber doch jeden Abend aus.«

»Ich halte es für unwahrscheinlich, daß er jeden Abend bei der Moorpforte gewartet hat. Im Gegenteil. Es scheint ja, daß er das Moor mied. An diesem Abend hat er aber dort gewartet. Es war der Abend, ehe er nach London reisen sollte. Die Sache beginnt Form anzunehmen, Watson. Ich sehe Zusammenhänge. Darf ich Sie bitten, mir meine Violine zu reichen? Wir werden alle Gedanken an diese Angelegenheit von uns schieben, bis wir den Vorzug genießen, Dr. Mortimer und Sir Henry Baskerville morgen früh zu sehen.«

4. SIR HENRY BASKERVILLE

Unser Frühstückstisch wurde beizeiten abgeräumt, und Holmes wartete im Schlafrock auf die versprochene Unterredung. Unsere Klienten hielten die Verabredung pünktlich ein, denn es hatte eben zehn Uhr geschlagen, als Dr. Mortimer, gefolgt von dem jungen Baronet, hereingeführt wurde. Letzterer war ein kleiner, aufgeweckter, dunkeläugiger Mann von etwa dreißig Jahren mit dichten, schwarzen Augenbrauen und einem kampflustigen Gesichtsausdruck. Er trug einen rötlichen Tweed-Anzug und sah vom Wetter gegerbt aus wie jemand, der die meiste Zeit im Freien verbringt. Trotzdem lag etwas in seinem geraden Blick und der ruhigen Sicherheit seines Auftretens, das den Gentleman verriet.

»Dies ist Sir Henry Baskerville«, sagte Dr. Mortimer.

»Ja, bin ich«, sagte dieser, »und das Merkwürdigste ist, Mr. Holmes, daß, wenn mein Freund hier den Besuch bei Ihnen heute früh nicht vorgeschlagen hätte, ich von selbst gekommen wäre. Ich höre, daß Sie kleine Rätsel lösen, und mir ist heute früh eines begegnet, das mehr Kopfzerbrechen macht, als ich aufbringen kann.«

»Bitte, Sir Henry, nehmen Sie Platz. Wenn ich recht verstehe, haben Sie seit Ihrer Ankunft in London bereits ein merkwürdiges Erlebnis gehabt?«

»Nichts von großer Wichtigkeit, Mr. Holmes. Nur etwas, das ebensogut ein Scherz sein könnte. Es war in diesem Brief, wenn man das einen Brief nennen kann, den ich heute morgen erhalten habe.«

Er legte einen Umschlag auf den Tisch, und wir alle beugten uns über ihn. Er war grau und von gewöhnlicher Qualität. Die Adresse, »Sir Henry Baskerville, Northumberland Hotel«, war in ungelenker Blockschrift geschrieben; der Poststempel »Charing Cross« war vom vergangenen Abend datiert.

»Wer konnte wissen, daß Sie im Northumberland Hotel absteigen würden?« fragte Holmes und sah unseren Besucher scharf an.

»Das konnte niemand wissen. Wir haben es erst beschlossen, nachdem ich Dr. Mortimer getroffen hatte.«

»Aber Dr. Mortimer hatte wohl bereits dort gewohnt?«

»Nein, ich hatte mich bei einem Freund aufgehalten«, sagte der Doktor. »Es gab gar keinen möglichen Hinweis darauf, daß wir in dieses Hotel gehen würden.«

»Mhm – jemand scheint sich ungemein für Ihr Tun und Lassen zu interessieren.« Holmes entnahm dem Umschlag einen halben Briefbogen, der zweimal zusammengefaltet war. Er öffnete ihn und legte ihn flach auf den Tisch. Quer über die Mitte waren gedruckte Wörter geklebt, die einen einzigen Satz bildeten. Er lautete: »Wenn Sie Wert auf Ihr Leben oder Ihren verstand legen, müssen Sie dem Moor fern bleiben.« Nur das Wort »Moor« war mit Tinte eingesetzt.

»Nun«, fragte Sir Henry Baskerville, »vielleicht können Sie mir sagen, Mr. Holmes, was, zum Donnerwetter, das bedeutet, und wer es sein kann, der sich so für meine Angelegenheiten interessiert?«

»Wie denken Sie darüber, Dr. Mortimer? Sie müssen zugeben, daß es sich wenigstens in diesem Fall nicht um etwas Übernatürliches handelt!«

»Nein, Sir, aber es könnte von jemandem stammen, der der Überzeugung ist, daß es sich um eine übernatürliche Sache handelt.«

»Um was für eine Sache?« fragte Sir Henry scharf. »Mir scheint, daß die Gentlemen alle viel mehr von meinen eigenen Angelegenheiten wissen als ich selbst.«

»Sie werden so viel wissen wie wir, ehe Sie dieses Zimmer verlassen, das verspreche ich Ihnen, Sir Henry«, sagte Sherlock Holmes. »Wir werden uns aber mit Ihrer Erlaubnis jetzt nur mit diesem sehr interessanten Dokument beschäftigen, das wahrscheinlich gestern abend zusammengestellt und aufgegeben worden ist. Haben Sie noch die *Times* von gestern, Watson?«

»Sie ist hier, in der Ecke.«

»Darf ich Sie behelligen – die innere Seite bitte mit den Leitartikeln?« Er überflog schnell die Seite, blickte die Spalten auf und ab. »Da ist ein sehr interessanter Artikel über Freihandel. Erlauben Sie mir, Ihnen einen kurzen Auszug daraus vorzulesen: ›Sie mögen überredet werden, zu glauben, daß Ihre spezielle Industrie oder Ihr spezieller Handel durch einen Schutztarif gefördert werden können, doch sagt einem der gesunde Menschenverstand, daß durch eine solche Handhabung im Laufe der Zeit der Reichtum von unserem Lande fern bleiben, der Wert unserer Importe vermindert und die allgemeinen Lebensbedingungen auf dieser Insel herabgedrückt werden.‹ Was sagen Sie dazu, Watson?« rief Holmes in heller Freude, wobei er sich befriedigt die Hände rieb. »Finden Sie nicht, daß das eine sehr anerkennenswerte Äußerung ist?«

Dr. Mortimer blickte Holmes mit medizinischer Aufmerksamkeit an, und Sir Henry wandte mir seine fragenden dunklen Augen zu.

»Ich verstehe nicht viel von Tarifen und solchen Dingen«, bemerkte er, »aber mir scheint, daß wir etwas vom Thema abkommen, was diesen Brief hier betrifft.«

»Im Gegenteil, ich glaube, wir sind auf frischer Fährte, Sir Henry. Watson hier kennt meine Methoden besser als Sie, aber ich fürchte, daß sogar er die Wichtigkeit dieses Satzes nicht ganz erfaßt hat.«

»Nein, ich gebe zu, daß ich da keinerlei Zusammenhang sehe.«

»Und doch, mein lieber Watson, ist der Zusammenhang ein so enger, daß das eine aus dem anderen entstanden ist. ›Sie‹, ›Ihr‹, ›Leben‹, ›verstand‹, ›Wert‹, ›fern bleiben‹. Sehen Sie nun, woher diese Worte stammen?«

»Zum Donnerwetter, Sie haben recht. Das ist ja großartig!« rief Sir Henry.

»Wenn auch nur der geringste Zweifel bestünde, wäre er widerlegt durch das Faktum, daß ›fern bleiben‹ in einem

Stück ausgeschnitten ist und ›verstand‹ mit einem kleinen v beginnt.«

»Ja, wirklich, das stimmt!«

»Nun, Mr. Holmes, das übertrifft alles, was ich mir hätte ausdenken können«, sagte Dr. Mortimer; er betrachtete meinen Freund voll Verblüffung. »Ich könnte verstehen, daß man sagt, die Worte seien aus einer Zeitung ausgeschnitten, aber daß Sie herausfinden, aus welcher, und auch, daß die Wörter aus dem Leitartikel stammen, das ist wirklich eines der bemerkenswertesten Dinge, von denen ich je gehört habe. Wie haben Sie das gemacht?«

»Ich nehme an, Doktor, daß Sie den Schädel eines Negers von dem eines Eskimos unterscheiden könnten?«

»Ganz gewiß.«

»Wieso?«

»Weil das mein spezielles Fachgebiet ist. Die Unterschiede sind augenfällig. Der Jochbogen, der Gesichtswinkel, die Kieferbildung, die ...«

»Aber dies hier ist mein spezielles Fachgebiet, und die Unterschiede sind genauso augenfällig. Für mich besteht genau derselbe Unterschied zwischen dem durchschossenen Borgis-Satz eines Artikels der *Times* und dem schlampigen Druck einer billigen Abendausgabe wie zwischen Ihrem Neger und Ihrem Eskimo. Die Unterscheidung von Typen ist einer der elementarsten Wissenszweige des Kriminalisten, obwohl ich zugeben muß, daß ich in meiner frühesten Jugend den *Leeds Mercury* mit den *Western Morning News* verwechselt habe. Aber ein Leitartikel der *Times* ist absolut unverkennbar, und diese Wörter können nicht anderswoher genommen sein. Da das alles gestern gemacht worden ist, war die Wahrscheinlichkeit groß, daß wir die Wörter in der gestrigen Ausgabe finden würden.«

»Soweit ich Ihnen folgen kann, Mr. Holmes«, meinte Sir Henry Baskerville, »hat jemand diese Mitteilung mit einer Schere herausgeschnitten ...«

»Mit einer Nagelschere«, sagte Holmes. »Sie können sehen,

daß es sich um eine sehr kurze Schere handelt, da zwei Schnitte für ›fern bleiben‹ nötig waren.«

»Richtig. Jemand hat also diese Wörter mit einer Nagelschere ausgeschnitten, sie mit Kleister...«

»Mit Gummi«, sagte Holmes.

»Mit Gummi auf das Papier geklebt. Aber ich möchte wissen, warum das Wort ›Moor‹ mit Tinte geschrieben ist.«

»Weil es eben gedruckt nicht zu finden war. Die anderen Wörter waren alle sehr einfach und in jeder Ausgabe zu finden, aber ›Moor‹ kommt selten vor.«

»Ja, natürlich, das erklärt es. Haben Sie noch etwas anderes aus diesem Brief herausgelesen, Mr. Holmes?«

»Es gibt ein paar Hinweise, obwohl man sich die größte Mühe genommen hat, alle Anhaltspunkte zu verwischen. Sie werden bemerken, daß die Adresse in grober Blockschrift geschrieben ist. Aber die *Times* ist eine Zeitung, die meist nur von gebildeten Kreisen gelesen wird. Wir können daher annehmen, daß der Brief von einem gebildeten Menschen stammt, der ungebildet scheinen wollte, und die Bemühung, seine Schrift zu verstellen, läßt darauf schließen, daß seine Schrift Ihnen bekannt ist oder bekannt werden könnte. Auch können Sie feststellen, daß die Wörter nicht in einer ganz geraden Linie aufgeklebt sind, sondern daß einige viel höher stehen als andere. ›Leben‹ zum Beispiel ist ganz außer der Reihe. Das kann auf Unachtsamkeit hinweisen oder auf Aufregung und Eile seitens des Ausschneiders. Im ganzen neige ich zu letzterer Ansicht, da die Sache anscheinend wichtig war und es unwahrscheinlich ist, daß jemand, der einen solchen Brief zusammenfügt, unachtsam gewesen sein soll. Wenn er in Eile war, so stellt sich die interessante Frage, warum; da jeder Brief, auch wenn er erst in aller Frühe desselben Tages aufgegeben würde, Sir Henry erreicht hätte, ehe er das Hotel verließ. Fürchtete der Verfasser eine Unterbrechung – und durch wen?«

»Nun kommen wir in den Bereich des bloßen Ratens«, warf Dr. Mortimer ein.

»Sagen wir lieber, in den Bereich, wo wir Wahrscheinlichkeiten gegeneinander abwägen und die glaubhafteste aussuchen. Das ist die wissenschaftliche Nutzung der Phantasie, aber wir haben immer eine wirkliche Basis, auf der wir unsere Vermutungen aufbauen können. Sie nennen es bestimmt Raten, aber ich bin beinahe sicher, daß diese Adresse in einem Hotel geschrieben worden ist.«

»Wie in aller Welt können Sie das behaupten?«

»Wenn Sie die Adresse genau betrachten, werden Sie finden, daß sowohl Tinte als auch Feder dem Schreiber Schwierigkeiten gemacht haben. Die Feder hat zweimal in einem einzigen Wort gespritzt und ist dreimal in der kurzen Adresse ausgetrocknet, ein Beweis, daß sehr wenig Tinte im Tintenfaß war. Nun ist eine eigene Feder oder ein eigenes Tintenfaß selten in einem so vernachlässigten Zustand, und beides zugleich ist ein großer Zufall. Aber Sie kennen Hoteltinte und Hotelfedern, sie sind fast immer so. Ja, ich zögere nicht, zu behaupten, daß, wenn wir die Papierkörbe der Hotels um Charing Cross herum durchsuchten, wir die Reste des verstümmelten *Times*-Leitartikels finden und sofort die Person des Täters feststellen könnten. Hallo! Hallo! Was ist denn das?«

Er untersuchte sorgfältig das Kanzleipapier, auf dem die Worte aufgeklebt waren, indem er es einen oder zwei Zoll vor seine Augen hielt.

»Nun?«

»Nichts«, sagte er; er ließ das Papier fallen. »Es ist ein leerer halber Bogen; nicht einmal mit Wasserzeichen. Ich glaube, wir haben aus diesem sonderbaren Brief alles herausgelesen, was möglich war; und nun, Sir Henry, ist Ihnen sonst etwas Interessantes zugestoßen, seit Sie in London sind?«

»Nein, Mr. Holmes, nicht, daß ich wüßte.«

»Sie haben nicht bemerkt, daß Sie jemand beobachtet oder verfolgt hätte?«

»Ich scheine ja geradezu mitten in einen Groschenroman

hineingeplatzt zu sein«, sagte unser Besucher. »Warum, zum Donnerwetter, sollte jemand mich beobachten oder verfolgen?«

»Wir werden noch darauf zurückkommen. Sie haben uns also sonst nichts zu berichten, ehe wir auf diese Sache eingehen?«

»Nun, es hängt davon ab, was Sie wichtig genug fänden, um darüber zu sprechen.«

»Ich glaube, alles was aus dem Gewöhnlichen herausfällt, ist der Mühe wert, berichtet zu werden.«

Sir Henry lächelte. »Ich weiß noch nicht viel vom Leben in England; ich habe ja fast mein ganzes Leben in den Staaten und in Kanada verbracht. Aber ich hoffe, daß der Verlust eines Schuhs nicht zum Alltagsleben hier gehört.«

»Sie haben einen Ihrer Schuhe verloren?«

»Mein lieber Sir«, rief Dr. Mortimer, »der ist doch nur vertauscht worden. Sie werden ihn wiederfinden, wenn Sie in das Hotel zurückkehren. Was hat es für einen Sinn, Mr. Holmes mit solchen Kleinigkeiten zu belästigen?«

»Na, er hat mich doch nach allem gefragt, was aus dem normalen Rahmen fällt.«

»Genau«, sagte Holmes, »so närrisch der Zwischenfall auch scheinen mag. Sie haben also einen Ihrer Schuhe verloren?«

»Nun, jedenfalls verlegt. Ich habe sie gestern abend beide vor meine Tür gestellt, und heute früh war nur der eine da. Ich konnte aus dem Burschen, der sie geputzt hat, nichts herausbringen. Das Dümmste daran ist, daß ich sie erst gestern abend auf The Strand gekauft und noch nicht getragen habe.«

»Wenn Sie sie noch nicht getragen hatten, warum haben Sie sie dann zum Reinigen hinausgestellt?«

»Es waren hellbraune Schuhe, noch nie mit Schuhcreme behandelt. Deshalb habe ich sie hinausgestellt.«

»Ich verstehe Sie also recht, daß Sie gestern nach Ihrer Ankunft in London sofort ausgegangen sind und ein Paar Schuhe gekauft haben?«

»Ich habe einiges eingekauft. Dr. Mortimer hat mich dabei

begleitet. Wissen Sie, wenn ich da unten schon Landedelmann sein soll, muß ich mich entsprechend kleiden, und es kann sein, daß ich im Westen etwas nachlässig geworden bin. Unter anderem habe ich eben diese braunen Schuhe gekauft – sechs Dollar habe ich dafür gezahlt –, und der eine wird mir dann gestohlen, noch ehe ich sie getragen habe.«

»Es kommt mir völlig sinnlos vor, einen Schuh zu stehlen«, sagte Sherlock Holmes. »Ich muß sagen, ich teile Dr. Mortimers Vermutung, daß sich der verlorene Schuh bald finden wird.«

»Und nun, Gentlemen«, sagte der Baronet bestimmt, »scheint es mir, daß ich genug über das wenige, das ich weiß, gesprochen habe. Es wird Zeit, daß Sie Ihr Versprechen erfüllen und mir ausführlich erzählen, was das alles soll.«

»Ein sehr vernünftiges Verlangen«, erwiderte Holmes. »Dr. Mortimer, ich glaube, Sie können nichts Besseres tun, als die Geschichte so zu erzählen, wie Sie sie uns erzählt haben.«

So ermutigt zog unser wissenschaftlicher Freund seine Papiere aus der Tasche und trug den ganzen Fall vor, wie er ihn uns am Tage zuvor geschildert hatte. Sir Henry Baskerville lauschte mit gespannter Aufmerksamkeit und gelegentlichen Ausrufen des Erstaunens.

»Na, ich scheine ja da in eine angenehme Erbschaft hineingeraten zu sein«, sagte er, als die lange Erzählung beendet war. »Natürlich habe ich schon als Kind von diesem Hund gehört. Es ist die Lieblingsgeschichte der Familie, allerdings habe ich bis jetzt niemals daran gedacht, sie ernst zu nehmen. Was den Tod meines Onkels betrifft – na, in meinem Kopf geht alles drunter und drüber, ich kriege das noch nicht klar. Sie scheinen sich auch noch nicht entschieden zu haben, ob es ein Fall für einen Polizisten oder einen Geistlichen ist.«

»Stimmt.«

»Und nun kommt noch diese Sache mit dem Brief an mich im Hotel dazu. Ich nehme an, daß das hineinpaßt.«

»Es scheint jedenfalls der Beweis dafür, daß es jemanden

gibt, der besser als wir weiß, was auf dem Moor vorgeht«, sagte Dr. Mortimer.

»Und außerdem«, sagte Holmes, »daß jemand Ihnen nicht übel will, da man Sie vor Gefahr warnt.«

»Oder daß mich jemand in eigenem Interesse abschrekken will.«

»Ja, das ist natürlich auch möglich. Ich bin Ihnen sehr dankbar, Dr. Mortimer, daß Sie mich vor ein Problem gestellt haben, das mehrere interessante Möglichkeiten bietet. Aber was wir nun praktischerweise zu beschließen haben, Sir Henry, ist, ob es für Sie ratsam wäre oder nicht, nach Baskerville Hall zu fahren.«

»Warum sollte ich nicht hinfahren?«

»Es scheint gefährlich zu sein.«

»Meinen Sie wegen dieses Familienungeheuers oder wegen menschlicher Wesen?«

»Das müßten wir eben herausfinden.«

»Was es auch sei – meine Antwort steht fest. Es gibt keinen Teufel in der Hölle, Mr. Holmes, und keinen Menschen auf der Erde, der mich daran hindern könnte, das Heim meiner Vorfahren zu betreten, und das können Sie als meine endgültige Antwort ansehen.« Während er so sprach, stieg ihm das Blut zu Kopf, und er runzelte die dunklen Brauen. Offensichtlich war das feurige Temperament der Baskervilles in diesem, ihrem letzten Sproß nicht erloschen. »Bei all dem«, fuhr er fort, »habe ich kaum Zeit gehabt, das alles zu überlegen. Es ist schwer, diese Sache gleichzeitig zu verstehen und entscheiden zu müssen. Ich möchte eine Stunde Zeit und Ruhe haben, um allein zu einem Entschluß zu kommen. Hören Sie, Mr. Holmes, jetzt ist es halb zwölf, und ich gehe gleich in mein Hotel zurück. Wie wäre es, wenn Sie und Ihr Freund Dr. Watson um zwei Uhr mit uns essen würden? Ich kann Ihnen dann besser sagen, was ich von der Sache halte.«

»Paßt Ihnen das, Watson?«

»Vollkommen.«

»Dann können Sie uns erwarten. Soll ich einen Wagen rufen lassen?«

»Ich möchte lieber zu Fuß gehen; das alles hat mich ziemlich verwirrt.«

»Ich gehe mit Vergnügen mit«, sagte sein Begleiter.

»Dann treffen wir uns um zwei Uhr wieder. *Au revoir* und guten Morgen.«

Wir hörten die Schritte unserer Besucher die Treppe hinabgehen und die Haustür ins Schloß fallen. Im Nu hatte sich Sherlock Holmes aus einem matten Träumer in einen Mann der Tat verwandelt.

»Hut und Schuhe, Watson, schnell! Wir haben keine Minute zu verlieren!« Er stürzte im Schlafrock in sein Zimmer und kehrte wenige Sekunden später im Gehrock zurück. Wir eilten die Treppe hinunter und auf die Straße. Dr. Mortimer und Baskerville waren noch zu sehen, etwa zweihundert Yards vor uns, Richtung Oxford Street.

»Soll ich vorauslaufen und sie anhalten?«

»Nicht um alles in der Welt, mein lieber Watson. Ich bin mit Ihrer Gesellschaft vollkommen zufrieden, wenn Sie meine ertragen. Unsere Freunde sind sehr gescheit, denn es ist wirklich ein schöner Morgen für einen Spaziergang.«

Er beschleunigte seine Schritte, bis sich die Distanz, die uns trennte, auf die Hälfte verringert hatte. Dann folgten wir ihnen, immer in einem Abstand von hundert Yards, in die Oxford Street und die Regent Street hinunter. Einmal blieben unsere Freunde stehen und sahen in ein Schaufenster, worauf Holmes dasselbe tat. Einen Augenblick später stieß er einen kleinen Ausruf der Befriedigung aus, und dem Blick seiner Augen folgend sah ich, daß eine Droschke, die mit einem Mann darin an der anderen Straßenseite gehalten hatte, nun wieder langsam weiterfuhr.

»Das ist unser Mann, Watson! Kommen Sie! Wir werden ihn uns gut ansehen, wenn wir schon nichts anderes tun können.«

In diesem Moment bemerkte ich, daß stechende Augen

über einem dichten schwarzen Bart durch das Seitenfenster der Droschke auf uns blickten. In demselben Augenblick flog die Klappe des Wagendachs auf, dem Kutscher wurde etwas zugerufen, und das Gefährt raste die Regent Street hinunter. Holmes blickte sich suchend nach einem andern Wagen um, aber es war kein freier in Sicht. Daraufhin stürzte er sich in wilder Verfolgung mitten in das Gewühl des Verkehrs, aber der Vorsprung war zu groß und die Droschke bereits außer Sichtweite.

»Na, aber so etwas!« sagte Holmes erbittert, als er atemlos und blaß vor Ärger zu mir zurückkehrte. »Hat man je von solchem Pech und von so miserabler Vorbereitung gehört? Watson, Watson, wenn Sie ein wahrheitsliebender Mensch sind, werden Sie auch dies hier erwähnen und es gegen meine Erfolge abwägen.«

»Wer war der Mann?«

»Ich habe keine Ahnung.«

»Ein Spitzel?«

»Nun, nach allem, was wir gehört haben, ist es offensichtlich, daß Baskerville seit seiner Ankunft in London von irgend jemandem beschattet wird. Wie wäre es sonst möglich gewesen, so schnell zu wissen, daß er im Northumberland-Hotel abgestiegen ist? Wenn man ihn am ersten Tag beschattet hat, dachte ich, ist es nur natürlich, daß man es am zweiten ebenfalls tut. Sie haben vielleicht bemerkt, daß, während Dr. Mortimer seine Geschichte vorlas, ich zweimal ans Fenster getreten bin?«

»Ja, ich erinnere mich.«

»Ich wollte sehen, ob irgend jemand unten herumsteht, aber ich habe niemanden gesehen. Wir haben es mit einem schlauen Kerl zu tun, Watson. Diese Angelegenheit ist sehr verzwickt, und wenn ich mir auch noch nicht darüber klar bin, ob es gute oder böse Mächte sind, mit denen wir es zu tun haben, fühle ich doch Kraft und Planmäßigkeit hinter allem. Als unsere Freunde uns verlassen haben, bin ich ihnen sofort nachgeeilt, in der Hoffnung, ihren unsichtbaren Begleiter zu entdecken. Er war aber so schlau, nicht zu Fuß zu gehen, sondern einen Wagen zu nehmen, so daß er zurückbleiben oder ihnen vorausfahren und dadurch ihrer Aufmerksamkeit entgehen konnte. Diese Taktik hatte noch dazu den Vorteil, daß, wenn sie einen Wagen genommen hätten, er ihnen hätte nachfahren können. Einen Haken aber hat die Sache doch.«

»Er gibt sich dem Kutscher in die Hand.«

»Richtig.«

»Wie schade, daß wir die Nummer nicht festgestellt haben!«

»Lieber Watson! Wenn ich auch ungeschickt war – Sie glauben doch nicht im Ernst, daß ich versäumt hätte, die Nummer festzustellen? 2704 ist unser Mann. Aber für den Augenblick nützt uns das wenig.«

»Ich wüßte nicht, was Sie sonst noch hätten tun können.«

»Als ich den Wagen bemerkte, hätte ich mich sofort umdrehen und in die andere Richtung gehen sollen. Dann hätte ich einen Wagen nehmen und in angemessener Entfernung dem ersten folgen, oder besser noch, zum Northumberland Hotel fahren und dort warten können. Hätte unser Unbekannter Baskerville bis zum Hotel verfolgt, dann hätten wir ihn mit seinen eigenen Waffen bekämpfen können und sehen, wohin er von dort aus geht. So wie die Sache jetzt steht, haben wir uns durch unbesonnenen Eifer, der von unserem Gegner mit außerordentlicher Schnelligkeit und Energie ausgenutzt wurde, verraten und unseren Mann verloren.«

Während des Gesprächs waren wir langsam die Regent Street entlanggeschlendert, und Dr. Mortimer und sein Begleiter waren längst unseren Blicken entschwunden.

»Es hat keinen Sinn, ihnen weiter zu folgen«, meinte Holmes. »Der Beschatter ist verschwunden und wird nicht wiederkehren. Wir müssen sehen, welche Karten wir noch in der Hand haben, und sie mit Entschlossenheit ausspielen. Könnten Sie den Mann im Wagen wiedererkennen?«

»Nein, ich habe nur gesehen, daß er einen Bart hat.«

»Das habe ich auch gesehen – woraus ich schließe, daß der

Bart wahrscheinlich falsch ist. Ein schlauer Mensch, der ein so heikles Spiel spielt, hat keine Verwendung für einen Bart, außer, wenn er seine Gesichtszüge verbergen will. Kommen Sie hier herein, Watson. «

Er trat in eines der Boten-Büros des Bezirks ein, dessen Leiter ihn wärmstens begrüßte.

»Ach, Wilson, ich sehe, Sie haben die kleine Angelegenheit nicht vergessen, bei der ich Ihnen mit etwas Glück helfen konnte?«

»Natürlich nicht, Sir. Sie haben meinen guten Namen und vielleicht mein Leben gerettet.«

»Sie übertreiben, mein Lieber! Ich glaube mich zu erinnern, Wilson, daß unter Ihren Botenjungen ein gewisser Cartwright ist, der bei den Nachforschungen eine gewisse Begabung gezeigt hat.«

»Ja, Sir, der ist noch bei uns.«

»Könnten Sie ihn rufen lassen? Danke! Und wollen Sie so gut sein, mir diese Fünfpfundnote zu wechseln.«

Ein Junge von vierzehn Jahren mit offenem, aufgewecktem Gesicht hatte dem Ruf des Leiters gehorcht. Er blickte mit ehrfürchtiger Bewunderung zu dem berühmten Detektiv auf.

»Kann ich das Hotelverzeichnis haben?« bat Holmes. »Danke. Nun, Cartwright, hier stehen die Namen von dreiundzwanzig Hotels, alle in der unmittelbaren Nähe von Charing Cross. Siehst du das?«

»Ja, Sir.«

»Du suchst jedes dieser Hotels auf.«

»Ja, Sir.«

»Du beginnst jedesmal damit, daß du dem Portier einen Shilling gibst. Hier sind dreiundzwanzig Shilling.«

»Ja, Sir.«

»Du sagst ihm, daß du den Papierabfall von gestern sehen möchtest. Du sagst, ein wichtiges Telegramm sei fehlgegangen, und daß du es suchst. Hast du verstanden?«

»Ja, Sir.«

»Was du aber in Wirklichkeit suchen sollst, ist das mittlere

Blatt der gestrigen *Times*, aus der etwas mit einer Schere herausgeschnitten worden ist. Hier hast du ein Exemplar der *Times*. Diese Seite hier. Du wirst sie doch leicht erkennen?«

»Ja, Sir.«

»In jedem Fall wird der Portier den Empfangschef in der Halle rufen, dem du auch einen Shilling geben wirst. Hier sind nochmals dreiundzwanzig Shilling. Du wirst dann wahrscheinlich in zwanzig von dreiundzwanzig Fällen hören, daß der Papiermüll von gestern verbrannt oder abgeholt worden ist. In den übriggebliebenen Fällen wird man dir einen Haufen Papier zeigen, in dem du dieses Blatt der *Times* suchen sollst. Die Wahrscheinlichkeit, daß du es findest, ist äußerst gering. Hier sind noch zehn Shilling für Notfälle. Gib mir noch heute abend telegraphisch Nachricht in die Baker Street. Und nun, Watson, bleibt uns nichts anders übrig, als ebenfalls telegraphisch die Identität des Kutschers Nr. 2704 festzustellen; dann werden wir eine der Bildergalerien in der Bond Street aufsuchen und auf diese Weise die Zeit totschlagen, bis wir im Hotel erwartet werden.«

5. DREI ZERRISSENE FÄDEN

SHERLOCK HOLMES hatte in bemerkenswertem Maße die Fähigkeit, seine Gedanken abzuschalten. Zwei Stunden lang schien die sonderbare Angelegenheit, in die wir verwickelt waren, vergessen, und er war völlig versunken in die Bilder der modernen belgischen Meister. Von dem Augenblick an, da wir die Galerie verließen, bis zu unserer Ankunft im Northumberland Hotel, wollte er über nichts als Kunst sprechen, von der er nur grobe Vorstellungen hatte.

»Sir Henry Baskerville erwartet Sie oben«, meldete der Hotelportier. »Er hat mich beauftragt, Sie hinaufzuführen, sobald Sie kommen.«

»Haben Sie etwas dagegen, wenn ich mir Ihre Gästeliste ansehe?« fragte Holmes.

»Nicht das geringste.«

Das Buch zeigte nach dem Namen Baskerville noch zwei Eintragungen. Die eine davon lautete auf Theophilus Johnson und Familie, aus Newcastle; die andere auf Mrs. Oldmore mit Zofe aus High Lodge, Alton.

»Das ist sicher derselbe Johnson, den ich von früher kenne«, sagte Holmes zum Portier. »Rechtsanwalt, nicht wahr, grauhaarig und hinkt ganz leicht?«

»Nein, Sir, dies hier ist Mr. Johnson, der Minenbesitzer, ein sehr rüstiger Gentleman, nicht älter als Sie selbst.«

»Sie irren sich doch wohl, was seinen Beruf angeht.«

»Nein, Sir, er kommt seit Jahren in unser Hotel, und wir kennen ihn sehr gut.«

»Das ist etwas anderes. Und außerdem Mrs. Oldmore; ich erinnere mich dunkel an den Namen. Verzeihen Sie meine Neugier, aber oft, wenn man einen Freund aufsucht, findet man bei derselben Gelegenheit einen anderen.«

»Sie ist eine leidende Dame, Sir. Ihr Gatte war früher Bürgermeister von Gloucester. Wenn sie nach London kommt, steigt sie immer bei uns ab.«

»Danke; ich fürchte, daß ich nicht die Ehre habe, sie zu kennen. – Wir haben durch diese Fragen eine wichtige Tatsache festgestellt, Watson«, fuhr er mit leiser Stimme fort, während wir die Treppe emporstiegen. »Wir wissen nun, daß die Leute, die ein so großes Interesse an unserem Freund haben, nicht in diesem Hotel wohnen. Das bedeutet, daß sie, wie wir wissen, sich zwar sehr viel Mühe geben, ihn zu beobachten, aber genausoviel, nicht von ihm gesehen zu werden. Das ist sehr bezeichnend.«

»Was hat das zu sagen?«

»Es hat zu sagen, daß – hallo, mein lieber Junge, was ist denn nur los?«

Wir waren bei der Biegung der Treppe auf Sir Henry Baskerville gestoßen. Sein Gesicht war zornrot, und er hielt einen alten, staubigen Schuh in der Hand. Er war so wütend, daß er kaum sprechen konnte, und als er es endlich tat, sprach er in einem viel breiteren westlichen Dialekt als am Vormittag.

»Mir scheint, die wollen mich hier im Hotel zum Narren halten!« rief er. »Sie werden aber bald merken, daß sie an den Falschen geraten sind, wenn sie sich nicht vorsehen. Zum Donnerwetter! Wenn der Kerl meinen fehlenden Schuh nicht findet, wird es etwas geben. Ich verstehe schon einen Spaß, Mr. Holmes, aber das ist zuviel!«

»Sie suchen noch immer Ihren Schuh?«

»Ja, und ich habe auch die Absicht, ihn zu finden!«

»Aber Sie haben doch gesagt, es wäre ein neuer brauner Schuh?«

»Das war es auch, Sir. Und jetzt ist es ein alter schwarzer.«

»Was, Sie wollen doch nicht sagen, daß . . .?«

»Gerade das will ich sagen. Ich besitze nur drei Paar Schuhe – die neuen braunen, die alten schwarzen und die Lackschuhe, die ich gerade trage. Letzte Nacht haben sie einen von den braunen genommen, und heute lassen sie einen von den schwarzen verschwinden. Na, haben Sie ihn gefunden? Reden Sie, Mann, und gaffen Sie mich nicht an!«

Ein aufgeregter deutscher Hausdiener war erschienen.

»Nein, Sir, ich habe überall im Hotel herumgefragt, niemand weiß etwas.«

»Also, entweder kommt der Schuh bis heute abend zum Vorschein oder ich spreche mit dem Direktor und sage ihm klipp und klar, daß ich aus dem Hotel ausziehe.«

»Er wird sich finden, Sir – ich versichere Ihnen, wenn Sie nur etwas Geduld haben, wird er sich finden.«

»Sorgen Sie nur dafür, denn es ist das letzte, was ich in dieser Diebeshöhle verlieren will. Nun, Mr. Holmes, entschuldigen Sie, wenn ich Sie mit dieser Kleinigkeit belästige...«

»Ich finde, sie ist der Mühe wert, damit belästigt zu werden.«

»Wieso? Sie scheinen das sehr ernst zu nehmen.«

»Wie erklären Sie es sich?«

»Ich mache gar keinen Versuch, es zu erklären. Es ist das Verrückteste und Unerklärlichste, was mir je passiert ist.«

»Das Unerklärlichste vielleicht...« sagte Holmes nachdenklich.

»Was schließen denn Sie selbst daraus?«

»Nun – ich kann bis jetzt nicht behaupten, daß ich es verstünde. Ihr Fall ist sehr verzwickt, Sir Henry. Wenn man den Tod Ihres Onkels dazunimmt, bin ich nicht sicher, ob von den fünfhundert wichtigen Fällen, die ich gelöst habe, ein einziger so abgründig war. Aber wir halten verschiedene Fäden in der Hand, und der eine oder andere davon wird uns hoffentlich zur Wahrheit führen. Wir verlieren vielleicht Zeit, wenn wir der falschen Fährte folgen, aber früher oder später kommen wir doch auf den richtigen Weg.«

Wir hatten ein ersprießliches Mittagessen, bei dem wenig von der Angelegenheit gesprochen wurde, die uns zusammengeführt hat. Erst als wir dann in Sir Henrys Salon waren, fragte ihn Holmes nach seinen Plänen.

»Ich bin entschlossen, nach Baskerville Hall zu fahren.«

»Und wann?«

»Ende dieser Woche.«

»Alles in allem finde ich Ihren Entschluß sehr richtig«, sagte Holmes. »Ich habe klare Beweise dafür, daß Sie in London beschattet werden, und in dieser Millionenstadt ist es schwer, herauszufinden, wer die Leute und was ihre Ziele sind. Wenn sie böse Absichten haben, könnten sie Ihnen etwas antun, und wir würden es nicht verhindern können. Haben Sie gewußt, Dr. Mortimer, daß Sie heute morgen von meinem Haus aus verfolgt worden sind?«

Dr. Mortimer schrak heftig zusammen. »Verfolgt? Von wem?«

»Das kann ich Ihnen leider nicht sagen. Gibt es unter Ihren Freunden und Bekannten in Dartmoor einen Mann mit einem dichten schwarzen Bart?«

»Nein – oder – warten Sie – ja, natürlich. Barrymore, der Butler von Sir Charles, hat einen dichten schwarzen Bart.«

»Wo ist Barrymore?«

»Er kümmert sich um Baskerville Hall.«

»Wir müssen sofort herausfinden, ob er wirklich dort oder möglicherweise in London ist.«

»Wie wollen Sie das herausfinden?«

»Geben Sie mir ein Telegrammformular. ›Ist alles für Sir Henry bereit?‹, das genügt. Adressiert an Mr. Barrymore, Baskerville Hall. Wo ist das nächste Telegraphenamt? Grimpen? Sehr gut. Wir schicken ein zweites Telegramm an den Postbeamten in Grimpen: ›Telegramm an Mr. Barrymore nur ihm persönlich übergeben; falls abwesend zurück an Sir Henry Baskerville, Northumberland-Hotel.‹ Auf diese Weise werden wir noch vor Abend erfahren, ob Barrymore auf seinem Posten in Devonshire ist oder nicht.«

»Ausgezeichnet«, sagte Baskerville. »Nebenbei, Dr. Mortimer, wer ist eigentlich dieser Barrymore?«

»Er ist der Sohn des verstorbenen Verwalters. Vier Generationen hindurch hat die Familie das Herrenhaus verwaltet.

Soviel ich weiß, sind er und seine Frau durchaus anständige Leute.«

»Immerhin«, bemerkte Baskerville, »ist es klar, daß, solange niemand von der Familie Baskerville in der Hall residiert, die Leute ein sehr schönes Heim und nichts zu tun haben.«

»Das ist richtig.«

»Hat Barrymore aus Sir Charles' Tod irgendeinen Vorteil gezogen?« fragte Holmes.

»Er und seine Frau haben je fünfhundert Pfund geerbt.«

»Ha! Wußten sie, daß sie erben würden?«

»Ja; Sir Charles sprach gerne über die Einzelheiten seines Testaments.«

»Das ist äußerst interessant.«

»Ich hoffe«, sagte Dr. Mortimer, »daß Sie nicht jeden, der ein Legat von Sir Charles bekommen hat, mit Mißtrauen betrachten, ich habe nämlich auch tausend Pfund geerbt.«

»Tatsächlich! Und sonst noch jemand?«

»Eine Menge unbedeutender Summen an einzelne Personen und viele Spenden an Wohltätigkeitsinstitute. Alles andere geht an Sir Henry.«

»Wie hoch ist das Vermögen?«

»Siebenhundertvierzigtausend Pfund.«

Holmes hob erstaunt die Augenbrauen. »Ich hatte keine Ahnung, daß es sich um eine so riesige Summe handelt«, sagte er.

»Sir Charles hatte wohl den Ruf, sehr reich zu sein, aber wie groß sein Reichtum war, wußten wir nicht, ehe wir seine Wertpapiere prüften. Der Gesamtwert des Besitzes beträgt beinahe eine Million.«

»Herrgott! Für diesen Einsatz mag ein Mann wohl ein gefährliches Spiel wagen. Eine Frage noch, Dr. Mortimer. Angenommen, unserem jungen Freunde hier würde etwas zustoßen – verzeihen Sie diese unangenehme Hypothese –, wer wäre der nächste Erbe?«

»Da Rodger Baskerville, Sir Charles' jüngster Bruder, unverheiratet gestorben ist, würde die Erbschaft an die Desmonds übergehen, entfernte Vettern. James Desmond ist ein ältlicher Geistlicher in Westmorland.«

»Danke. Diese Einzelheiten sind alle sehr wichtig. Haben Sie Mr. James Desmond jemals gesehen?«

»Ja, er hat Sir Charles einmal besucht. Er machte einen Eindruck von Ehrwürde und heiligmäßigem Leben. Ich erinnere mich, daß er es ablehnte, sich von Sir Charles irgend etwas aussetzen zu lassen, obwohl dieser es ihm geradezu aufdrängte.«

»Und dieser einfache, schlichte Mann wäre der Erbe von Sir Charles' Tausendern?«

»Er wäre jedenfalls der Erbe des Landbesitzes, da dieser ein Erblehen ist. Er würde auch das Geld erben, es sei denn, der jetzige Besitzer, der natürlich damit tun kann, was er will, verfügt anders.«

»Und haben Sie schon Ihr Testament gemacht, Sir Henry?«

»Nein, Mr. Holmes. Ich hatte noch keine Zeit – ich weiß ja erst seit gestern, wie die Dinge liegen. Aber jedenfalls meine ich, das Geld sollte beim Titel und beim Grundbesitz bleiben. So hat es auch mein armer Onkel gewollt. Wie soll der Besitzer den Glanz der Baskervilles wieder aufleben lassen, wenn er nicht genug Geld hat, um das Gut zu erhalten? Haus, Land und Dollars müssen zusammenbleiben.«

»Ganz richtig. Nun, Sir Henry, ich bin einer Meinung mit Ihnen; es ist sicher ratsam, daß Sie sich unverzüglich nach Devonshire begeben. Ich muß nur auf einer Vorkehrung bestehen. Sie dürfen nicht allein hinfahren.«

»Dr. Mortimer kehrt mit mir zurück.«

»Aber Dr. Mortimer hat seine Praxis zu besorgen, und sein Haus ist viele Meilen von dem Ihren entfernt. Er wäre beim besten Willen nicht imstande, Ihnen zu helfen. Nein, Sir Henry, Sie müssen jemand mitnehmen, einen vertrauenswürdigen Mann, der immer um Sie ist.«

»Wäre es möglich, daß Sie selber kämen, Mr. Holmes?«

»Sollte eine Krise eintreten, würde ich versuchen, persönlich anwesend zu sein; aber Sie müssen verstehen, daß es bei meiner ausgedehnten Beratungspraxis und den ununterbrochenen Anfragen, die von allen möglichen Seiten an mich gerichtet werden, beinahe unmöglich für mich ist, eine unbestimmte Zeit London fernzubleiben. Im Augenblick wird einer der geachtetsten Namen in England von einem Erpresser besudelt, und ich allein kann einen verheerenden Skandal verhindern. Sie begreifen, daß ich unmöglich nach Dartmoor kommen kann.«

»Wen würden Sie dann empfehlen?«

Holmes legte die Hand auf meinen Arm.

»Wenn mein Freund es übernehmen wollte – ich kenne niemanden, den ich im Augenblick der Gefahr lieber an meiner Seite hätte als ihn. Kein Mensch kann das besser beurteilen als ich selbst.«

Dieser Vorschlag kam völlig überraschend für mich, aber ehe ich antworten konnte, ergriff Baskerville meine Hand und schüttelte sie herzlich.

»Also, das ist aber wirklich liebenswürdig von Ihnen, Dr. Watson«, rief er. »Sie sehen, wie es um mich steht, und Sie wissen genausoviel über die Angelegenheit wie ich. Wenn Sie nach Baskerville Hall kommen und mir zur Seite stehen wollen, werde ich Ihnen das nie vergessen!«

Die Verheißung von Abenteuer hatte mich schon immer fasziniert, und ich war durch Holmes' Worte und die Freude, mit der mich der Baronet als Gefährten begrüßte, sehr geschmeichelt.

»Ich komme mit Vergnügen«, versicherte ich. »Ich wüßte keine bessere Verwendung für meine Zeit.«

»Und Sie werden mich sehr gründlich auf dem laufenden halten«, sagte Holmes. »Wenn eine Krise eintritt, was sicher geschieht, werde ich Ihnen sagen, was Sie tun sollen. Ich nehme an, daß bis Samstag alles soweit sein kann?«

»Würde Ihnen das passen, Dr. Watson?«

»Ausgezeichnet.«

»Wenn Sie also nichts anderes hören, treffen wir uns am Samstag zum Zug um zehn Uhr dreißig ab Paddington.«

Wir standen auf, um uns zu verabschieden, als Baskerville einen Triumphschrei ausstieß, in eine Zimmerecke stürzte und unter dem Schrank einen braunen Schuh hervorzog.

»Mein verlorener Schuh!« rief er aus.

»Mögen all unsere Schwierigkeiten sich mit der selben Leichtigkeit beheben«, sagte Holmes.

»Das ist aber doch sehr sonderbar«, meinte Dr. Mortimer. »Ich habe das Zimmer vor dem Mittagessen gründlich durchsucht.«

»Ich auch«, versicherte Baskerville. »Jeden Zoll.«

»Und da war bestimmt kein Schuh vorhanden.«

»In diesem Fall muß der Hausdiener ihn gebracht haben, während wir beim Mittagessen waren.«

Der deutsche Hausdiener wurde gerufen, beteuerte aber, nichts von der Sache zu wissen, auch verliefen alle anderen Nachforschungen ergebnislos. Nun war zu der Serie anscheinend sinnloser und mysteriöser Zwischenfälle, die so rasch aufeinander gefolgt waren, ein weiterer hinzugekommen. Abgesehen von der ganzen grimmen Geschichte um Sir Charles' Tod hatten wir eine Reihe unerklärlicher Ereignisse, sämtlich im Laufe der letzten zwei Tage, darunter der Eingang des gedruckten Briefes, der schwarzbärtige Verfolger in der Droschke, der Verlust des neuen braunen und des alten schwarzen und die Rückkehr des neuen braunen Schuhs. Holmes hüllte sich im Wagen in Schweigen, während wir zur Baker Street zurückfuhren, und ich konnte aus seinen zusammengezogenen Brauen und dem angespannten Gesicht schließen, daß sein Verstand, wie der meine, völlig damit befaßt war, ein Schema herauszuarbeiten, in welches sich all diese merkwürdigen und anscheinend zusammenhanglosen Ereignisse einfügen ließen. Den ganzen Nachmittag und bis spät in den Abend hinein saß er so, verloren in Tabak und Gedanken.

Kurz vor dem Abendessen wurden zwei Telegramme gebracht.

Das erste lautete: »Erfahre gerade, daß Barrymore in Baskerville Hall ist. Baskerville.«

Das zweite: »Dreiundzwanzig Hotels besucht wie angewiesen, kann aber leider keinen Fund zerschnittener *Times*-Seite melden. Cartwright.«

»Nun sind zwei meiner Fäden gerissen, Watson. Nichts ist so stimulierend wie ein Fall, in dem sich alles gegen einen wendet. Wir müssen uns nach einer anderen Fährte umsehen.«

»Wir haben noch den Kutscher, der den Spion gefahren hat.«

»Das stimmt. Ich habe telegraphisch bei der amtlichen Registratur nach seinem Namen und seiner Adresse gefragt, und ich würde mich nicht wundern, wenn dies die Antwort auf meine Anfrage wäre.«

Das Läuten der Türglocke stellte sich jedoch als noch befriedigender denn eine Antwort heraus, denn die Zimmertür öffnete sich, und ein gewöhnlich aussehender Mann, offenbar der Kutscher selbst, trat ein.

»Ich habe von der Zentrale gehört, daß ein Herr mit dieser Adresse nach 2704 gefragt hat«, sagte er. »Ich fahre meinen Wagen jetzt sieben Jahre, und nie hat es eine Klage gegeben. Ich komme direkt vom Yard her, um Sie zu fragen, was Sie gegen mich haben.«

»Ich habe gar nichts gegen Sie, guter Mann«, antwortete Holmes. »Im Gegenteil, Sie bekommen einen halben Sovereign, wenn Sie meine Fragen klar beantworten.«

»Na, ich habe heute einen guten Tag, das ist sicher«, sagte der Kutscher grinsend. »Was wollen Sie von mir wissen, Sir?«

»Zuerst einmal Ihren Namen und Ihre Adresse, falls ich Sie noch einmal brauche.«

»John Clayton, 3, Turpey Street, The Borough. Mein Wagen gehört zu Shipley Yards, nahe der Waterloo Station.«

Sherlock Holmes notierte die Adresse.

»Nun, Clayton, erzählen Sie mir etwas von dem Fahrgast, der heute früh um zehn Uhr dieses Haus beobachtet und dann zwei Gentlemen die Regent Street entlang verfolgt hat.«

Der Mann sah überrascht und etwas verlegen aus.

»Na, es hat nicht viel Sinn, daß ich Ihnen etwas erzähle, denn Sie scheinen schon genausoviel darüber zu wissen wie ich«, brummte er. »Die Wahrheit ist, daß mir der Gentleman gesagt hat, er wäre Detektiv, und ich dürfte niemand von ihm erzählen.«

»Mein Lieber – dies hier ist eine sehr ernste Sache. Sie würden nur in Ungelegenheiten kommen, wenn Sie mir etwas verschweigen wollten. Sie sagten, daß Ihr Fahrgast sich als Detektiv ausgegeben hat?«

»Jawohl.«

»Wann hat er das gesagt?«

»Als er ausstieg.«

»Hat er noch etwas anderes gesagt?«

»Seinen Namen.«

Holmes warf mir einen schnellen triumphierenden Blick zu.

»So, er hat seinen Namen genannt? Das war aber sehr unvorsichtig. Welchen Namen hat er denn genannt?«

»Sein Name«, gab der Kutscher zur Antwort, »war Sherlock Holmes.«

Noch nie habe ich meinen Freund von etwas so überrascht gesehen wie von dieser Antwort des Kutschers. Einen Augenblick lang saß er in stummer Verblüffung. Dann brach er in ein herzliches Lachen aus.

»Ein Treffer, Watson – ganz zweifellos ein Treffer!« sagte er. »Ich wittere einen Degen, der so biegsam und rasch ist wie mein eigener. Diesmal hat er es mir gut gegeben. Sein Name war also Sherlock Holmes, nicht wahr?«

»Ja, Sir, das war sein Name.«

»Ausgezeichnet! Sagen Sie mir, wo er eingestiegen ist und alles, was dann geschah.«

»Er hat mich um halb zehn am Trafalgar Square angehalten. Er sagte, er wäre Detektiv, und hat mir zwei Guineas versprochen, wenn ich den ganzen Tag lang alles tue, was er will, ohne Fragen zu stellen. Natürlich habe ich gern angenommen. Zuerst sind wir zum Northumberland Hotel gefahren und haben dort gewartet, bis zwei Gentlemen herausgekommen sind und einen Wagen genommen haben. Wir sind ihnen dann gefolgt, bis sie hier irgendwo ausgestiegen sind.«

»Genau vor dieser Tür«, nickte Holmes.

»Nun, ich konnte das nicht so genau wissen, aber ich glaube, mein Fahrgast hat einiges gewußt. Wir sind dann etwas weiter zurück in der Straße stehengeblieben und haben anderthalb Stunden gewartet. Dann sind die zwei Gentlemen an uns vorübergegangen, und wir sind ihnen die Baker Street entlang gefolgt und in die....«

»Ich weiß«, sagte Holmes.

»Bis wir drei Viertel der Regent Street hinter uns hatten. Dann hat mein Gentleman das Verdeck zurückgeklappt und mir zugerufen, ich sollte sofort so schnell wie möglich zur Waterloo Station fahren. Ich habe es meinem Klepper mit der Peitsche gegeben, und in weniger als zehn Minuten waren wir am Bahnhof. Dann hat er mir meine zwei Pfund gegeben, wie es sich gehört, und ist in den Bahnhof gegangen. Im letzten Augenblick hat er sich umgedreht und gesagt: ›Es könnte Sie interessieren zu wissen, daß Sie Mr. Sherlock Holmes gefahren haben.‹ So habe ich seinen Namen erfahren.«

»Aha. Und Sie haben nichts mehr von ihm gesehen?«

»Nachdem er den Bahnhof betreten hatte, nicht.«

»Und wie würden Sie Mister Sherlock Holmes beschreiben?«

Der Kutscher kratzte sich den Kopf. »Es ist nicht leicht, ihn zu beschreiben. Ich würde ihm an die vierzig Jahre geben, und er war mittelgroß, ungefähr zwei oder drei Zoll kleiner als Sie. Er war wie ein Stutzer gekleidet, und er hatte einen schwarzen, viereckig getrimmten Bart und ein blasses Gesicht. Mehr kann ich, glaube ich, nicht sagen.«

»Augenfarbe?«

»Nein, Sir, weiß ich nicht.«

»Sie können sich an nichts anderes erinnern?«

»Nein, Sir, nichts.«

»Nun, da ist Ihr halber Sovereign. Noch einer wartet auf Sie, wenn Sie mir weitere Informationen bringen können.«

»Gute Nacht, Sir, und danke sehr.«

John Clayton ging schmunzelnd weg, und Holmes wandte sich mit einem Achselzucken und einem enttäuschten Gesicht mir zu.

»Da ist also unser dritter Faden gerissen, und wir sind wieder da, wo wir angefangen haben«, sagte er. »Ein gerissener Gauner! Er kannte unsere Hausnummer, wußte, daß Sir Henry Baskerville mich konsultiert hatte, hat mich in der Regent Street bemerkt, hat sich ausgerechnet, daß ich die Nummer des Wagens notiert hatte und den Kutscher finden würde, und schickt mir also diese freche Kampfansage. Ich sage Ihnen, Watson, diesmal haben es wir mit einem ebenbürtigen Gegner zu tun. Ich bin in London mattgesetzt worden. Ich kann Ihnen für Devonshire nur mehr Glück wünschen. Aber mir ist gar nicht wohl dabei.«

»Weshalb nicht?«

»Weil ich Sie dort hinschicke. Es ist eine häßliche Angelegenheit, Watson, häßlich und gefährlich, und je mehr ich davon sehe, desto weniger gefällt sie mir. Ja, mein Lieber, Sie haben gut lachen, aber ich gebe Ihnen mein Wort, daß ich sehr froh sein werde, wenn Sie heil und gesund wieder in der Baker Street sind.«

6. BASKERVILLE HALL

SIR HENRY BASKERVILLE und Dr. Mortimer waren am festgesetzten Tag bereit, und wie vereinbart machten wir uns auf den Weg nach Devonshire. Mr. Sherlock Holmes fuhr mit mir zum Bahnhof und verabschiedete mich mit Maßregeln und Ratschlägen.

»Ich möchte Sie nicht dadurch beeinflussen, daß ich Theorien oder einen Verdacht äußere, Watson«, sagte er. »Ich bitte Sie nur, mir die Fakten möglichst ausführlich zu melden und das Theoretisieren mir zu überlassen.«

»Welche Fakten?« fragte ich.

»Alles, was sich, wie indirekt auch immer, auf unseren Fall beziehen könnte, und vor allem das Verhältnis des jungen Baskerville zu seinen Nachbarn, oder irgendwelche neuen Einzelheiten über den Tod von Sir Charles. Ich habe in den letzten Tagen selbst Nachforschungen darüber angestellt, aber ohne Ergebnis, fürchte ich. Nur eines scheint sicher zu sein, und zwar, daß Mr. James Desmond, der nächste Erbe, ein liebenswürdiger älterer Herr ist, von dem dieser Spuk sicher nicht ausgeht. Ich glaube wirklich, wir können ihn bei unseren Erwägungen völlig auslassen. Es bleiben die Leute, die Sir Henry Baskerville auf dem Moor gewissermaßen umgeben werden.«

»Wäre es nicht besser, zu allererst das Ehepaar Barrymore zu entlassen?«

»Im Gegenteil. Man könnte keinen größeren Fehler begehen. Wenn sie unschuldig sind, wäre es eine grausame Ungerechtigkeit, und wenn sie schuldig sind, berauben wir uns damit jeder Möglichkeit, es ihnen zu beweisen. Nein, nein, wir werden sie auf unserer Liste der Verdächtigen weiterführen. Wenn ich mich recht erinnere, gibt es in Baskerville Hall einen Pferdeknecht. Dann sind da zwei Moorbauern, ferner unser Freund, Dr. Mortimer, den ich für aufrichtig halte, und seine

Frau, von der wir nichts wissen. Dann dieser Naturforscher Stapleton und seine Schwester, die eine anziehende junge Dame sein soll. Mr. Frankland in Lafter Hall ist auch ein unbekannter Faktor, und es gibt noch einen oder zwei Nachbarn. Das sind die Menschen, die Sie sich genau ansehen müssen.«

»Ich werde mein Bestes tun.«

»Sie haben eine Waffe bei sich, nehme ich an.«

»Ja, ich dachte, es wäre wohl gut, eine mitzunehmen.«

»Ganz bestimmt. Tragen Sie Ihren Revolver Tag und Nacht bei sich und lassen Sie keine Vorsichtsmaßregel außer acht.«

Unsere Freunde hatten bereits ein Abteil erster Klasse belegt und erwarteten uns auf dem Bahnsteig.

»Nein, wir wissen nichts Neues«, antwortete Dr. Mortimer auf eine Frage Holmes'. »Eines aber kann ich beschwören: daß wir während der letzten zwei Tage nicht beschattet worden sind. Wir sind nie ausgegangen, ohne scharf aufzupassen, und niemand wäre unserer Aufmerksamkeit entgangen.«

»Sie sind immer zusammengeblieben, nehme ich an?«

»Immer, außer gestern nachmittag. Ich widme immer einen Tag dem reinen Amüsement, wenn ich in die Stadt komme, und den habe ich im Museum des College of Surgeons verbracht.«

»Und ich bin in den Park gegangen, um mir die Leute anzusehen«, sagte Baskerville. »Es hat aber keinerlei Ärger gegeben.«

»Trotzdem war das sehr unvorsichtig«, sagte Holmes. Er schüttelte den Kopf und blickte ernst drein. »Ich bitte Sie, Sir Henry, nie mehr allein auszugehen. Es könnte Ihnen sonst ein großes Unglück zustoßen. Haben Sie Ihren zweiten Schuh wiedergefunden?«

»Nein, der ist wohl endgültig verschwunden.«

»So? Das ist sehr interessant. Also, Good-bye«, fügte er hinzu, als der Zug den Bahnsteig entlangzugleiten begann. »Denken Sie immer an einen der Sätze in dieser sonderbaren alten Legende die Dr. Mortimer uns vorgelesen hat, Sir Henry, und meiden Sie das Moor in jenen dunklen Stunden, in denen die Mächte des Bösen die Oberhand haben.«

Ich blickte zum Bahnsteig zurück, als wir ihn weit hinter uns gelassen hatten, und sah die große, nüchterne Gestalt von Holmes, der reglos dort stand und uns nachschaute.

Die Reise verging rasch und angenehm; ich nutzte sie, mit meinen Gefährten besser bekanntzuwerden und mit Dr. Mortimers Spaniel zu spielen. Nach wenigen Stunden hatte die braune Erde eine rötliche Färbung angenommen, an Stelle der Ziegel trat Granit, und rote Kühe grasten auf Wiesen mit vielen Hecken, wo das saftige Gras und die üppigere Vegetation von einem reicheren, wenn auch feuchteren Klima zeugten. Der junge Baskerville blickte aufgeregt aus dem Fenster und ließ Ausrufe des Entzückens hören, als er die vertrauten Merkmale der Landschaft von Devonshire wiedererkannte.

»Ich habe viel von der Welt gesehen, seit ich von hier fortgegangen bin, Dr. Watson«, sagte er, »aber ich habe nie etwas gefunden, was den Vergleich damit ausgehalten hätte.«

»Ich habe noch nie einen Menschen aus Devonshire gesehen, der nicht auf seine Grafschaft geschworen hätte«, bemerkte ich.

»Es hängt genausoviel von der Abstammung eines Menschen wie von der Grafschaft ab«, sagte Dr. Mortimer. »Ein Blick auf unseren Freund hier verrät den runden Kopf des Kelten, der den keltischen Enthusiasmus und die Gabe der Anhänglichkeit birgt. Der Schädel des armen Sir Charles gehörte einem seltenen Typus an, halb gälisch, halb irisch, was die Charakteristika angeht. Sie waren doch noch sehr jung, als Sie Baskerville Hall zum letzten Mal gesehen haben, nicht wahr?«

»Als mein Vater starb, war ich ein junger Bursche und hatte das Herrenhaus nie gesehen, denn wir lebten in einem kleinen Cottage an der Südküste. Und von da bin ich gleich nach Amerika gegangen. Ich sage Ihnen, für mich ist alles ebenso neu wie für Dr. Watson, und ich brenne darauf, das Moor zu sehen.«

»So? Nun, das ist ein leicht erfüllbarer Wunsch, denn hier ist das Moor«, sagte Dr. Mortimer. Er wies aus dem Fenster.

Jenseits der grünen Gevierte der Felder und der sanften Biegung eines Waldes erhob sich in der Ferne ein grauer, melancholischer Hügel, verschwommen und vage in der Entfernung wie eine phantastische Traumlandschaft. Baskerville saß lange da, seine Augen hingen an diesem Hügel, und ich las in seinem angespannten Gesicht, wie viel ihm dieser erste Anblick des merkwürdigen Fleckens Erde bedeutete, den Menschen seines Blutes so lange beherrscht und auf dem sie so tiefe Spuren hinterlassen hatten. Da saß er, in seinem Tweedanzug und mit seinem amerikanischen Akzent, in der Ecke eines prosaischen Eisenbahnabteils, und dennoch, als ich sein dunkles, ausdrucksvolles Gesicht betrachtete, fühlte ich mehr denn je, daß er ein echter Sproß einer langen Reihe heißblütiger, feuriger und herrischer Männer war. In seinen dichten Brauen, seinen vibrierenden Nasenflügeln und seinen großen, haselnußbraunen Augen lagen Stolz, Tapferkeit und Kraft. Wenn auf diesem unheimlichen Moor ein schweres und gefahrvolles Abenteuer vor uns lag, war dies wenigstens ein Kamerad, für den man etwas wagen konnte, im sicheren Gefühl, daß er die Gefahr tapfer teilen würde.

Der Zug hielt an einer kleinen Station, und wir stiegen alle aus. Jenseits der niedrigen weißen Umzäunung stand ein offener Wagen mit zwei kleinen Pferden. Unsere Ankunft war offenbar ein großes Ereignis, denn Stationschef und Träger drängten sich, um unser Gepäck hinauszuschleppen. Es war ein hübscher, einfacher, ländlicher Ort, doch bemerkte ich zu meiner Überraschung, daß zwei soldatische Männer in dunklen Uniformen neben dem Eingang auf ihre kurzen Gewehre gestützt standen und uns scharf musterten, als wir an ihnen vorbeigingen. Der Kutscher, ein kleiner knorriger Mann mit hartem Gesichtsausdruck, begrüßte Sir Henry Baskerville, und einige Minuten später fuhren wir rasch die breite, weiße Landstraße entlang. Wogendes Weideland stieg an beiden Seiten an, und alte Giebelhäuser lugten aus dichtem Laubwerk hervor, aber jenseits der friedlichen sonnigen Landschaft ragte dunkel wider den Abendhimmel die lange, düstere Linie des Moors, unterbrochen von den zerklüfteten, unheimlichen Hügeln.

Der Wagen bog in einen Seitenweg ein, und wir fuhren nun bergauf, durch tiefe, von den Rädern in Jahrhunderten ausgehöhlte Wege, mit steilen Böschungen auf beiden Seiten, die von feuchtem Moos und üppigen Hirschzungen überwuchert waren. Rostfarbenes Farnkraut und buntscheckige Brombeersträucher schimmerten im Licht der untergehenden Sonne. Immer weiter bergauf überquerten wir eine schmale Brücke aus Granit und fuhren einen lauten Bach entlang, der schäumend und tosend zwischen den grauen Felsblöcken bergab schoß. Sowohl die Straße als auch der Bach wanden sich durch eine dicht mit Krüppeleichen und Tannen bewachsene Schlucht. Bei jeder Wegbiegung stieß Baskerville Rufe des Entzückens aus; er blickte eifrig um sich und stellte zahllose Fragen. In seinen Augen war alles wunderschön, für mich aber lag ein Hauch von Melancholie über der Landschaft, die so deutlich das Mal des schwindenden Jahres trug. Gelbe Blätter fielen auf uns nieder und bildeten einen dichten Teppich auf den Wegen. Das Rollen der Räder erstarb, als wir über zusammengewehte, vermodernde Vegetation fuhren – wie mir schien, ein trauriger Willkommensgruß, den die Natur vor den Wagen des heimkehrenden Erben der Baskervilles streute.

»Hallo«, rief Dr. Mortimer, »was ist denn das?«

Eine steile Erhebung heidekrautbewachsenen Bodens, ein Ausläufer des Moores, lag vor uns. Auf der Höhe, hart und klar wie ein Reiterstandbild, hielt ein berittener Soldat, streng und dunkel, das Gewehr schußbereit auf dem Unterarm. Er bewachte die Straße, auf der wir fuhren.

»Was soll das bedeuten, Perkins?« fragte Dr. Mortimer.

Unser Kutscher wandte sich halb um.

»Ein Sträfling ist aus Princetown ausgebrochen, Sir. Schon vor drei Tagen, und die Gefängniswärter bewachen jede

Straße und jeden Bahnhof, aber man hat noch keine Spur von ihm gesehen. Die Bauern hier mögen das gar nicht, Sir, das können Sie wohl annehmen.«

»Ich dachte, sie bekommen fünf Pfund, wenn sie einen Hinweis geben können?«

»Ja, Sir, aber fünf Pfund sind wenig im Vergleich zu der Möglichkeit, die Kehle durchgeschnitten zu kriegen. Wissen Sie, das ist kein gewöhnlicher Sträfling. Das ist ein Mann, der vor nichts zurückschreckt.«

»Wer ist es denn?«

»Es ist Selden, der Mörder von Notting Hill.«

Ich erinnerte mich genau an den Fall, denn er war einer von denen, die Holmes besonders interessiert hatten, wegen der ausgesuchten Grausamkeit des Verbrechens und der zügellosen Brutalität, die alle Taten des Mörders kennzeichnete. Die Begnadigung von der Todesstrafe zu lebenslänglichem Gefängnis verdankte der Verurteilte nur dem Zweifel an seiner Zurechnungsfähigkeit, so gräßlich waren all seine Taten gewesen. Unser Wagen hatte eine Steigung überwunden, und vor uns ragte die weite Fläche des Moors auf, mit knotigen und schroffen *cairns* und *tors*. Ein kalter Wind wehte von ihnen herab und ließ uns frösteln. Irgendwo da auf der trostlosen Ebene lauerte dieser tückische Mann, wie ein wildes Tier in eine Höhle verkrochen, das Herz voller Rachegelüste gegen die ganze Menschheit, die ihn ausgestoßen hatte. Mehr als dies war nicht nötig, um die grimmige Bedeutsamkeit der kargen Einöde, des eisigen Windes und des sich verdüsternden Himmels zu vollenden. Sogar Baskerville verstummte und hüllte sich enger in seinen Mantel.

Wir hatten das fruchtbare Land hinter und unter uns gelassen. Nun blickten wir darauf zurück; die schrägen Strahlen der niedrigstehenden Sonne verwandelten die Flüsse in goldene Fäden und glommen auf der vom Pflug aufgeworfenen roten Erde und dem dichten Gewirr der Waldungen. Die Straße vor uns wurde öder und unwegsamer, zwischen ausgedehnten rötlichen und olivfarbenen Abhängen, die mit riesigen Felsblökken übersät waren. Hin und wieder fuhren wir an einem Moorland-Cottage vorbei, mit Dach und Mauern aus Stein, ohne Kletterpflanzen, die die schroffen Umrisse gemildert hätten. Plötzlich sahen wir in eine schalenförmige Mulde hinab, wie mit Flicken übersät von verkümmerten und durch viele Jahre wütender Stürme verbogenen Eichen und Tannen. Zwei hohe, schmale Türme erhoben sich über die Bäume. Der Kutscher deutete mit der Peitsche.

»Baskerville Hall«, sagte er.

Der neue Besitzer war aufgestanden und blickte mit geröteten Wangen und blitzenden Augen dorthin. Einige Minuten später hatten wir das Parktor erreicht, ein schmiedeeisernes Labyrinth phantastischen Maßwerks zwischen verwitterten, flechtenüberzogenen Pfeilern, die von den Eberköpfen des baskervilleschen Wappens gekrönt waren. Das Pförtnerhaus war eine Ruine aus schwarzem Granit und nackten Sparren; ihm gegenüber sah man ein halbfertiges neues Gebäude, die erste Frucht von Sir Charles' südafrikanischem Gold.

Wir fuhren durch das Tor in die Allee ein, in der die Räder abermals lautlos im Laub versanken, und die alten Bäume vereinten ihre Äste über unseren Köpfen zu einem dunklen Tunnel. Baskerville fuhr fröstelnd zusammen, als er die lange, finstere Auffahrt hinaufsah, an deren Ende wie ein Geist das Haus schimmerte.

»War es hier?« fragte er leise.

»Nein, nein, die Eibenallee liegt auf der anderen Seite.«

Der junge Erbe sah sich mit düsterem Gesicht um. »Es ist kein Wunder, wenn mein Onkel fühlte, daß ihm an einem Ort wie diesem etwas zustoßen würde«, sagte er. »Jeden Menschen würde hier das Grauen ankommen. Innerhalb von sechs Monaten werde ich hier eine Reihe elektrischer Laternen anbringen lassen, und mit einer Tausendwattlampe direkt vor dem Haustor werden Sie das alles nicht wiedererkennen.«

Die Allee mündete auf einen großen Rasenplatz, und vor uns lag das Haus. Im schwindenden Licht konnte ich erkennen, daß der Mitteltrakt einen massiven Block bildete, aus dem eine Vorhalle sprang. Die ganze Front war von Efeu verhüllt; da und dort gab es einen Ausschnitt, wo ein Fenster oder ein steinernes Wappen den dunklen Schleier durchbrach. Aus diesem Mittelblock ragten die Zwillingstürme empor, uralt, von Zinnen gekrönt und durchbrochen von vielen Schießscharten. Rechts und links der Türme lagen die neueren Flügel aus schwarzem Granit. Trübes Licht fiel aus den Fenstern mit ihren schweren Mittelpfosten, und aus den hohen Kaminen, die sich von dem steilen, spitzwinkligen Dach erhoben, stieg eine einzige schwarze Rauchsäule empor.

»Willkommen, Sir Henry! Willkommen in Baskerville Hall.«

Ein hochgewachsener Mann war aus dem Schatten der Vorhalle getreten, um die Wagentür zu öffnen. Die Gestalt einer Frau zeichnete sich vor dem gelben Licht der Halle ab. Sie kam heraus und half dem Mann, unsere Taschen vom Wagen zu heben.

»Sie verzeihen, wenn ich geradewegs nach Hause fahre, Sir Henry«, sagte Dr. Mortimer. »Meine Frau erwartet mich.«

»Sie werden doch zum Essen bleiben?«

»Nein, ich muß nach Hause. Ich bin sicher, daß mich viel Arbeit erwartet. Ich würde gern bleiben, um Ihnen das Haus zu zeigen, aber Barrymore wird Ihnen ein besserer Führer sein als ich. Good-bye, und zögern Sie weder bei Tag noch bei Nacht, mich zu rufen, wenn Sie mich brauchen.«

Das Rollen der Räder verklang, als Sir Henry und ich in die Halle traten, und hinter uns fiel die Tür schwer zu. Wir fanden uns in einem schönen Raum wieder, groß, luftig und versehen mit einer Vielzahl riesiger Deckenbalken aus Eiche, vom Alter geschwärzt. In dem großen, altertümlichen Kamin prasselte und knisterte ein Holzfeuer hinter den massigen eisernen Feuerböcken. Sir Henry und ich wärmten unsere Hände daran, denn wir waren von der langen Fahrt starr. Dann blickten wir uns um und sahen die hohen, schmalen Fenster aus buntem Glas, die Eichentäfelung, die Hirschköpfe, die

Wappen an den Wänden, alles matt und schattig im gedämpften Licht der Lampe in der Mitte des Raumes.

»Es ist genau so, wie ich es mir vorgestellt habe«, sagte Sir Henry. »Ist es nicht das Urbild eines alten Familiensitzes? Wenn man bedenkt, daß es dasselbe Herrenhaus ist, in dem meine Ahnen fünfhundert Jahre lang gewohnt haben! Mir wird ganz feierlich zumute, wenn ich daran denke.«

Ich sah, wie sein dunkles Gesicht sich in jungenhafter Begeisterung aufhellte, als er um sich blickte. Das Licht fiel auf ihn, dort, wo er stand, aber lange dunkle Schatten glitten von den Wänden herab und hingen über ihm wie ein schwarzer Baldachin. Barrymore hatte unser Gepäck auf die Zimmer gebracht und war zurückgekommen. Er stand nun vor uns mit der unaufdringlichen Haltung eines gut ausgebildeten Dieners. Er sah bemerkenswert aus, groß und hübsch, mit einem eckigen schwarzen Bart und blassen, vornehmen Gesichtszügen.

»Wünschen Sie, daß das Dinner sofort aufgetragen wird, Sir?«

»Ist es fertig?«

»In einigen Minuten, Sir. Sie finden heißes Wasser in Ihren Zimmern. Meine Frau und ich werden sehr glücklich sein, Sir Henry, in Ihren Diensten zu bleiben, bis Sie Ihre Anordnungen getroffen haben, aber Sie werden verstehen, daß unter den neuen Umständen das Haus wesentlich mehr Personal benötigen wird.«

»Welche neuen Umstände?«

»Ich meinte nur, Sir, daß Sir Charles ein sehr zurückgezogenes Leben geführt hat, und wir konnten für die Erfüllung seiner Bedürfnisse sorgen. Sie aber werden natürlich den Wunsch nach mehr Gesellschaft haben und daher Veränderungen im Haushalt benötigen.«

»Wollen Sie damit sagen, daß Sie und Ihre Frau gehen wollen?«

»Erst zu einem Ihnen genehmen Zeitpunkt, Sir.«

»Aber Ihre Familie ist doch seit vielen Generationen bei

uns gewesen, nicht wahr? Es täte mir leid, mein Leben hier damit zu beginnen, daß ich eine alte Familienverbindung abbreche.«

Ich meinte, Zeichen von Gemütsbewegung im blassen Gesicht des Butlers wahrzunehmen.

»Ich empfinde das Gleiche, Sir, und meine Frau ebenfalls. Aber, um die Wahrheit zu sagen, Sir, haben wir beide sehr an Sir Charles gehangen, und sein Tod hat uns einen Schock versetzt und diese Umgebung für uns sehr schmerzlich gemacht. Ich fürchte, wir werden uns in Baskerville Hall nie mehr wirklich wohl fühlen.«

»Aber was wollen Sie tun?«

»Ich zweifle nicht daran, Sir, daß wir uns mit Erfolg in irgendeinem Geschäft einrichten können. Sir Charles' Großzügigkeit hat uns die Mittel dazu gegeben. Und nun, Sir, sollte ich Ihnen wohl Ihre Zimmer zeigen.«

Eine Doppeltreppe führte zu einer geräumigen Galerie mit Geländer, die um den oberen Teil der alten Halle lief. Von diesem Mittelpunkt aus erstreckten sich zwei lange Korridore durch das gesamte Gebäude; an diesen Fluren lagen alle Schlafräume. Der meine befand sich im gleichen Flügel wie Baskervilles, und zwar fast nebenan. Diese Räume schienen viel moderner als der mittlere Teil des Hauses, und helle Tapeten und zahlreiche Kerzen taten einiges, um den trüben Eindruck zu verwischen, den unsere Ankunft auf mein Gemüt gemacht hatte.

Der Speisesaal jedoch, der sich von der Halle aus erschloß, war ein Ort des Schattens und der Düsternis. Der Raum war langgestreckt, eine Stufe trennte die Estrade, wo die Familie zu sitzen pflegte, vom unteren Teil, der dem Gesinde vorbehalten war. Eine Galerie für Spielleute befand sich an einer Kopfseite. Schwarze Balken zogen sich über unseren Köpfen entlang, dahinter eine rauchgeschwärzte Decke. Reihen flammender Fackeln zur Beleuchtung, die Farben und die derbe Fröhlichkeit eines Banketts aus alter Zeit mochten die Stimmung gemildert haben; nun jedoch, da zwei schwarzgekleidete Gentlemen im engen Lichtkreis einer beschirmten Lampe saßen, waren die Stimmen leise und das Gemüt bedrückt. Eine vage Reihe von Ahnen, vom elisabethanischen Ritter bis zum Regency-Stutzer, starrte auf uns herab und schüchterte uns durch ihre schweigsame Gesellschaft ein. Wir sprachen wenig, und ich zumindest war froh, als das Mahl vorüber war und wir uns in das moderne Billardzimmer zurückziehen und eine Zigarette rauchen konnten.

»Das ist wirklich kein besonders fröhlicher Ort«, sagte Sir Henry. »Ich nehme an, daß man sich hier einleben kann, aber im Augenblick fühle ich mich ein wenig unbehaglich. Ich wundere mich nicht, daß mein Onkel ein bißchen nervös davon geworden ist, als er ganz allein in solch einem Haus lebte. Immerhin, wenn es Ihnen paßt, werden wir uns heute abend früh zurückziehen, und vielleicht sehen die Dinge morgens freundlicher aus.«

Ehe ich zu Bett ging, zog ich die Vorhänge auseinander und blickte aus dem Fenster. Es schaute auf die grasbewachsene Fläche vor dem Portal hinaus. Dahinter schwankten zwei buschige Baumgruppen ächzend im aufkommenden Wind. Ein halber Mond brach durch die Fetzen fliehender Wolken. In seinem kalten Licht sah ich jenseits der Bäume einen schartigen Felssaum und die lange, flache Krümmung des melancholischen Moors. Ich zog die Vorhänge zu und fühlte, daß dieser mein letzter Eindruck zu den anderen paßte.

Und doch war dieser Eindruck nicht der allerletzte. Ich war müde, aber trotzdem wach, warf mich ruhelos von einer Seite auf die andere auf der Suche nach Schlaf, der doch nicht kommen wollte. In der Ferne schlug eine Uhr die Viertelstunden, aber sonst lag Totenstille über dem alten Haus. Und dann, plötzlich, in der nächtlichen Stille klar, laut und unverkennbar, drang ein Geräusch an mein Ohr. Es war das Schluchzen einer Frau, das erstickte, würgende Ächzen eines Menschen, der von einem nicht zu unterdrückenden Kummer zerrissen wird. Ich richtete mich im Bett auf und horchte angestrengt. Das Geräusch konnte nicht von weither kommen und war bestimmt im Hause selbst. Eine halbe Stunde lang saß ich so mit angespannten Nerven, aber ich hörte nichts anderes mehr als die Schläge der Uhr und das Geraschel des Efeus an der Mauer.

7. DIE STAPLETONS VON MERRIPIT HOUSE

DIE frische Schönheit des folgenden Morgens tat einiges, aus unserem Gemüt den grimmen und grauen Eindruck zu tilgen, den unsere ersten Erfahrungen in Baskerville Hall bei uns beiden hinterlassen hatten. Während Sir Henry und ich beim Frühstück saßen, flutete das Sonnenlicht durch die hohen, unterteilten Fenster herein und warf wässerige Farbflecken, vermöge der die Fenster bedeckenden Wappen. Die dunkle Täfelung glomm wie Bronze in den goldenen Strahlen, und es war schwer zu glauben, daß es derselbe Raum war, der am Abend vorher unsere Seelen mit solcher Düsternis geschlagen hatte.

»Ich glaube, wir selbst sind daran schuld und nicht das Haus!« sagte der Baronet. »Wir waren müde von der Reise und durchgefroren von der Fahrt, und deswegen haben wir alles grau in grau gesehen. Nun sind wir frisch und ausgeruht, und deshalb ist alles wieder fröhlich.«

»Und dennoch war es nicht nur eine Frage der Einbildung«, antwortete ich. »Haben Sie zum Beispiel jemanden, ich glaube, eine Frau, im Lauf der Nacht schluchzen hören?«

»Das ist seltsam; ich habe mir nämlich, als ich fast eingeschlafen war, eingebildet, etwas dergleichen zu hören. Ich habe eine ganze Weile gewartet, aber nichts mehr davon gehört und deswegen geschlossen, es müsse ein Traum gewesen sein.«

»Ich habe es ganz deutlich gehört und bin sicher, daß es wirklich das Schluchzen einer Frau war.«

»Wir müssen uns gleich danach erkundigen.«

Er läutete und fragte Barrymore, ob er uns das, was wir gehört hatten, erklären könne. Mir schien, daß die blassen Züge des Butlers noch blasser wurden, als er der Frage seines Herrn lauschte.

»Es sind nur zwei Frauen hier im Haus, Sir Henry«, antwortete er. »Eine davon ist das Küchenmädchen, das im anderen Flügel schläft. Die andere ist meine Frau, und ich kann versichern, daß dieses Geräusch nicht von ihr gekommen ist.«

Und doch log er, als er dies sagte, denn es traf sich, daß ich nach dem Frühstück Mrs. Barrymore im langen Korridor begegnete; die Sonne fiel ihr voll ins Gesicht. Sie war eine große, beherrschte Frau mit kräftigen Gesichtszügen und einem strengen, verschlossenen Ausdruck um den Mund. Aber ihre Augen waren verräterisch gerötet, und sie blickte mich aus geschwollenen Lidern an. Also war sie es gewesen, die in der Nacht geweint hatte, und wenn es so war, mußte ihr Mann es doch wissen. Trotzdem hatte er die offensichtliche Gefahr, ertappt zu werden, auf sich genommen, als er erklärte, daß sie es nicht gewesen sei. Warum hatte er das getan? Und warum hatte sie so bitterlich geschluchzt? Um diesen blassen, gutaussehenden, schwarzbärtigen Mann schien sich bereits eine Atmosphäre von Rätsel und Düsternis zu verdichten. Er war es gewesen, der als erster die Leiche von Sir Charles gefunden hatte, und für alle Umstände, die zum Tod des alten Mannes geführt, hatten wir allein sein Wort. War es vielleicht doch Barrymore gewesen, den wir in der Regent Street im Wagen gesehen hatten? Der Bart konnte sehr wohl derselbe sein. Der Kutscher hatte zwar einen etwas kleineren Mann beschrieben, aber solch ein Eindruck mochte durchaus ein Irrtum gewesen sein. Wie konnte ich diesen Punkt endgültig klären? Offensichtlich war es das Wichtigste, den Postmeister in Grimpen aufzusuchen und festzustellen, ob das Probetelegramm wirklich Barrymore selbst ausgehändigt worden war. Wie auch die Antwort lauten mochte, ich würde Sherlock Holmes jedenfalls etwas zu berichten haben.

Sir Henry hatte nach dem Frühstück zahlreiche Papiere zu sichten, so daß die Zeit für meinen Ausflug günstig war. Es war ein angenehmer Spaziergang von vier Meilen am Rande des Moors entlang, der mich schließlich zu einem kleinen, grauen Weiler brachte, in welchem zwei größere Gebäude, nämlich das Gasthaus und Dr. Mortimers Haus, hoch über die anderen hinausragten. Der Postmeister, der gleichzeitig der Gemischtwarenhändler des Dorfes war, erinnerte sich genau an das Telegramm.

»Gewiß, Sir«, sagte er, »ich habe Mr. Barrymore das Telegramm übergeben lassen, ganz wie angewiesen.«

»Wer hat es übergeben?«

»Mein Sohn hier. James, du hast letzte Woche das Telegramm an Mr. Barrymore in der Hall abgegeben, nicht wahr?«

»Ja, Vater, ich habe es abgegeben.«

»An Mr. Barrymore selbst?« fragte ich.

»Also, er war da gerade in diesem Augenblick auf dem Boden, deshalb konnte ich es ihm nicht persönlich geben, ich habe es aber Mrs. Barrymore gegeben, und sie hat versprochen, es ihm sofort zu bringen.«

»Hast du Mr. Barrymore gesehen?«

»Nein, Sir, ich sage Ihnen ja, er war auf dem Boden.«

»Wieso weißt du, daß er auf dem Boden war, wenn du ihn nicht gesehen hast?«

»Na, seine eigene Frau wird doch wissen, wo er ist«, sagte der Postmeister gereizt. »Hat er das Telegramm nicht bekommen? Wenn ein Irrtum unterlaufen ist, muß Mr. Barrymore seine Beschwerde selbst vorbringen.«

Es schien hoffnungslos, die Untersuchung weiterzuführen, aber es war klar, daß wir trotz Holmes' List keinen Beweis dafür hatten, daß Barrymore zu jener Zeit nicht in London gewesen war. Angenommen, er sei dort gewesen – angenommen, der gleiche Mann, der als letzter Sir Charles lebend gesehen hatte, sei der erste gewesen, der den neuen Erben bei seiner Rückkehr nach England beschattet hatte. Was dann? War er ein Werkzeug anderer, oder hatte er eigene finstere Pläne? Welches Interesse konnte er daran haben, die Familie Baskerville zu verfolgen? Ich dachte an die absonderliche, aus dem Leitartikel der *Times* herausgeschnittene Warnung. War das sein Werk oder das eines anderen, der seine Machenschaften vereiteln wollte? Das einzige einleuchtende Motiv war das von Sir Henry erwogene, daß, wenn die Familie verscheucht werden konnte, den Barrymores ein bequemes und dauerhaftes Heim sicher wäre. Doch könnte sicherlich auch eine solche Erklärung die hintergründigen und verschlagenen Machenschaften nicht völlig erfassen, die ein unsichtbares Netz um den jungen Baskerville zu spinnen schienen. Holmes selbst hatte zugegeben, in der ganzen langen Serie seiner sensationellen Nachforschungen keinen ähnlich verwickelten Fall gehabt zu haben. Als ich die einsame, graue Straße zurückging, betete ich, mein Freund möge bald seiner Verpflichtungen ledig und im Stande sein, hierherzureisen, um die schwere Bürde der Verantwortung von meinen Schultern zu nehmen.

Plötzlich wurden meine Gedanken durch das Geräusch eilender Schritte hinter mir und durch eine Stimme unterbrochen, die mich beim Namen rief. Ich wandte mich um, in der Annahme, Dr. Mortimer zu sehen, aber zu meiner Überraschung war es ein Fremder, der mich verfolgte. Es war ein kleiner, schlanker, glattrasierter Mann mit einem blasierten Gesichtsausdruck, flachshaarig und mit hageren Wangen, zwischen dreißig und vierzig Jahre alt; er trug einen grauen Anzug und einen Strohhut. Eine Botanisiertrommel hing über seiner Schulter, und in einer Hand hielt er ein grünes Schmetterlingsnetz.

»Sie werden mir meine Zudringlichkeit hoffentlich verzeihen, Dr. Watson«, sagte er, als er mich keuchend erreichte. »Wir hier auf dem Moor sind einfache Leute und warten nicht auf förmliche Vorstellungen. Sie haben von unserem gemeinsamen Freund Mortimer meinen Namen vielleicht schon gehört. Ich bin Stapleton, von Merripit House.«

»Ihre Trommel und Ihr Netz hätten mir das ohnehin verraten«, sagte ich; ich wußte ja, daß Mr. Stapleton Naturforscher war. »Aber woher wußten Sie, wer ich bin?«

»Ich war gerade bei Mortimer, und er hat Sie mir aus dem Fenster seiner Praxis gezeigt, als Sie vorbeigegangen sind. Da wir denselben Weg haben, dachte ich, ich könnte Sie einholen und mich vorstellen. Ich hoffe, daß Sir Henry die Reise gut überstanden hat?«

»Es geht ihm sehr gut, danke.«

»Wir hatten alle befürchtet, daß nach Sir Charles' traurigem Tod der neue Baronet es ablehnen könnte, hier zu leben. Es ist ja von einem wohlhabenden Mann viel verlangt, herzukommen und sich an so einem Ort zu vergraben, aber ich brauche Ihnen wohl nicht zu sagen, daß es für das Land hier sehr wichtig ist. Ich nehme an, Sir Henry entwickelt in dieser Angelegenheit keine abergläubische Angst?«

»Das halte ich nicht für wahrscheinlich.«

»Sie kennen natürlich die Legende von dem Höllenhund, der die Familie verfolgt?«

»Ich habe sie gehört.«

»Es ist bemerkenswert, wie leichtgläubig die Bauern hier herum sind! Eine ganze Anzahl von ihnen ist bereit zu schwören, daß sie ein solches Wesen auf dem Moor gesehen haben.« Er lächelte, während er sprach, aber in seinen Augen meinte ich zu sehen, daß er die Sache viel ernster auffaßte. »Die Geschichte hat Sir Charles' Phantasie gefangengenommen, und ich zweifle nicht daran, daß sie zu seinem tragischen Ende geführt hat.«

»Aber wie?«

»Seine Nerven waren so überreizt, daß der Anblick des ersten besten Hundes eine unheilvolle Wirkung auf sein geschwächtes Herz haben konnte. Ich glaube, daß er in jener letzten Nacht wirklich irgend etwas derartiges in der Eibenallee gesehen hat. Ich habe befürchtet, daß sich ein schreckliches Unheil ereignen könnte, denn ich mochte den alten Herrn sehr gern und wußte, daß sein Herz schwach war.«

»Woher wußten Sie das?«

»Mein Freund Mortimer hat es mir gesagt.«

»Sie meinen also, daß irgendein Hund Sir Charles verfolgt hat und er aus Schrecken darüber gestorben ist?«

»Haben Sie eine bessere Erklärung?«

»Ich bin noch zu keinem Schluß gekommen.«

»Mr. Sherlock Holmes vielleicht?«

Die Worte raubten mir für einen Augenblick den Atem,

aber ein Blick in das gelassene Gesicht und die ruhigen Augen meines Begleiters zeigte mir, daß er keine Überrumpelung beabsichtigt hatte.

»Es hat keinen Sinn, Ihnen vorzutäuschen, daß wir Sie nicht kennen, Dr. Watson«, sagte er. »Die Taten Ihres Detektivs sind bis zu uns gedrungen, und Sie konnten ihn nicht feiern, ohne selbst bekannt zu werden. Als Mortimer mir Ihren Namen sagte, konnte er Ihre Identität nicht leugnen. Wenn Sie hier sind, folgt daraus, daß Mr. Sherlock Holmes sich für die Sache interessiert, und ich bin natürlich neugierig zu wissen, was er davon hält.«

»Ich fürchte, daß ich diese Frage nicht beantworten kann.«

»Darf ich fragen, ob er selbst uns mit einem Besuch beehren wird?«

»Augenblicklich kann er London nicht verlassen; er ist mit anderen Fällen beschäftigt, die seine ganze Aufmerksamkeit beanspruchen.«

»Wie schade! Er könnte doch einiges erhellen, das für uns so dunkel ist. Was aber Ihre eigenen Nachforschungen betrifft: Wenn ich Ihnen in irgendeiner Weise behilflich sein kann, so bitte ich Sie, über mich zu verfügen. Wenn ich eine Ahnung von der Art Ihrer Verdachtsmomente hätte oder davon, wie Sie Ihre Nachforschungen betreiben, könnte ich Ihnen vielleicht sofort Hilfe oder Rat geben.«

»Ich versichere Ihnen, daß ich hier einfach zu Besuch bei meinem Freund Sir Henry bin und keinerlei Rat oder Hilfe brauche!«

»Ausgezeichnet!« sagte Stapleton. »Sie haben ganz recht, vorsichtig und verschwiegen zu sein. Ihre Zurechtweisung ist vollkommen am Platz, denn ich merke, daß ich eine unentschuldbare Aufdringlichkeit begangen habe, und ich verspreche Ihnen, diese Angelegenheit nicht mehr zu erwähnen.«

Wir waren an eine Stelle gekommen, wo ein schmaler, grasbewachsener Pfad von der Straße abzweigte und sich über das Moor in die Ferne wand. Zur Rechten lag ein steiler, mit Felsblöcken besäter Hügel, der in früherer Zeit als Granitsteinbruch gedient hatte. Die uns zugekehrte Seite bildete eine dunkle Klippe, in deren Nischen Farnkräuter und Brombeersträucher wuchsen. In der Ferne, jenseits einer Anhöhe, schwebte eine graue Rauchfeder.

»Ein kleiner Spaziergang über diesen Moorpfad bringt uns nach Merripit House«, sagte Stapleton. »Vielleicht haben Sie ein Stündchen Zeit, dann könnte ich mir das Vergnügen machen, Sie meiner Schwester vorzustellen.«

Mein erster Gedanke war, daß ich an Sir Henrys Seite sein sollte. Aber dann erinnerte ich mich an den Berg von Papieren und Rechnungen auf seinem Tisch. Dabei konnte ich ihm sicherlich nicht helfen. Und außerdem hatte mir Holmes ausdrücklich aufgetragen, die Nachbarn auf dem Moor kennenzulernen. Ich nahm also Stapletons Einladung an, und wir gingen den Pfad entlang.

»Dieses Moor ist eine wunderbare Gegend«, sagte er; er schaute über die Dünung der Hügel, lange grüne Wogen mit Kämmen von zerklüftetem Granit, die zu phantastischen Brandungen aufschäumten. »Man wird des Moors nie überdrüssig. Sie können sich nicht vorstellen, welche wunderbaren Geheimnisse es birgt. Es ist so weitläufig und so öde und so rätselhaft.«

»Sie scheinen es gut zu kennen?«

»Ich bin erst seit zwei Jahren hier. Die Einheimischen würden mich einen Neuankömmling nennen. Wir sind hergekommen, kurz nachdem sich Sir Charles niedergelassen hatte. Aber meine Liebhaberei hat mich dazu gebracht, die ganze Gegend zu durchforschen, und ich glaube, daß es wenige Leute gibt, die das Moor besser kennen als ich.«

»Ist es denn so schwer kennenzulernen?«

»Sehr schwer. Sehen Sie zum Beispiel die weite Ebene dort im Norden, aus der diese sonderbaren Hügel herausragen. Fällt Ihnen irgend etwas Besonderes daran auf?«

»Es müßte ein herrlicher Boden für einen guten Galopp sein.«

»Das ist ein ganz natürlicher Gedanke, der viele das Leben

gekostet hat. Sehen Sie die hellgrünen Flecken, mit denen die Ebene besät ist?«

»Ja, sie sind anscheinend fruchtbarer als der Rest.«

Stapleton lachte. »Das ist der große Grimpen-Sumpf«, sagte er. »Dort bedeutet ein falscher Tritt den Tod für Mensch und Tier. Erst gestern habe ich eines der Moorponys hineingeraten sehen. Es kam nicht mehr heraus. Ich sah seinen Kopf noch eine ganze Weile aus dem Sumpfloch ragen, aber dann ist es doch hinabgesogen worden. Sogar in den trockenen Jahreszeiten ist er gefährlich zu überqueren, aber nach diesen Herbstregen ist er ein schrecklicher Ort. Und doch kann ich meinen Weg ins Innerste finden und lebend zurückkommen. Herrgott, da ist wieder eines dieser unglückseligen Ponys!«

Etwas Braunes wälzte und warf sich im grünen Schilf hin und her. Dann reckte sich ein langer verdrehter Hals in Todesqualen empor, und ein grauenhafter Schrei gellte über das Moor. Ich fror vor Entsetzen; die Nerven meines Begleiters schienen jedoch stärker zu sein als meine.

»Da geht es hin!« sagte er. »Der Sumpf hat es verschlungen. Zwei innerhalb zweier Tage, und vielleicht noch mehr, denn sie gewöhnen sich bei trockenem Wetter daran, dort zu weiden und kennen den Unterschied nicht, bis sie dann eben der Sumpf verschlingt. Ein schlimmer Ort, der große Grimpen-Sumpf.«

»Und Sie sagen, Sie können ihn überqueren?«

»Ja, es gibt einen oder zwei Pfade, die ein sehr geschickter Mann nehmen kann. Ich habe sie gefunden.«

»Aber warum wollen Sie denn einen so schrecklichen Ort betreten?«

»Sehen Sie da hinten diese Hügel? Es sind eigentlich Inseln, die auf allen Seiten von dem unwegsamen Sumpf abgeschnitten sind, der sie im Lauf der Jahre kriechend umgeben hat. Dort finden sich die seltensten Pflanzen und Schmetterlinge, wenn man hinzukommen weiß.«

»Eines Tages werde ich mein Glück versuchen.«

Er blickte mich überrascht an. »Schlagen Sie sich das um

Gottes willen aus dem Kopf«, sagte er. »Ihr Blut käme dann über mein Haupt. Ich versichere Ihnen, daß Sie nicht die geringste Chance haben, lebend zurückzukommen. Ich selbst kann es nur, indem ich mich an bestimmte komplizierte Merkzeichen erinnere.«

»Hallo«, rief ich. »Was ist denn das?«

Ein langer, leiser Klagelaut von unbeschreiblicher Trauer strich über das Moor. Er füllte die ganze Luft, und doch war es unmöglich, zu sagen, woher er kam. Von einem dumpfen Murmeln schwoll er zu einem tiefen Grollen an und sank dann wieder zu einem melancholischen, bebenden Murmeln ab. Stapleton blickte mich mit einem sonderbaren Gesichtsausdruck an.

»Unheimlicher Ort, das Moor!« sagte er.

»Was kann das nur sein?«

»Die Bauern sagen, es sei der Hund der Baskervilles, der nach seinem Opfer heult. Ich habe es schon ein- oder zweimal gehört, aber so laut noch nie.«

Mit einem Hauch von Furcht im Herzen schaute ich um mich, auf die weite, ansteigende Fläche mit den grünen Binsenflecken. Im ganzen Umkreis regte sich nichts außer einigen Raben, die auf einem *tor* hinter uns laut krächzten.

»Sie sind doch ein gebildeter Mensch. Sie können doch nicht wirklich an einen solchen Unsinn glauben?« fragte ich. »Was könnte denn nach Ihrer Meinung die Ursache dieser seltsamen Laute sein?«

»Sümpfe bringen manchmal merkwürdige Geräusche hervor. Wenn der Schlick sich setzt oder das Wasser steigt oder sonst irgend etwas.«

»Nein, nein, das war die Stimme eines Lebewesens.«

»Nun ja, vielleicht. Haben Sie je eine Rohrdommel schreien hören?«

»Nein, niemals.«

»Ein sehr seltener Vogel – in England jetzt so gut wie ausgestorben, aber auf dem Moor ist alles möglich. Ja, ich wäre nicht erstaunt, wenn das, was wir eben gehört haben, der Schrei der letzten Rohrdommel war.«

»Es war der unheimlichste, seltsamste Laut, den ich in meinem Leben gehört habe.«

»Ja, es ist schon eine unheimliche Gegend. Schauen Sie mal auf diese Hügel. Was halten Sie davon?«

Der ganze steile Abhang war von wenigstens einem Dutzend kreisrunder grauer Steinringe bedeckt.

»Was ist das? Schafhürden?«

»Nein, das sind die Heimstätten unserer werten Vorfahren. Das Moor war dicht von prähistorischen Menschen besiedelt, und da seither kaum jemand hier gewohnt hat, finden wir all ihre Einrichtungen genau so, wie sie sie verlassen haben. Dies hier sind ihre abgedeckten Wigwams. Sie können ihre Herde und ihre Ruhelager sehen, wenn Sie neugierig genug sind, hineinzugehen.«

»Aber das ist ja ein größerer Ort. Wann war er bewohnt?«

»Neusteinzeit, ohne genauere Jahreszahl.«

»Was haben die Bewohner gemacht?«

»Sie haben ihr Vieh auf diesen Abhängen geweidet und gelernt, nach Zinn zu graben, als das Bronzeschwert die Steinaxt zu verdrängen begann. Sehen Sie diesen großen Einschnitt auf dem gegenüberliegenden Hügel? Das ist ihr Kennzeichen. Ja, Sie können einige absolut einzigartige Dinge auf diesem Moor finden, Dr. Watson. Oh, entschuldigen Sie mich einen Augenblick! Das ist sicher eine Cyclopides!«

Eine kleine Fliege oder Motte war über unseren Pfad geflattert, und einen Augenblick später rannte Stapleton mit außerordentlicher Schnelligkeit und Energie hinter ihr her. Zu meiner Bestürzung flog das Ding genau in die Richtung des großen Sumpfes, aber Stapleton zögerte keinen Augenblick, sondern verfolgte es, von Büschel zu Büschel springend, wobei sein grünes Netz in der Luft wehte. Seine graue Kleidung und sein ruckartiges, unregelmäßiges Vordringen im Zickzack ließen ihn selbst einer großen Motte ähneln. Ich stand und beobachtete seine Jagd mit einer Mischung aus Bewunderung für seine außerordentliche Geschicklichkeit und Angst, er könnte in diesem verräterischen Sumpf den festen Boden verlieren, als ich Schritte hörte, mich umdrehte und eine Frau sah. Sie war aus der Richtung gekommen, in der die Rauchfahne die Lage von Merripit House anzeigte, aber die Senkung des Moors hatte sie meinen Blicken verborgen, bis sie ganz in der Nähe war.

Ich war nicht einen Augenblick im Zweifel darüber, daß dies Miss Stapleton war, von der ich bereits gehört hatte, da jede Art Damen auf dem Moor rar sein mußte, und ich mich erinnerte, daß man von ihr als einer Schönheit gesprochen hatte. Dies war die herannahende Frau sicherlich, und dazu eine von äußerst ungewöhnlichem Typus. Es konnte keinen größeren Kontrast geben als zwischen diesen Geschwistern; Stapleton war farblos, hatte helles Haar und graue Augen, während sie die dunkelste Brünette war, die ich je in England gesehen hatte – schlank, elegant und groß. Sie hatte ein stolzes, fein geformtes Gesicht, das in seiner Regelmäßigkeit beinahe kalt gewirkt hätte, wenn nicht ihr empfindsamer Mund und ihre wunderschönen, dunklen, lebhaften Augen gewesen wären. Mit ihrer vollkommenen Gestalt und ihrer eleganten Kleidung war sie auf diesem einsamen Moorpfad wahrlich eine fremdartige Erscheinung. Ihre Augen ruhten auf ihrem Bruder, als ich mich umwandte, und dann kam sie rasch auf mich zu. Ich hatte den Hut gezogen und wollte gerade eine erklärende Bemerkung machen, als ihre Worte meine Gedanken in eine neue Bahn lenkten.

»Gehen Sie zurück!« sagte sie, »gehen Sie nach London zurück, sofort!«

In meiner dümmlichen Überraschung konnte ich sie nur anstarren. Ihre Augen flammten mich an, und sie stampfte ungeduldig mit dem Fuß auf.

»Warum soll ich zurückgehen?« fragte ich.

»Ich kann es nicht erklären.« Sie sprach mit leiser, hastiger Stimme und einem sonderbaren Lispeln. »Aber, um Gottes willen, tun Sie, was ich Ihnen sage. Kehren Sie um und setzen Sie nie wieder einen Fuß auf das Moor.«

»Ich bin aber doch gerade erst gekommen.«

»Mein Gott, Mensch!« rief sie. »Sehen Sie denn nicht, wann eine Warnung zu Ihrem Besten ist? Fahren Sie nach London zurück! Noch heute abend! Gehen Sie um jeden Preis von hier weg! Achtung, mein Bruder kommt! Kein Wort über das, was ich gesagt habe. Würden Sie so freundlich sein, diese Orchidee für mich zu pflücken, da drüben zwischen dem Kannenkraut? Wir haben hier im Moor sehr viele Orchideen, aber Sie kommen natürlich ein wenig zu spät, um die Schönheiten der Gegend zu genießen.«

Stapleton hatte die Jagd aufgegeben und kehrte schwer atmend und mit vor Anstrengung gerötetem Gesicht zu uns zurück.

»Hallo, Beryl!« sagte er, und mir schien, daß der Klang seiner Begrüßungsworte nicht übermäßig herzlich war.

»Na, Jack, du siehst sehr erhitzt aus.«

»Ja, ich habe versucht, eine Cyclopides zu fangen. Sie sind sehr selten, und besonders im Herbst findet man sie kaum. Schade, daß ich sie nicht erwischt habe.«

Er sprach unbefangen, aber seine kleinen hellen Augen glitten unaufhörlich zwischen dem Mädchen und mir hin und her.

»Ihr habt euch schon miteinander bekannt gemacht, nehme ich an?«

»Ja. Ich habe Sir Henry gerade gesagt, daß es leider zu spät für ihn ist, die wahren Schönheiten des Moors zu sehen.«

»Für wen hältst du denn diesen Herren?«

»Ich nehme an, daß er Sir Henry Baskerville ist.«

»Nein, nein«, sagte ich. »Nur ein einfacher Bürger, aber Sir Henrys Freund. Ich heiße Dr. Watson.«

Ein Erröten des Ärgers überzog ihr ausdrucksvolles Gesicht.

»Da haben wir aneinander vorbeigeredet«, sagte sie.

»Na, ihr hattet doch nicht viel Zeit zum Reden«, bemerkte ihr Bruder, mit dem selben forschenden Blick.

»Ich habe geredet, als ob Dr. Watson sich hier niederlassen würde und nicht nur ein Besucher wäre«, sagte sie. »So kann es ihm nicht viel ausmachen, ob es zu früh oder zu spät für Orchideen ist. Sie werden uns doch aber begleiten, nicht wahr, und einen Blick auf Merripit House werfen?«

Es war nur ein kurzer Weg bis dorthin, zu einem freudlosen Haus im Moorland, früher wohl der Hof eines Viehzüchters in vergangenen, ertragreichen Jahren, jetzt aber ausgebessert und in ein modernes Wohnhaus verwandelt. Das Gebäude war von einem Obstgarten umgeben, doch wie üblich auf dem Moor waren die Bäume verkümmert und von Frost beschädigt, und der Eindruck, den der ganze Besitz machte, war armselig und melancholisch. Wir wurden von einem sonderbaren, verschrumpelten alten Diener in einer abgeschabten Livree empfangen, der in Einklang mit dem Hause schien. Die großen Räume im Inneren waren jedoch mit einer Eleganz eingerichtet, in der ich den Geschmack der Dame zu erkennen glaubte. Als ich aus dem Fenster auf das unendliche, granitdurchsetzte Moor blickte, das ohne Unterbrechung bis zum Horizont wogte, fragte ich mich verwundert, was diesen hochgebildeten Mann und diese wunderschöne Frau dazu bewogen haben mochte, sich an einem solchen Ort niederzulassen.

»Seltsamer Platz, den wir uns ausgesucht haben, oder?« sagte Stapleton, wie zur Antwort auf meine Gedanken. »Und doch bringen wir es fertig, hier ganz glücklich zu sein, nicht wahr, Beryl?«

»Ganz glücklich«, sagte sie, aber ihre Worte klangen wenig überzeugend.

»Ich hatte eine Schule«, fuhr Stapleton fort. »In Nordengland. Für einen Mann meiner Veranlagung war die Arbeit mechanisch und uninteressant, aber der Vorzug, mit Jugend zu leben, zu helfen, diese jungen Geister zu formen, den eigenen Charakter und die eigenen Ideale auf sie zu übertragen, das war mir sehr wertvoll. Aber die Parzen waren gegen uns. Eine gefährliche Epidemie brach in der Schule aus, und drei der Jungen sind gestorben. Von diesem Schlag hat sich die Schule nie erholt, und der größte Teil meines Kapitals ging dabei verloren. Und obwohl mir der ersprießliche Umgang mit den Jungen fehlt, konnte ich doch über mein Mißgeschick triumphieren, denn mit meiner Leidenschaft für Botanik und Zoologie finde ich hier ein unbegrenztes Tätigkeitsfeld, und meine Schwester liebt die Natur ebenso sehr wie ich. Das alles, Dr. Watson, haben Sie über sich ergehen lassen müssen, als Antwort auf den Gesichtsausdruck, mit dem Sie das Moor von unserem Fenster aus betrachtet haben.«

»Mir ist tatsächlich durch den Kopf gegangen, es müsse hier etwas langweilig für Sie sein – weniger vielleicht für Sie als für Ihre Schwester.«

»Nein, ich langweile mich nie«, sagte sie rasch.

»Wir haben Bücher, wir haben unsere Studien, und wir haben interessante Nachbarn. Dr. Mortimer ist in seinem Fach ein sehr gebildeter Mann. Der arme Sir Charles war auch ein besonders angenehmer Gesellschafter. Wir haben ihn gut gekannt und vermissen ihn mehr, als ich sagen kann. Glauben Sie, daß es zudringlich wäre, wenn ich heute nachmittag vorbeikäme, um Sir Henrys Bekanntschaft zu machen?«

»Ich bin sicher, daß er sehr erfreut wäre.«

»Vielleicht sind Sie so freundlich, ihn darauf vorzubereiten. Wir könnten mit unseren schlichten Mitteln vielleicht dazu beitragen, ihm das Leben zu erleichtern, bis er sich an seine neue Umgebung gewöhnt hat. Möchten Sie hinaufkommen, Dr. Watson, und meine Sammlung von Lepidoptera ansehen? Ich glaube, es ist die vollständigste im Südwesten von England. Bis Sie sie durchgesehen haben, wird das Mittagessen fast fertig sein.«

Ich war jedoch darauf erpicht, zu meinem Schützling zurückzukehren. Die Melancholie des Moors, der Tod des unglückseligen Ponys, der unheimliche Laut, der mit der grimmen Legende der Baskervilles in Verbindung gebracht wurde – all diese Dinge trübten meine Gedanken. Und zu diesen mehr oder minder vagen Eindrücken war Miss Stapletons entschiedene und deutliche Warnung gekommen, ausgesprochen mit solch eindringlichem Ernst, daß ich nicht an einem schwerwiegenden und guten Grund für sie zweifeln konnte. Ich widerstand den nachdrücklichen Einladungen zum Mittagessen und machte mich sogleich auf den Heimweg; dabei nahm ich den grasigen Pfad, über den wir gekommen waren.

Anscheinend gab es jedoch eine Abkürzung für jene, die sich auskannten, denn ehe ich die Straße erreichte, fand ich zu meiner Überraschung Miss Stapleton auf einem Felsen neben dem Weg sitzen. Ihr Gesicht war vor Anstrengung wunderschön gerötet, und sie preßte die Hand auf ihre Seite.

»Ich bin die ganze Strecke gerannt, um Sie abzufangen, Dr. Watson«, sagte sie. »Ich hatte nicht einmal Zeit, meinen Hut aufzusetzen. Ich darf mich nicht aufhalten, sonst könnte mein Bruder mich vermissen. Ich wollte Ihnen nur sagen, wie sehr ich den dummen Irrtum bedaure, den ich begangen habe, als ich dachte, Sie seien Sir Henry. Bitte vergessen Sie meine Worte, die auf Sie absolut keinen Bezug hatten.«

»Ich kann sie aber nicht vergessen, Miss Stapleton«, antwortete ich. »Ich bin Sir Henrys Freund, und sein Wohlergehen liegt mir sehr am Herzen. Sagen Sie mir, warum es Ihnen so wichtig ist, daß Sir Henry nach London zurückkehrt?«

»Die Laune einer Frau, Dr. Watson. Wenn Sie mich näher kennenlernen, werden Sie merken, daß ich nicht immer Gründe für das angeben kann, was ich sage oder tue.«

»Nein, nein. Ich erinnere mich an die Erregung in Ihrer Stimme. Ich erinnere mich an den Blick in Ihren Augen. Bitte seien Sie aufrichtig mir gegenüber, Miss Stapleton, denn seit ich hier bin, fühle ich mich von Schatten umgeben. Das Leben ist wie der große Grimpen-Sumpf geworden, mit kleinen grünen Flecken überall, in denen man versinken kann, und ganz ohne Führer, der einem den richtigen Weg zeigen könnte. Sagen Sie mir doch, was Sie andeuten wollten, und ich verspreche Ihnen, Ihre Warnung an Sir Henry weiterzugeben.«

Einen Augenblick lang spielte ein Ausdruck der Unentschlossenheit in ihrem Gesicht, doch waren ihre Augen wieder hart geworden, als sie mir antwortete.

»Sie nehmen das zu wichtig, Dr. Watson«, sagte sie. »Mein

Bruder und ich waren von Sir Charles' Tod sehr erschüttert. Wir haben ihn sehr gut gekannt, denn sein Lieblingsweg war der über das Moor zu unserem Haus. Er war sehr beeindruckt von dem Fluch, der über seiner Familie hing, und als diese Tragödie sich ereignete, dachte ich natürlich, daß es Gründe für die von ihm ausgesprochenen Ängste geben muß. Deshalb war ich beunruhigt, als ein weiteres Mitglied seiner Familie hierher kam, um sich hier niederzulassen, und ich meinte, er sollte vor der Gefahr, in die er sich begibt, gewarnt werden. Das war alles, was ich mitteilen wollte.«

»Was ist denn nur die Gefahr?«

»Sie kennen doch die Geschichte vom Bluthund?«

»Ich glaube nicht an solchen Unsinn.«

»Aber ich. Wenn Sie irgendwelchen Einfluß auf Sir Henry haben, bringen Sie ihn dazu, einen Ort zu verlassen, der immer verhängisvoll für seine Familie gewesen ist. Die Welt ist groß. Warum sollte er gerade am Ort der Gefahr leben wollen?«

»Eben weil es der Ort der Gefahr ist. Das liegt in Sir Henrys Natur. Ich fürchte, daß es nicht möglich sein wird, ihn zur Abreise zu bewegen, wenn Sie mir nichts Bestimmteres sagen können.«

»Ich kann nichts Bestimmtes sagen, weil ich nichts Bestimmtes weiß.«

»Ich möchte Ihnen noch eine Frage stellen, Miss Stapleton. Wenn Sie nur dies sagen wollten, als Sie mich das erste Mal angesprochen haben, warum wollten Sie nicht, daß Ihr Bruder es hört? Daran ist doch nichts, was er oder sonst jemand übelnehmen könnte?«

»Mein Bruder legt großen Wert darauf, daß Baskerville Hall bewohnt ist; er glaubt nämlich, es sei zum Besten für die armen Leute auf dem Moor. Er wäre deshalb sehr böse, wenn er wüßte, daß ich etwas gesagt habe, das Sir Henry veranlassen könnte, wieder abzureisen. Aber ich habe nur meine Pflicht getan und werde nichts mehr sagen. Ich muß zurückgehen, sonst sucht er mich und wird argwöhnen, daß ich mit Ihnen gesprochen habe. Good-bye!«

Sie wandte sich um und war nach wenigen Minunten zwischen den verstreuten Felsblöcken verschwunden, während ich, die Seele erfüllt von unklaren Befürchtungen, den Rückweg nach Baskerville Hall antrat.

8. ERSTER BERICHT VON DR. WATSON

Von jetzt an werde ich den Lauf der Dinge schildern, indem ich meine eigenen Briefe an Mr. Sherlock Holmes abschreibe, die vor mir auf dem Tisch liegen. Es fehlt zwar eine Seite, aber sonst sind sie genau so, wie ich sie verfaßt habe, und sie geben meine Gefühle und mein Argwöhnen zum jeweiligen Zeitpunkt genauer wieder, als ich dies aus dem Gedächtnis tun könnte, so genau ich mich auch an die tragischen Vorkommnisse erinnere.

Baskerville Hall, den 13. Oktober
Mein lieber Holmes,
meine bisherigen Briefe haben Sie über alles, was an diesem gottverlassensten Ort der Welt vorgekommen ist, auf dem laufenden gehalten. Je länger man hier ist, desto tiefer sinken der Geist des Moors, seine Weite, aber auch sein grimmer Zauber einem in die Seele. Hat man sich einmal hinaus in den Schoß des Moors begeben, so hat man alle Spuren des modernen England hinter sich gelassen; andererseits jedoch wird man sich auf Schritt und Tritt der Heimstätten und der Tätigkeit prähistorischer Menschen bewußt. Allenthalben, wohin man auch geht, sind die Häuser dieser vergessenen Leute, ihre Gräber und die riesigen Monolithen, die ihre Tempel bezeichnet haben sollen. Wenn man ihre grauen Steinhütten vor den narbigen Hügelzügen betrachtet, läßt man sein eigenes Zeitalter zurück, und sähe man plötzlich einen haarigen, in Häute gehüllten Menschen aus der niedrigen Tür kriechen und einen Pfeil mit Feuersteinspitze auf die Sehne seines Bogens legen, so käme einem seine Gegenwart hier natürlicher vor als die eigene. Seltsam ist nur, daß sie so zahlreich auf einem wohl schon immer unfruchtbaren Boden gelebt haben. Ich bin kein Altertumsforscher, aber ich könnte mir vorstellen, daß sie eine unkriegerische und ge-

hetzte Rasse waren, die mit einem Landstrich vorlieb nehmen mußte, den sonst niemand haben wollte.

All das aber liegt außerhalb der Mission, auf die Sie mich gesandt haben, und dürfte für Ihren streng praktischen Geist höchst uninteressant sein. Ich entsinne mich noch Ihrer gänzlichen Gleichgültigkeit gegenüber der Frage, ob sich die Sonne um die Erde oder die Erde um die Sonne drehe. Ich will mich daher wieder den Sir Henry Baskerville betreffenden Tatsachen zuwenden.

Wenn Sie über die letzten Tage keinen Bericht erhalten haben, so deshalb, weil bis heute nichts von Bedeutung zu berichten war. Dann ereignete sich etwas sehr Überraschendes, das ich Ihnen später schildern werde. Aber zuerst muß ich Sie bezüglich einiger der anderen Umstände auf dem laufenden halten.

Einer davon, über den ich bisher wenig berichtet habe, ist der entlaufene Sträfling auf dem Moor. Es spricht vieles dafür, daß er endgültig aus der Gegend verschwunden ist, was eine große Erleichterung für die einsam lebenden Bewohner dieses Gebiets ist. Seit seiner Flucht sind zwei Wochen vergangen, in denen man von ihm nichts gehört und nichts gesehen hat. Es ist sicherlich unvorstellbar, daß er diese ganze Zeit hindurch auf dem Moor ausgehalten haben könnte. Natürlich wäre es für ihn nicht schwer gewesen, sich zu verbergen. Jede dieser steinernen Hütten gäbe ein Versteck für ihn ab. Es gibt aber nichts zu essen, es sei denn, er finge und schlachtete eines der Schafe auf dem Moor. Wir glauben daher, daß er verschwunden ist, und infolgedessen schlafen die isolierten Bauern wieder ruhiger.

Wir sind hier im Hause vier handfeste Männer, so daß wir nichts zu fürchten brauchen, aber ich gestehe, daß ich manchmal besorgt war, wenn ich an die Stapletons dachte. Sie leben Meilen entfernt von jeder Hilfe. Dort gibt es nur ein Dienstmädchen, einen alten Diener, die Schwester und den Bruder, der kein besonders starker Mann ist. Sie wären hilflos in den Händen eines so verzweifelten Kerls wie dieses Verbrechers von Notting Hill, wenn er sich dort einmal Zutritt verschafft hätte. Sowohl Sir Henry als auch ich waren über ihre Lage beunruhigt und schlugen vor, daß Perkins, der Reitknecht, bei ihnen übernachten solle, aber Stapleton wollte nichts davon wissen.

Tatsache ist, daß unser Freund, der Baronet, ein beträchtliches Interesse an unserer schönen Nachbarin zu zeigen beginnt. Das ist kein Wunder, denn für einen so tätigen Menschen wie ihn wird die Zeit in dieser Einsamkeit bald lang, und sie ist eine sehr faszinierende, schöne Frau. Sie hat etwas Tropisches und Exotisches an sich, das einen einzigartigen Kontrast zu ihrem kühlen, leidenschaftslosen Bruder bildet. Auch er läßt jedoch an verborgene Feuer denken. Jedenfalls hat er einen starken Einfluß auf sie, denn wenn sie spricht, sieht sie ihn dabei immer an, als wolle sie seine Zustimmung zu dem erbitten, was sie sagt. Ich hoffe, daß er gut zu ihr ist. In seinen Augen liegt ein harter Glanz, und seine schmalen, aufeinandergepreßten Lippen lassen auf einen entschlossenen und vielleicht rauhen Charakter schließen. Sie hätten an ihm ein interessantes Studienobjekt.

Er kam an jenem ersten Tag herüber, um Baskerville seine Aufwartung zu machen, und führte uns beide gleich am nächsten Morgen zu der Stelle, da die Legende vom verruchten Hugo ihren Ursprung gehabt haben soll. Es war ein Ausflug von einigen Meilen über das Moor bis zu einem Ort, der so trostlos ist, daß er die Geschichte angeregt haben mag. Wir fanden ein kleines Tal zwischen rauhen *tors*, das auf eine offene, grasige, von weißem Baumwollgras gesprenkelte Fläche mündet. In ihrer Mitte ragen zwei große Steine empor, deren Spitzen so verwittert und abgeschliffen sind, daß sie aussehen wie die riesigen, zerfallenden Fänge einer monströsen Bestie. Es entspricht in jeder Beziehung dem Schauplatz der alten Tragödie. Sir Henry war sehr interessiert und fragte Stapleton mehr als einmal, ob er wirklich an die Möglichkeit der Einmischung übernatürlicher Mächte in menschliche Angelegenheiten glaube. Er sprach leichthin, aber ganz offensichtlich nahm er alles sehr ernst. Stapleton war zurückhaltend in seinen Antworten, aber es war leicht zu sehen, daß er weniger sagte, als er hätte sagen können, und daß er aus Rücksicht auf die Gefühle des Baronets nicht alles sagte, was er dazu meinte. Er erzählte uns von ähnlichen Fällen, in denen Familien unter einem bösen Einfluß gelitten hatten, und hinterließ uns den Eindruck, daß er die allgemeine Ansicht in dieser Frage teilt.

Auf dem Rückweg blieben wir zum Mittagessen in Merripit House, und dort machte Sir Henry die Bekanntschaft von Miss Stapleton. Vom ersten Augenblick an schien er von ihr überaus angezogen zu sein, und ich müßte mich sehr irren, wenn dieses Gefühl nicht gegenseitig wäre. Auf unserem Heimweg sprach er immer wieder von ihr, und seither ist kaum ein Tag vergangen, ohne daß wir Bruder und Schwester gesehen hätten. Heute abend essen sie bei uns, und nächste Woche werden wir wahrscheinlich zu ihnen gehen. Man sollte meinen, daß Stapleton eine solche Verbindung sehr willkommen wäre, und doch habe ich mehr als einmal einen Ausdruck der heftigsten Mißbilligung auf seinem Gesicht gesehen, wenn Sir Henry seiner Schwester Aufmerksamkeit schenkte. Zweifellos hängt er sehr an ihr und würde ohne sie ein einsames Leben führen, aber es wäre doch der Gipfel der Selbstsucht, wollte er einer so glänzenden Heirat entgegentreten. Und doch bin ich überzeugt, er sucht zu vermeiden, daß ihre Freundschaft zur Liebe reift, und ich habe mehrmals bemerkt, daß er alles tut, um sie daran zu hindern, *tête-à-tête* zu sein. Es wird übrigens sehr mühsam werden, Ihre Anweisungen, Sir Henry nie allein ausgehen zu lassen, zu befolgen, wenn zu unseren übrigen Schwierigkeiten noch eine Liebesgeschichte hinzukommt. Meine Beliebtheit müßte bald leiden, wollte ich Ihre Befehle wörtlich nehmen.

Unlängst – Donnerstag, um es genau zu sagen – aß Dr. Mortimer bei uns. Er hat kürzlich einen Grabhügel in Long Down geöffnet und dabei einen prähistorischen Schädel gefunden, der ihn mit großer Freude erfüllt. Ich habe noch nie einen so besessenen Enthusiasten gesehen wie ihn! Später kamen die

Stapletons vorbei, und der gute Doktor führte uns auf Sir Henrys Wunsch hin in die Eibenallee, um uns genau zu zeigen, wie sich alles in jener verhängnisvollen Nacht zugetragen hat. Die Eibenallee ist ein langer, trübseliger Weg zwischen zwei hohen Wänden beschnittener Hecke, mit schmalen Grasstreifen zu beiden Seiten. An ihrem Ende steht ein altes, verfallenes Sommerhäuschen. Etwa auf halbem Wege befindet sich das Moor-Tor, wo der alte Gentleman die Asche seiner Zigarre hinterließ. Jenseits davon liegt das weite Moor. Ich entsann mich Ihrer Theorie über die Sache und suchte mir auszumalen, wie alles geschehen ist. Als der alte Mann dort stand, sah er etwas über das Moor kommen, etwas, das ihm ein solches Grauen einflößte, daß er die Fassung verlor und lief und lief, bis er vor lauter Entsetzen und Erschöpfung starb. Da war der lange, finstere Tunnel, durch den er floh. Und wovor? Vor einem Schäferhund auf dem Moor? Oder vor einem gespenstischen Bluthund, schwarz, stumm und ungeheuerlich? War Menschenhand dabei im Spiel? Weiß der blasse, wachsame Barrymore mehr, als er sagen wollte? Alles ist verschwommen und vage, aber dahinter hängt immer der dunkle Schatten eines Verbrechens.

Ich habe seit meinem letzten Brief einen anderen Nachbarn kennengelernt. Es ist Mr. Frankland von Lafter Hall, der etwa vier Meilen südlich von uns wohnt. Ein älterer, sehr cholerischer Herr mit rotem Gesicht und weißen Haaren. Seine Leidenschaft ist das englische Recht, und er hat auf seine Händel ein großes Vermögen verwandt. Er kämpft aus bloßer Kampfeslust, und es ist ihm einerlei, für welche Seite einer Streitfrage er kämpft; es ist daher nicht erstaunlich, daß es sich als ein kostspieliges Vergnügen für ihn erwiesen hat. Manchmal trotzt er einem Wegerecht und fordert die Gemeinde damit heraus, ihn zu zwingen, den Weg wieder freizugeben. Ein andermal mag er eigenhändig das Tor eines anderen Mannes niederreißen, erklären, daß sich dort seit undenklichen Zeiten ein Pfad befand, und dem Besitzer anheimstellen, ihn wegen widerrechtlichen Betretens fremden Eigentums zu verklagen.

Er ist eine Kapazität, was alte Guts- und Gemeinderechte betrifft, und er wendet sein Wissen einmal zugunsten der Bewohner von Fernworthy, ein andermal zu deren Ungunsten an, so daß er abwechselnd im Triumph durch die Straßen des Dorfes getragen oder *in effigie* verbrannt wird, je nach seiner letzten Heldentat. Es heißt, er sei augenblicklich in sieben Prozesse verwickelt, die wahrscheinlich den Rest seines Vermögens verzehren, ihm daher den Stachel ziehen und ihn für die Zukunft unschädlich machen werden. Abgesehen vom Recht scheint er ein freundlicher, gutmütiger Mensch zu sein, und ich erwähne ihn nur deshalb, weil Ihnen vor allem daran lag, daß ich Beschreibungen der Menschen unserer Umgebung schicke. Augenblicklich hat er noch ein besonderes Steckenpferd; da er ein Amateur-Astronom ist, besitzt er ein ausgezeichnetes Fernrohr, mit dem er auf dem Dach seines Hauses liegt und den ganzen Tag das Moor absucht, in der Hoffnung, den ausgebrochenen Sträfling zu erblicken. Wenn er seine Tatkraft nur für solche Dinge verwendete, wäre alles in Ordnung, aber man munkelt, er habe die Absicht, Dr. Mortimer gerichtlich für das Öffnen eines Grabes ohne Einwilligung der Angehörigen zu belangen, weil er den neolithischen Schädel aus dem Tumulus in Long Down herausholte. Er trägt dazu bei, die Eintönigkeit unseres Daseins zu unterbrechen, und verursacht manchmal eine uns sehr willkommene heitere Entspannung.

Und nun, da ich Ihnen über den entlaufenen Sträfling, die Stapletons, Dr. Mortimer und Frankland von Lafter Hall alles bis zum heutigen Tage Wichtige berichtet habe, schließe ich mit dem Allerwichtigsten, indem ich Sie mehr über die Barrymores wissen lasse, und vor allem die höchst überraschenden Geschehnisse in der vergangenen Nacht. Zunächst zum Probe-Telegramm, das Sie aus London schickten, um festzustellen, ob Barrymore tatsächlich hier sei. Ich habe bereits erörtert, daß der Versuch nach der Aussage des Postmeisters wertlos war und daß wir weder das eine noch das andere beweisen können. Ich erzählte Sir Henry, wie die Sache steht, und in seiner offenen Art ließ er Barrymore kommen und fragte ihn ohne Umschweife, ob er das Telegramm eigenhändig entgegengenommen habe. Barrymore bejahte das.

»Hat der Junge es Ihnen selbst übergeben?« fragte Sir Henry.

Barrymore sah überrascht drein und überlegte eine Weile.

»Nein«, antwortete er dann, »in diesem Augenblick war ich auf dem Boden, und meine Frau hat es mir heraufgebracht.«

»Haben Sie es selbst beantwortet?«

»Nein, ich habe meiner Frau gesagt, was sie antworten soll, und sie ist hinuntergegangen und hat es aufgesetzt.«

Am Abend kam er von sich aus auf das Thema zurück.

»Ich konnte heute morgen den Zweck Ihrer Frage nicht ganz begreifen, Sir Henry«, sagte er. »Ich hoffe, sie bedeutete nicht, daß ich irgend etwas getan hätte, wodurch ich Ihr Vertrauen verloren habe?«

Sir Henry mußte ihm versichern, daß dies nicht der Fall sei, und ihn damit trösten, daß er ihm einen beträchtlichen Teil seiner alten Garderobe schenkte, nachdem die neue Ausstattung aus London inzwischen angekommen ist.

Mrs. Barrymore interessiert mich ungemein. Sie ist eine massive, solide Person, sehr beschränkt, ungeheuer anständig und puritanisch eingestellt. Es ist kaum möglich, sich einen weniger erregbaren Menschen vorzustellen. Und doch habe ich sie, wie ich Ihnen schrieb, in der ersten Nacht hier bitterlich weinen hören, auch habe ich seither mehr als einmal Tränenspuren auf ihrem Gesicht gesehen. Irgendein tiefer Kummer nagt an ihrem Herzen. Ich frage mich manchmal, ob Erinnerung an eine Schuld sie heimsucht, und manchmal verdächtige ich Barrymore, ein Haustyrann zu sein. Ich hatte immer das Gefühl, daß im Wesen dieses Mannes etwas Sonderbares und Fragwürdiges liegt, und das Abenteuer der vergangenen Nacht bestärkt mich in meinem Argwohn.

Dabei mag es an sich unbedeutend erscheinen. Sie wissen, daß ich nie sehr gut schlafe, und seit ich hier als Wachtposten bin, ist mein Schlaf noch leichter als sonst. Vergangene Nacht, ungefähr um zwei Uhr, wurde ich durch leise Schritte vor meinem Zimmer geweckt. Ich stand auf, öffnete die Tür und spähte hinaus. Ein langer, dunkler Schatten kroch den Korridor entlang. Er stammte von einem Mann, der mit einer Kerze in der Hand leise den Gang hinunterwandelte. Er trug Hemd und Hose, seine Füße waren nackt. Ich konnte nur seine Umrisse sehen, aber an seiner Größe erkannte ich Barrymore. Er ging sehr langsam und umsichtig, und in seiner ganzen Erscheinung lag etwas unbeschreiblich Schuldbewußtes und Verstohlenes.

Ich habe Ihnen schon geschrieben, daß der Korridor durch die Galerie, die die Halle umgibt, unterbrochen wird, sich aber auf der anderen Seite fortsetzt. Ich wartete, bis Barrymore außer Sichtweite war, und folgte ihm dann. Als ich die Galerie passiert hatte, war er schon am anderen Ende des Korridors angelangt, und ich konnte aus dem Lichtschein aus einer offenen Tür schließen, daß er eines der Zimmer betreten hatte. Nun sind all diese Zimmer unmöbliert und unbewohnt, so daß sein Unternehmen immer mysteriöser wurde. Das Licht schien gleichmäßig, als ob er unbeweglich dastünde. Ich kroch so geräuschlos ich konnte den Gang entlang und spähte um die Türkante.

Barrymore kauerte am Fenster und hielt die Kerze vor die Scheibe. Sein Profil war mir halb zugekehrt, und seine Züge schienen starr vor Erwartung, als er da in die Dunkelheit des Moors hinaussah. Einige Minuten lang stand er in angespannter Beobachtung. Dann stieß er einen tiefen Seufzer aus und löschte die Kerze mit einer ungeduldigen Bewegung. Ich eilte sogleich zurück in mein Zimmer, und bald hörte ich die verstohlenen Schritte wieder an meiner Tür vorbeischleichen. Viel später, als ich in einen leichten Schlummer gefallen war, hörte ich irgendwo einen Schlüssel sich in einem Schloß drehen, doch könnte ich nicht sagen, woher dieser Laut kam. Was das alles bedeutet, kann ich mir nicht erklären, aber in diesem düsteren Haus geht irgend etwas Geheimnisvolles vor, das wir früher oder später enträtseln werden. Ich will Sie nicht mit meinen Theorien langweilen, denn Sie wünschten ja nur Tatsachen zu hören. Heute morgen habe ich lange mit Sir Henry gesprochen, und wir haben einen auf meinen Beobachtungen von heute nacht aufgebauten Schlachtplan entworfen. Ich will jetzt nichts darüber schreiben, aber es dürfte meinen nächsten Bericht zu einer interessanten Lektüre machen.

ZWEITER BERICHT VON DR. WATSON
9. DAS LICHT AUF DEM MOOR

Baskerville Hall, 15. Oktober

MEIN LIEBER HOLMES,
wenn ich Ihnen auch in den ersten Tagen meiner Mission nicht viele Nachrichten geben konnte, müssen Sie doch zugeben, daß ich die verlorene Zeit bestens nachhole, und daß sich die Ereignisse überstürzen. In meinem letzten Bericht schloß ich mit Barrymore am Fenster als Höhepunkt, und nun habe ich einen ganzen Sack voller Neuigkeiten, die, wenn ich mich nicht irre, Sie beträchtlich überraschen werden. Die Dinge nehmen einen Verlauf, den ich nicht hätte vorhersehen können. In mancher Beziehung sind sie in den letzten achtundvierzig Stunden viel klarer geworden, in anderer viel komplizierter. Aber ich will Ihnen alles berichten, und Sie werden sich selbst Ihr Urteil bilden.

Am Morgen nach meinem Abenteuer ging ich vor dem Frühstück den Korridor entlang und untersuchte den Raum, in dem Barrymore die Nacht vorher gewesen war. Das westliche Fenster, durch das er so eindringlich gestarrt hatte, unterscheidet sich, wie ich feststellte, von allen anderen Fenstern des Hauses dadurch, daß es den besten Blick auf das Moor eröffnet. Zwischen zwei Bäumen ist eine freie Stelle, die es von hier aus möglich macht, geradeaus auf das Moor zu blicken, während man von allen anderen Fenstern aus nur einen fernen Schimmer davon erhaschen kann. Daraus folgt natürlich, daß Barrymore, da nur dieses Fenster seiner Absicht dienlich war, nach etwas oder jemandem auf dem Moor Ausschau hielt. Die Nacht war sehr dunkel, so daß ich mir kaum vorstellen kann, wie er jemanden zu sehen hoffte. Es war mir als denkbar erschienen, daß vielleicht eine Liebesintrige im Gange sei. Das wäre eine Erklärung für sein verstohlenes Treiben und auch für die Unruhe seiner Frau. Der Mann sieht sehr gut aus und ist gewiß imstande, das Herz eines Bauernmädchens zu rauben, so daß diese Theorie nicht von der Hand zu weisen war. Das Öffnen der Tür, das ich gehört hatte, nachdem ich in mein Zimmer zurückgekehrt war, konnte bedeuten, daß er sich zu einem heimlichen Rendezvous begab. So reimte ich mir am Morgen alles zusammen, und jedenfalls schildere ich Ihnen die Richtung, in die mein Verdacht geht, wenn das Ergebnis auch später zeigte, daß er unbegründet war.

Was auch immer die richtige Erklärung für Barrymores Benehmen sein mochte, so fühlte ich doch, daß die Verantwortung, alles für mich zu behalten, bis ich es erklären konnte, mehr war, als ich zu tragen vermochte. Ich hatte nach dem Frühstück eine Unterredung mit dem Baronet in seinem Arbeitsimmer und erzählte ihm alles, was ich gesehen hatte. Er war davon weniger überrascht, als ich gedacht hatte.

»Ich wußte, daß Barrymore nachts herumgeht, und wollte auch schon mit ihm darüber sprechen«, sagte er. »Ich habe zwei- oder dreimal genau um die Stunde, die Sie nennen, seine Schritte auf dem Gang gehört.«

»Dann stattet er vielleicht jede Nacht diesem besonderen Fenster einen Besuch ab«, schlug ich vor.

»Möglich. Wenn das der Fall ist, können wir ihn beobachten und sehen, was er damit bezweckt. Was würde Ihr Freund Holmes wohl tun, wenn er hier wäre?«

»Ich glaube, genau das, was Sie gerade vorschlagen«, antwortete ich. »Er würde Barrymore folgen und schauen, was er tut.«

»Dann wollen wir es gemeinsam versuchen.«

»Aber er wird uns bestimmt hören?«

»Er ist ein wenig schwerhörig, und wir müssen es auf jeden Fall riskieren. Wir werden heute nacht in meinem Zimmer wachbleiben und warten, bis er kommt.« Sir Henry rieb sich vergnügt die Hände; es war klar, daß er dieses Abenteuer als erfreuliche Abwechslung in seinem eher ruhigen Leben auf dem Moor begrüßte.

Der Baronet hat sich mit dem Architekten, der die Baupläne für Sir Charles gemacht hatte, und mit einem Bauunternehmer aus London in Verbindung gesetzt, wir werden hier also bald den Beginn großer Veränderungen zu erwarten haben. Aus Plymouth sind Ausstatter und Ausrüster hier gewesen, und offensichtlich hat unser Freund große Pläne und will weder Mühe noch Ausgaben scheuen, um den Glanz seiner Familie wiederaufleben zu lassen. Wenn das Haus umgebaut und neu eingerichtet ist, wird ihm nur noch eine Frau fehlen, um alles vollkommen zu machen. Unter uns gesagt sind Anzeichen dafür vorhanden, daß es daran nicht gebräche, falls die Dame einverstanden ist, denn ich habe selten einen Mann so von einer Frau betört gesehen, wie Sir Henry es von unserer schönen Nachbarin, Miss Stapleton, ist. Und doch ist der Pfad treuer Liebe nicht so eben, wie man es unter diesen Umständen annehmen sollte. Heute zum Beispiel ereignete sich ein unerwarteter Zwischenfall, der unseren Freund sehr verwirrt und verärgert hat.

Nach dem erwähnten Gespräch über Barrymore setzte Sir Henry seinen Hut auf und machte Anstalten auszugehen. Ich tat selbstverständlich das Gleiche.

»Ja, gehen *Sie* denn auch aus, Watson?« fragte er und sah mich dabei sonderbar an.

»Das hängt davon ab, ob Sie auf das Moor gehen«, antwortete ich.

»Ja, allerdings.«

»Nun, Sie wissen ja, wie meine Anweisungen lauten. Es tut mir leid, aufdringlich zu scheinen, aber Sie erinnern sich doch, wie ernstlich Holmes darauf bestand, daß Sie vor allem nie allein auf das Moor gehen dürften.«

Sir Henry lächelte freundlich und legte mir die Hand auf die Schulter.

»Mein lieber Freund,« sagte er, »wenn auch Holmes allwissend ist, konnte er doch manches nicht voraussehen, was sich, seit ich auf dem Moor bin, ereignet hat. Sie verstehen mich doch? Ich bin sicher, daß Sie der Letzte wären, der ein Spielverderber sein möchte. Ich muß allein ausgehen.«

Ich war in größter Verlegenheit und wußte nicht, was ich sagen oder tun sollte, und ehe ich noch zu einem Entschluß gekommen war, nahm er seinen Stock und verschwand.

Als ich die Angelegenheit jedoch noch einmal überdachte, fühlte ich starke Gewissensbisse, daß ich ihn, aus welchem Grund auch immer, aus den Augen gelassen hatte. Ich stellte mir meine Gefühle vor, wenn ich vor Sie hintreten und Ihnen beichten müßte, daß ihm durch meine Nichtbeachtung Ihrer Anordnungen etwas zugestoßen sei. Ich versichere Ihnen, daß meine Wangen bei diesem Gedanken erröteten. Vielleicht war es auch jetzt noch nicht zu spät, ihn einzuholen, also machte ich mich sogleich auf den Weg nach Merripit House.

Ich eilte so schnell ich konnte die Straße entlang, ohne etwas von Sir Henry zu erblicken, bis ich an die Stelle kam, wo der Moorpfad abzweigt. Da ich fürchtete, vielleicht doch den falschen Weg genommen zu haben, erklomm ich dort einen Hügel, von dem aus ich eine gute Sicht hatte – eben jenen Hügel mit dem dunklen Steinbruch. Ich erblickte Sir Henry sofort. Er war auf dem Moorpfad, ungefähr eine Viertelmeile von mir entfernt, und neben ihm ging eine Dame, die nur Miss Stapleton sein konnte. Es war klar, daß bereits ein Einverständnis zwischen ihnen herrschte und daß sie sich verabredet hatten. Sie gingen langsam, ganz vertieft in ihr Gespräch. An den schnellen, kleinen Bewegungen ihrer Hände sah ich, daß Miss Stapleton etwas sehr Ernstes oder Eindringliches vorbrachte, wobei er ihr aufmerksam zuhörte und ein- oder zweimal in heftiger Verneinung den Kopf schüttelte. Ich stand zwischen den Felsen und beobachtete sie; ich war ratlos, was ich nun tun sollte. Den beiden zu folgen und ihr trautes Gespräch zu unterbrechen wäre schändlich gewesen, doch war es ganz klar meine Pflicht, Sir Henry keinen Moment aus den Augen zu lassen. Einen Freund zu bespitzeln ist eine widerliche Aufgabe. Immerhin fand ich keine bessere Lösung, als ihn von dem Hügel aus zu beobachten und später mein Gewissen dadurch zu erleichtern, daß ich ihm beichtete, was ich getan hatte. Wenn ihm wirklich eine jähe Gefahr gedroht hätte, wäre ich zwar viel zu weit von ihm entfernt gewesen, um von Nutzen zu sein, doch werden Sie mir sicher zustimmen, daß meine Lage sehr heikel war und ich wirklich nichts anderes tun konnte.

Unser Freund Sir Henry und die Dame hatten auf dem Pfad angehalten und standen tief in ihr Gespräch versunken, als ich plötzlich bemerkte, daß ich nicht der einzige Zeuge ihres Zusammenseins war. Etwas Grünes schwebte zuckend durch die Luft und erregte meine Aufmerksamkeit; beim zweiten Hinschauen sah ich, daß es an einem Stock von einem Mann getragen wurde, der auf dem unebenen Boden ging. Es war Stapleton mit seinem Schmetterlingsnetz. Er war dem Paar viel näher als ich und schien in ihre Richtung zu gehen. In diesem Augenblick zog Sir Henry Miss Stapleton plötzlich an sich. Sein Arm lag um sie, aber mir schien, daß sie sich mit abgewendetem Gesicht von ihm losmachen wollte. Er beugte den Kopf zu ihr hinab, und sie hob eine Hand wie zum Protest. Im nächsten Augenblick sah ich sie auseinanderfahren und sich eilends umdrehen. Stapleton war die Ursache dieser Unterbrechung. Er stürzte wild auf sie zu, sein lächerliches Netz wehte hinter ihm her. Er gestikulierte und tanzte beinahe vor den Liebenden herum. Was die Szene zu bedeuten hatte, konnte ich mir nicht vorstellen, aber es schien mir, daß Stapleton Sir Henry beschimpfte, während dieser Erklärungen vorbrachte, die immer ärgerlicher wurden, da der andere sich weigerte, sie hinzunehmen. Die Dame stand in abweisendem Schweigen daneben. Schließlich drehte sich Stapleton auf dem Absatz um und winkte gebieterisch seiner Schwester, die sich nach einem unschlüssigen Blick auf Sir Henry an der Seite ihres Bruders entfernte. Die wütenden Gebärden des Naturforschers verrieten, daß die Dame in sein Mißfallen eingeschlossen war. Der Baronet stand eine Minute da und sah ihnen nach, dann ging er langsam den Weg zurück, den er gekommen war, mit gesenktem Kopf, das Urbild der Niedergeschlagenheit.

Ich konnte mir das alles nicht erklären, aber ich war tief

beschämt darüber, ohne Wissen meines Freundes Zeuge einer so intimen Szene geworden zu sein. Ich eilte daher den Hügel hinab und traf unten mit dem Baronet zusammen. Sein Gesicht war vor Ärger gerötet, und seine Stirn war kraus wie bei einem, der nicht mehr weiß, was er tun soll.

»Hallo, Watson! Wo kommen Sie denn her?« fragte er. »Sie wollen doch nicht sagen, daß Sie mir trotz allem gefolgt sind?«

Ich erklärte ihm alles: Daß es mir unmöglich gewesen sei, zurück zu bleiben, daß ich ihm gefolgt sei und alles gesehen hätte. Einen Moment lang funkelte er mich an, dann aber entwaffnete ihn meine Offenheit, und schließlich brach er in ein ziemlich klägliches Lachen aus.

»Man sollte die Mitte dieser Prärie für einen Platz halten, wo ein Mann ziemlich sicher seine Privatangelegenheiten verfolgen kann, aber, zum Donnerwetter, die ganze Gegend scheint auf den Beinen gewesen zu sein, um mich bei meiner Werbung zu beobachten – einer so erbärmlichen noch dazu! Welchen Logenplatz hatten Sie denn?«

»Ich war auf diesem Hügel dort oben.«

»So ziemlich letzte Reihe, wie? Dafür war ihr Bruder ganz vorn. Haben Sie gesehen, wie er auf uns losgegangen ist?«

»Ja.«

»Hatten Sie je den Eindruck, daß er verrückt ist – dieser ihr Bruder?«

»Bisher eigentlich nicht.«

»Gewiß nicht. Bis heute habe ich ihn auch für geistig ziemlich normal gehalten, aber Sie können mir glauben, entweder er oder ich gehören in eine Zwangsjacke. Was ist denn los mit mir? Sie leben doch nun schon einige Wochen mit mir zusammen, Watson. Sagen Sie mir die Wahrheit! Ist irgend etwas an mir, das mich daran hindern sollte, der Frau, die ich liebe, ein guter Gatte zu sein?«

»Das möchte ich wirklich nicht behaupten.«

»Gegen meine Stellung in der Welt kann er doch nichts einzuwenden haben, also muß es gegen mich persönlich gehen. Was hat er gegen mich? Ich habe in meinem ganzen

Leben weder einem Mann noch einer Frau etwas Böses getan, soviel ich weiß. Und trotzdem würde er mich nicht einmal ihre Fingerspitzen berühren lassen.«

»Hat er das gesagt?«

»Das, und noch vieles andere. Ich sage Ihnen, Watson, ich kenne sie ja erst seit wenigen Wochen, aber vom ersten Augenblick an habe ich gefühlt, daß sie für mich geschaffen ist, und auch sie – sie war glücklich, wenn sie mit mir zusammen war, das schwöre ich. In den Augen einer Frau ist ein Licht, das deutlicher spricht als Worte. Aber er hat unser Beisammensein immer verhindert, und heute habe ich zum ersten Mal die Möglichkeit gesehen, ein paar Worte mit ihr allein zu wechseln. Sie war damit einverstanden, mich zu treffen, aber dann wollte sie nicht von Liebe sprechen und hätte auch mich am liebsten daran gehindert. Sie ist immer wieder darauf zurückgekommen, daß dies ein gefährlicher Ort sei, und daß sie nicht glücklich sein würde, bis ich abgereist wäre. Ich habe ihr gesagt, daß es mit der Abreise gar nicht eilt, seitdem ich sie gesehen habe, und wenn sie wirklich wollte, daß ich gehe, dann wäre das einzige Mittel, mich dazu zu bringen, daß sie mit mir käme. Das war ja gleichbedeutend mit einem Heiratsantrag, aber ehe sie antworten konnte, hat sich ihr Bruder mit dem Gesicht eines Wahnsinnigen auf uns gestürzt. Er war weiß vor Wut, seine hellen Augen sprühten vor Zorn. Was ich da mit der Dame machte? Wie ich dazu käme, ihr Aufmerksamkeiten zu erweisen, die ihr widerwärtig seien? Ob ich mir einbildete, weil ich Baronet sei, könnte ich mir alles erlauben? Wenn er nicht ihr Bruder wäre, hätte ich ihm die richtige Antwort gegeben. So aber habe ich nur gesagt, daß ich mich meiner Gefühle seiner Schwester gegenüber nicht zu schämen brauche und daß ich hoffe, sie würde mir die Ehre erweisen, meine Frau zu werden. Das schien aber die Sache nicht besser zu machen, und daraufhin bin ich dann auch wütend geworden und habe ihm vielleicht heftiger geantwortet, als es in ihrer Gegenwart richtig war. Es endete, wie Sie gesehen haben, damit, daß er mit ihr fortgegangen ist, und hier stehe ich jetzt ratloser als irgendein anderer Mann in der Grafschaft. Verraten Sie mir, Watson, was das alles bedeutet, und ich schulde Ihnen mehr, als ich je zurückzahlen kann.«

Ich versuchte, eine oder zwei Erklärungen zu finden, war jedoch selber vollkommen verwirrt. Der Titel unseres Freundes, sein Vermögen, sein Alter, sein Charakter und seine äußere Erscheinung, alles spricht für ihn, und ich wüßte nichts gegen ihn, es sei denn das düstere Verhängnis, das über seiner Familie schwebt. Daß seine Werbung in einer so brüsken Weise zurückgewiesen wurde, ohne Rücksicht auf die etwaigen Wünsche der Dame, und daß sie dies ohne Gegenwehr hingenommen hatte, das alles ist sehr verblüffend. Doch wurden unsere Vermutungen durch einen Besuch Stapletons noch am selben Nachmittag beendet. Er kam, um sich wegen seiner Heftigkeit am Morgen zu entschuldigen, und nach einer langen privaten Unterredung mit Sir Henry in dessen Schreibzimmer war das Ergebnis ihrer Unterhaltung, daß der Bruch wieder verheilt ist, und daß wir am kommenden Freitag in Merripit House speisen werden, zum Zeichen der Aussöhnung.

»Ich sage aber noch immer nicht, daß er nicht verrückt ist«, sagte Sir Henry; »ich kann den Ausdruck seiner Augen, als er heute morgen auf mich losging, nicht vergessen, aber ich gebe zu, daß man sich nicht besser entschuldigen kann, als er es getan hat.«

»Hat er Ihnen irgendeine Erklärung für sein Benehmen gegeben?«

»Er sagt, seine Schwester bedeute alles für ihn. Das ist nur natürlich, und ich freue mich, daß er sie zu schätzen weiß. Sie waren stets zusammen, und nach dem, was er erzählt, ist er immer ein einsamer Mann und sie seine einzige Gesellschaft gewesen, so daß ihm der Gedanke, sie zu verlieren, entsetzlich war. Er hatte nicht begriffen, sagt er, daß ich mich in sie verliebt hätte, aber als er mit eigenen Augen sah, daß es so war und daß sie ihm entrissen werden könnte, hat es ihm einen solchen Schock versetzt, daß er eine Zeitlang nicht gewußt hätte, was er tat oder sagte. Er bedauere von ganzem Herzen alles, was geschehen ist, und er sehe ein, wie ungerecht und egoistisch es sei, sich einzubilden, daß er ein so schönes Mädchen wie seine Schwester sein ganzes Leben bei sich behalten könne. Wenn sie denn schon gehen wolle, dann lieber zu einem Nachbarn wie mir als zu sonst jemandem. Jedenfalls aber sei es ein harter Schlag für ihn, auf den er sich erst eine Weile vorbereiten müsse. Er wolle seinen Widerstand aufgeben, wenn ich ihm verspräche, die Sache drei Monate lang auf sich beruhen zu lassen, und mich während dieser Zeit mit Miss Stapletons Freundschaft begnüge, ohne um ihre Liebe zu werben. Das habe ich ihm versprochen, und so steht die Sache jetzt.«

Damit ist also eines unserer kleinen Rätsel gelöst. Es bedeutet immerhin etwas, in dem Morast, in dem wir stecken, irgendwo auf festen Boden gestoßen zu sein. Wir wissen nun, weshalb Stapleton dem Freier seiner Schwester gegenüber so feindselig eingestellt war, obwohl er ein so wünschenswerter Anwärter ist wie Sir Henry. Und nun gehe ich zu einem anderen Faden über, den ich aus dem verwirrten Knäuel gelöst habe, dem Rätsel des nächtlichen Schluchzens, der Tränenspuren auf Mrs. Barrymores Gesicht und der heimlichen Wanderung des Butlers zum westlichen Gitterfenster. Gratulieren Sie mir dazu, lieber Holmes, und sagen Sie mir, daß ich Sie in meiner Eigenschaft als Ihr Vertreter nicht enttäuscht habe – daß Sie das Vertrauen, daß Sie mir bewiesen, als Sie mich hierher schickten, nicht bedauern. Das alles ist durch die Arbeit einer einzigen Nacht erschöpfend aufgeklärt worden.

Ich sage »die Arbeit einer Nacht«; aber in Wirklichkeit waren es zwei Nächte, da die erste völlig ohne Ergebnis blieb. Ich saß mit Sir Henry in seinem Zimmer bis gegen drei Uhr morgens, aber wir hörten keinerlei Geräusch außer dem der schlagenden Uhr auf der Treppe. Es war eine äußerst melancholische Vigil, die damit endete, daß wir beide in unseren Sesseln einschliefen. Glücklicherweise ließen wir uns nicht entmutigen und beschlossen, es noch einmal zu versuchen. Am nächsten Abend dämpften wir das Licht, saßen und rauchten Zigaretten, ohne den leisesten Laut von uns zu geben. Es war unglaublich, wie langsam die Stunden dahinschlichen, aber wir hielten durch, vermöge derselben Art geduldiger Spannung, die ein Jäger fühlen mag, wenn er die Falle beobachtet, in die, wie er hofft, das Wild geraten wird. Die Uhr schlug eins, dann zwei, und wir hätten beinahe wieder verzweifelt aufgegeben, als wir beide jäh aufschreckten und unsere ermüdeten Sinne wieder geschärft und wachsam wurden. Wir hatten das Knarren eines Schrittes auf dem Korridor vernommen.

Wir hörten den Mann sich leise vorbeistehlen, bis sein Schritt in der Ferne verklang. Dann öffnete der Baronet geräuschlos die Tür, und wir machten uns an die Verfolgung. Unser Mann hatte die Galerie bereits hinter sich, und der Korridor war völlig dunkel. Lautlos stahlen wir uns vorwärts, bis wir in den anderen Flügel kamen. Da sahen wir gerade noch die große, schwarzbärtige Gestalt, die vornübergebeugt auf Zehenspitzen durch den Gang schlich. Dann verschwand er hinter der gleichen Tür wie beim ersten Mal, und das Licht der Kerze beleuchtete einen Augenblick lang die Umrisse der Tür und warf einen einzigen gelben Strahl quer durch den dunklen Korridor. Wir tasteten uns vorsichtig näher, wobei wir jede Bohle prüften, ehe wir wagten, unser ganzes Gewicht darauf zu verlegen. Wir waren so vorsichtig gewesen, unsere Schuhe zurückzulassen, aber trotzdem krachten und ächzten die alten Bretter unter unseren Schritten. Manchmal schien es uns ausgeschlossen, daß er unser Nahen nicht bemerken sollte. Glücklicherweise hört der Mann jedoch nicht sehr gut, und er war ganz in seine Beschäftigung vertieft. Als wir endlich die Türe erreicht hatten und hindurchspähten, sahen wir ihn mit der Kerze in der Hand neben dem Fenster stehen, das blasse, gespannte Gesicht an die Scheibe gedrückt, genau so, wie ich ihn zwei Tage vorher gesehen hatte.

Wir hatten keinerlei Schlachtplan entworfen, aber der Baronet ist ein Mann, dem der geradeste Weg immer der selbstverständlichste ist. Er betrat das Zimmer, und Barrymore sprang mit einem leisen Zischlaut vom Fenster zurück und stand bleich und zitternd vor uns. Seine dunklen Augen glühten in der weißen Maske des Gesichts und waren voll von Schrecken und Verwunderung, als er von Sir Henry zu mir blickte.

»Was tun Sie hier, Barrymore?«

»Nichts, Sir.« Er war so aufgeregt, daß er kaum sprechen konnte, und die Kerze, die er hielt, ließ durch sein Zittern Schatten auf und nieder hüpfen. »Es war das Fenster, Sir. Ich gehe nachts herum, um nachzusehen, ob die Fenster geschlossen sind.«

»Im zweiten Stock?«

»Ja, Sir, alle Fenster.«

»Hören Sie, Barrymore«, sagte Sir Henry streng, »wir haben beschlossen, die Wahrheit aus Ihnen herauszukriegen, und Sie ersparen sich viel Ärger, wenn Sie lieber früher als später damit herausrücken. Also! Keine Lügen! Was haben Sie an diesem Fenster gemacht?«

Der Mann sah uns hilflos an und rang die Hände, wie jemand, der sich in äußerster Not und äußerstem Zweifel befindet.

»Ich habe nichts Böses getan, Sir. Ich habe eine Kerze ans Fenster gehalten.«

»Und warum haben Sie eine Kerze ans Fenster gehalten?«

»Fragen Sie mich nicht, Sir Henry – bitte fragen Sie mich nicht! Ich gebe Ihnen mein Wort, Sir, daß es nicht mein eigenes Geheimnis ist und daß ich es nicht verraten darf. Wenn es nur mich selbst anginge, würde ich es nicht vor Ihnen verbergen.«

Mir fiel plötzlich etwas ein, und ich nahm die Kerze vom Fensterbrett, auf das der Butler sie gestellt hatte.

»Er hat die Kerze wohl als Signal benutzt«, sagte ich, »mal sehen, ob jemand antwortet.«

Ich hielt die Kerze, wie er es getan hatte, und starrte in die Dunkelheit der Nacht hinaus. Undeutlich konnte ich die schwarze Masse der Bäume und die hellere Weite des Moors unterscheiden, da der Mond hinter Wolken war. Dann aber schrie ich triumphierend auf, denn ein kleiner Punkt gelben Lichts durchstieß plötzlich den dunklen Schleier und leuchtete ruhig inmitten des dunklen, vom Fenster eingerahmten Vierecks.

»Da haben wir es«, rief ich.

»Nein, nein, Sir, es ist nichts, wirklich nichts«, unterbrach mich der Butler; »ich versichere Ihnen, Sir –«

»Bewegen Sie das Licht, Watson!« rief der Baronet. »Sehen Sie, der andere bewegt es auch! Nun, Sie Schuft, wollen Sie noch immer leugnen, daß es ein Lichtsignal ist? Los, sprechen Sie! Wer ist Ihr Spießgeselle draußen, und was ist das für eine Verschwörung?«

Das Gesicht des Mannes bekam einen offen herausfordernden Ausdruck. »Das ist meine Sache, und nicht Ihre. Ich sage nichts.«

»Dann verlassen Sie augenblicklich meinen Dienst.«

»Sehr wohl, Sir. Wenn ich gehen muß, gehe ich.«

»Und Sie gehen in Schimpf und Schande. Zum Teufel, Sie sollten sich in Grund und Boden schämen. Ihre Familie hat über hundert Jahre mit der meinigen unter diesem Dach gelebt, und jetzt ertappe ich Sie bei dunklen, gegen mich gerichteten Machenschaften...«

»Nein, nein, Sir; nein, nicht gegen Sie!«

Es war die Stimme einer Frau, und Mrs. Barrymore stand in der Tür, noch bleicher und noch entsetzter als ihr Mann. Ihre massige Gestalt in Schal und Rock hätte komisch gewirkt, wenn ihr Gesicht nicht eine so starke seelische Erschütterung ausgedrückt hätte.

»Wir müssen gehen, Eliza. Das ist das Ende. Du kannst unsere Sachen packen«, sagte der Butler.

»Oh, John, John, habe ich dich so weit gebracht? Es ist meine Schuld, Sir Henry – nur die meinige. Er hat es nur um meinetwillen getan, weil ich ihn darum gebeten habe.«

»Dann reden Sie! Was bedeutet dies alles?«

»Mein unglückseliger Bruder verhungert auf dem Moor. Wir können ihn doch nicht vor unserer Tür zugrunde gehen lassen! Dieses Licht ist das Zeichen, daß Essen für ihn bereit ist, und sein Licht dort draußen bezeichnet den Ort, wo wir es hinbringen sollen.«

»Dann ist Ihr Bruder –?«

»Der entlaufene Sträfling, Sir – Selden, der Verbrecher.«

»Das ist die Wahrheit, Sir«, sagte Barrymore. »Ich habe ja gesagt, daß es nicht mein Geheimnis ist, und daß ich es nicht verraten darf. Aber jetzt haben Sie es gehört und Sie wissen, daß, wenn es eine Verschwörung gab, sie nicht gegen Sie gerichtet war.«

Das also war die Erklärung der verstohlenen nächtlichen Expeditionen und des Lichts am Fenster. Sir Henry und ich starrten die Frau verblüfft an. War es möglich, daß diese schwerfällige, anständige Person von gleichem Blut war wie einer der berüchtigtsten Verbrecher im Lande?

»Ja, Sir, ich habe einmal Selden geheißen, und er ist mein jüngerer Bruder. Wir haben ihn in seiner Jugend zu sehr verwöhnt und ihm in allem nachgegeben, bis er dachte, die Welt sei nur zu seinem Vergnügen da, und er könne alles tun, was ihm gefällt. Dann, als er älter wurde, ist er in schlechte Gesellschaft geraten und war wie vom Teufel besessen, bis er das Herz meiner Mutter gebrochen und unseren guten Namen in den Kot gezogen hat. Von Verbrechen zu Verbrechen ist er immer tiefer gesunken, bis es wirklich nur die Gnade Gottes war, die ihn vor dem Galgen gerettet hat; aber für mich, Sir, ist er immer noch der kleine, kraushaarige Junge, den ich gepflegt und mit dem ich gespielt habe, wie es für eine ältere Schwester natürlich ist. Deshalb ist er auch ausgebrochen, Sir. Er wußte, daß ich hier wohne und daß wir es nicht ablehnen würden, ihm zu helfen. Als er sich in einer Nacht hierher schleppte, ganz erschöpft, und die Wärter ihm hart auf den Fersen waren – was konnten wir tun? Wir haben ihn aufgenommen und ihm zu essen gegeben und ihn gepflegt. Dann sind Sie heimgekehrt, Sir, und mein Bruder meinte, daß, bis sich die Aufregung über sein Ausbrechen gelegt hätte, er auf dem Moor am besten aufgehoben wäre, deshalb hat er sich dort versteckt. Wir haben uns aber jede zweite Nacht versichert, ob er noch dort war, indem wir ein Licht ins Fenster gestellt haben, und wenn er antwortete, hat mein Mann ihm Brot und Fleisch hinausgebracht. Jeden Tag haben wir gehofft, daß er fort sein möge, aber solange er da ist, können wir ihn nicht verlassen. So wahr ich eine gute Christin bin, das ist die volle Wahrheit, und Sie werden einsehen, Sir, daß, wenn jemand in dieser Sache zu tadeln ist, ich es bin und nicht mein Mann; denn er hat das alles nur um meinetwillen getan.«

Die Worte der Frau waren mit tiefem Ernst gesprochen und wirkten überzeugend.

»Ist das die Wahrheit, Barrymore?«

»Ja, Sir Henry. Jedes Wort.«

»Nun, ich kann Sie nicht dafür tadeln, daß Sie zu Ihrer Frau gestanden haben. Vergessen Sie, was ich gesagt habe. Gehen Sie beide auf Ihr Zimmer, und morgen früh werden wir weiter über die Sache sprechen.«

Als sie verschwunden waren, blickten wir wieder aus dem Fenster. Sir Henry hatte es aufgerissen, und der kalte Nachtwind wehte uns ins Gesicht. Weit weg in der dunklen Ferne schimmerte noch immer der winzige gelbe Lichtpunkt.

»Ich wundere mich, daß er es wagt«, bemerkte Sir Henry.

»Vielleicht ist es so aufgestellt, daß man es nur von hier aus sehen kann.«

»Sehr wahrscheinlich. Wie weit ist es Ihrer Meinung nach entfernt?«

»Ich glaube, es ist beim Cleft *Tor*.«

»Also nicht mehr als eine oder zwei Meilen von hier?«

»Eher weniger.«

»Nun, es kann nicht sehr weit sein, wenn Barrymore ihm Essen hinausgetragen hat. Und neben der Kerze wartet dieser Verbrecher? Bei Gott, Watson – ich gehe hinaus, um diesen Mann zu fassen!«

Der gleiche Gedanke war mir gekommen. Die Barrymores

hatten uns ja nicht in ihr Geheimnis eingeweiht, sondern wir hatten es ihnen abgerungen. Der Mann war gemeingefährlich, ein Erzschurke, für den es weder Mitleid noch Entschuldigungen geben durfte. Wir taten nur unsere Pflicht, wenn wir die Möglichkeit nutzten, ihn dorthin zurückzubringen, wo er keinen Schaden anrichten konnte. Diesem brutalen und gewalttätigen Menschen konnten andere in die Hände fallen, wenn wir nichts unternahmen. In irgendeiner der nächsten Nächte konnte er zum Beispiel unsere Nachbarn, die Stapletons, überfallen, und vielleicht war es der Gedanke daran, der Sir Henry zu diesem Abenteuer trieb.

»Ich komme mit«, sagte ich.

»Dann holen Sie Ihren Revolver und ziehen Sie Schuhe an. Je schneller wir losgehen, desto besser, der Kerl löscht ja vielleicht sein Licht und macht sich aus dem Staub.«

Fünf Minuten später waren wir vor der Tür und machten uns auf den Weg. Wir eilten durch das dunkle Gebüsch, begleitet von dem dumpfen Seufzen des Herbstwindes und dem Rauschen der fallenden Blätter. Die Nachtluft roch schwer nach Feuchtigkeit und Verfall. Hin und wieder spähte der Mond einen Moment durch die Wolken, die über den Himmel jagten, und gerade, als wir auf das Moor hinauskamen, setzte leichter Regen ein.

»Sind Sie bewaffnet?« fragte ich.

»Ich habe eine Jagdpeitsche.«

»Wir müssen ihn überraschen, er soll ja ein zu allem entschlossener Bursche sein. Wir müssen ihn schnell überwältigen, ehe er Widerstand leisten kann.«

»Hören Sie, Watson«, sagte der Baronet, »was würde Holmes zu all dem sagen? Wie ist das mit den dunklen Stunden, in denen die Mächte des Bösen am Werk sind?«

Gleichsam als Antwort auf diese Frage klang plötzlich aus der weiten Düsternis des Moors der sonderbare Schrei, den ich schon einmal am Rande des großen Grimpen-Sumpfes gehört hatte. Er kam mit dem Wind durch die nächtliche Stille, ein langes, tiefes Murren, dann ein Aufheulen und wieder das traurige Seufzen, in dem der Ton dahinstarb. Wieder und wieder erklang er und ließ die ganze Luft beben, schneidend, wild und drohend. Der Baronet packte mich am Ärmel, und sein Gesicht schimmerte bleich durch die Dunkelheit.

»Guter Gott, was ist das, Watson?«

»Ich weiß es nicht. Ein Ton, den das Moor von sich gibt. Ich habe ihn schon einmal gehört.«

Der Laut verklang, und eine absolute Stille schloß sich um uns. Wir horchten angestrengt, aber es kam nichts mehr.

»Watson«, sagte der Baronet, »es war das Heulen eines Hundes.«

Mir erstarrte das Blut in den Adern, denn seine gebrochene Stimme verriet das jähe Grauen, das ihn gepackt hatte.

»Wie nennen sie diesen Ton?« fragte er.

»Wer?«

»Die Leute von hier.«

»Das sind doch ungebildete Leute. Was kümmert es Sie, wie sie es nennen?«

»Antworten Sie mir, Watson. Was sagen die Leute von diesem Ton?«

Ich zögerte, aber ich konnte der Frage nicht entgehen.

»Sie sagen, es sei das Geheul des Hundes der Baskervilles.«

Er ächzte und schwieg einige Minuten.

»Ein Bluthund war es«, sagte er schließlich, »aber es schien viele Meilen weit von dort drüben zu kommen, denke ich.«

»Es ist schwer zu sagen, woher es kam.«

»Es stieg und fiel mit dem Wind. Ist das die Richtung zum großen Grimpen-Sumpf?«

»Ja.«

»Nun, dann kam es von dort. Watson, glauben Sie denn nicht auch, daß es das Heulen eines Bluthundes ist? Ich bin doch kein Kind. Sie brauchen keine Angst zu haben, mir die Wahrheit zu sagen.«

»Stapleton war dabei, als ich es zum erstenmal hörte. Er meinte, es könne der Schrei eines fremden Vogels sein.«

»Nein, nein, es war ein Bluthund. Mein Gott, wenn an all

diesen Geschichten wirklich etwas Wahres wäre? Ist es möglich, daß mir wirklich eine so dunkle Gefahr droht? Sie glauben doch nicht daran, Watson?«

»Nein, nein.«

»Und doch ist es etwas anderes, in London darüber zu lachen, als hier in der Dunkelheit des Moores zu stehen und ein derartiges Heulen zu hören. Und mein Onkel! Die Spuren eines Bluthundes waren neben seiner Leiche, da, wo er lag. Alles paßt zusammen. Ich halte mich nicht für einen Feigling, Watson, aber dieser Ton hat mein Blut zum Erstarren gebracht. Fühlen Sie nur meine Hand!«

Sie war so kalt wie ein Marmorblock.

»Morgen werden Sie wieder ganz in Ordnung sein.«

»Ich glaube nicht, daß mir dieser Schrei je aus dem Kopf gehen wird. Was, meinen Sie, sollten wir nun tun?«

»Sollen wir umkehren?«

»Nein, bei Gott; wir sind hergekommen, um den Kerl zu erwischen, und das werden wir auch. Wir sind hinter dem Sträfling her, und ein Höllenhund anscheinend hinter uns. Kommen Sie. Wir beißen uns durch, und wenn alle Geschöpfe der Hölle auf dem Moor losgelassen sind.«

Wir stolperten langsam durch die Dunkelheit; die schwarzen Schatten der gezackten Hügel umgaben uns, und vor uns brannte ruhig das gelbe Licht. Nichts täuscht so sehr über die Entfernung als der Schimmer eines Lichts in einer pechfinstren Nacht; manchmal schien es fern am Horizont zu glimmen, und manchmal, als wäre es nur einige Yards von uns entfernt. Aber endlich konnten wir sehen, woher es kam, und da waren wir aber schon beinahe am Ziel. Eine tropfende Kerze stak in einem Spalt eines der Felsen, die sie von beiden Seiten vor dem Wind schützten und gleichzeitig, außer von Baskerville Hall aus, unsichtbar machten. Ein Granitblock ermöglichte uns, ungesehen näher zu kommen. Wir kauerten dahinter und blickten über ihn hinweg auf das Signallicht. Es war ein sonderbarer Anblick, diese einsame Kerze inmitten des Moors, nichts Lebendes weit und breit – nur die eine schlanke, gelbe Flamme und das Schimmern des Felsens zu beiden Seiten.

»Was machen wir jetzt?« flüsterte Sir Henry.

»Hier warten. Er muß doch in der Nähe des Lichts sein. Vielleicht erblicken wir ihn.«

Die Worte waren kaum ausgesprochen, als wir ihn beide sahen. Über die Felsen, in deren Höhlung das Licht brannte, streckte sich ein übles, gelbes Gesicht vor, ein furchtbares, tierisches Gesicht, durchfurcht und gezeichnet von niedrigen Leidenschaften. Von Schlamm besudelt, mit starrendem Bart und verfilztem Haar, hätte das Gesicht ebensogut einem jener vorgeschichtlichen Wilden gehören können, die die Höhlen der Hügel bewohnt hatten. Das Licht spiegelte sich in seinen kleinen, schlauen Augen, die mit wilden, suchenden Blicken die Finsternis durchforschten wie ein listiges Raubtier, das die Schritte der Jäger vernommen hat.

Irgend etwas hatte anscheinend seinen Verdacht erregt. Vielleicht benutzte Barrymore noch ein besonderes Signal, das wir nicht kannten, oder der Kerl mochte andere Gründe haben, anzunehmen, daß nicht alles in Ordnung sei, jedenfalls konnte ich die Befürchtungen in seinem schlimmen Gesicht lesen. Im selben Augenblick kreischte der Sträfling einen Fluch und warf einen Stein nach uns, der aber an dem Felsblock, der uns verborgen hatte, zersplitterte. Ich konnte einen Blick auf seine kurze, gedrungene, kräftige Gestalt erhaschen, als er aufsprang und sich zur Flucht wandte. Durch einen glücklichen Zufall brach gleichzeitig der Mond durch die Wolken. Wir stürmten über die Kuppe des Hügels, und da rannte auf der anderen Seite unser Mann schnell bergab, wobei er mit der Geschicklichkeit einer Bergziege über die großen umherliegenden Steine sprang. Ein gutgezielter Schuß meines Revolvers hätte ihn zum Krüppel machen können, aber ich hatte ihn ja nur zu meiner Verteidigung bei mir und nicht, um einen unbewaffneten flüchtenden Mann niederzuschießen.

Wir waren beide gute Läufer und in bester Verfassung, aber bald wurde uns klar, daß wir keine Aussicht hatten, ihn einzuholen. Wir sahen ihn noch lange im Mondschein, bis er nur ein kleiner huschender Punkt zwischen den Felsen am Hang eines fernen Hügels war. Wir liefen und liefen, bis wir ganz erschöpft waren, aber der Abstand zwischen uns wurde immer größer. Schließlich hielten wir an, setzten uns keuchend auf zwei Felsen und sahen ihn in der Ferne verschwinden.

Und in diesem Augenblick geschah etwas höchst Sonderbares und Unerwartetes. Wir waren von unseren Felsen aufgestanden und wollten den Rückweg antreten, denn wir hatten die hoffnungslose Jagd aufgegeben. Der Mond stand niedrig zu unserer Rechten, und die zackige Spitze eines granitenen *tor* hob sich scharf vom unteren Rand der silbernen Mondsichel ab. Dort, scharf umrissen, schwarz wie eine Statue aus Ebenholz, sah ich die Gestalt eines Mannes auf dem *tor*. Glauben Sie nicht, daß es eine Sinnestäuschung war, Holmes. Ich versichere Ihnen, daß ich noch nie in meinem Leben etwas so klar gesehen habe. Soweit ich es beurteilen konnte, war es die Gestalt eines großen, schlanken Mannes. Er stand da, die Beine etwas gespreizt, mit verschränkten Armen und gesenktem Kopf, als begrübelte er diese unendliche Wüstenei aus Moor und Granit, die hinter ihm lag. Er hätte der Geist dieses schrecklichen Ortes sein können. Es war nicht der Sträfling. Dieser Mann war weit von der Stelle entfernt, an der der Sträfling verschwunden war. Außerdem war er viel größer. Mit einem Ausruf des Erstaunens packte ich Sir Henry am Arm, um ihm den Mann zu zeigen, aber in dem kurzen Augenblick, als ich mich zu ihm umgewandt hatte, war der Mann verschwunden. Die scharfe Granitspitze schnitt noch immer den unteren Rand des Mondes, aber von der reglosen, schweigsamen Gestalt war dort nichts mehr zu sehen.

Ich wäre gern in jene Richtung gegangen, um das *tor* abzusuchen, aber die Entfernung dahin war doch ziemlich groß. Die Nerven des Baronets waren durch das Geheul, das ihn an die düstere Familiengeschichte erinnert hatte, noch sehr angegriffen, und er war nicht in der Laune für neue Abenteuer. Er hatte den einsamen Mann auf dem *tor* nicht gesehen und konnte daher den Schauer nicht begreifen, der mich beim Anblick dieser seltsamen, gebieterischen Gestalt durchrieselt hatte. »Bestimmt ein Gefängniswärter«, meinte er. »Seit dieser Kerl ausgebrochen ist, wimmelt das Moor von ihnen.« Nun, vielleicht ist diese Erklärung die richtige, aber ich hätte gerne den Beweis dafür. Wir wollen uns heute mit den Leuten in Princetown in Verbindung setzen, um ihnen zu sagen, wo sie ihren Pflegling suchen sollen, aber es ist bitter, daß wir nicht die Genugtuung haben konnten, ihn als unseren Gefangenen selbst dort abzuliefern. Das also sind die Ereignisse der letzten Nacht, und Sie müssen wohl zugeben, mein lieber Holmes, daß ich Sie mit diesem Bericht gut bedient habe. Gewiß ist vieles von dem, was ich Ihnen schildere, unwichtig, aber ich finde, es ist am besten, wenn ich Ihnen alle Tatsachen schreibe und es Ihnen überlasse, daraus die zu wählen, die Ihnen am zweckdienlichsten erscheinen, um Ihre Schlüsse daraus zu ziehen. Sicherlich machen wir Fortschritte. Was die Barrymores betrifft, haben wir das Motiv für ihr Handeln ausfindig gemacht, und das hat die Lage bedeutend geklärt. Aber das Moor mit seinen Geheimnissen und seinen sonderbaren Bewohnern bleibt unergründlich wie zuvor. Vielleicht kann ich in meinem nächsten Brief auch dorthin etwas Licht bringen. Am besten wäre es freilich, wenn Sie selbst zu uns kommen könnten.

10. AUSZUG AUS DR. WATSONS TAGEBUCH

Bis hierher konnte ich mich damit begnügen, die Berichte zu zitieren, die ich anfangs an Sherlock Holmes schickte. Nun aber bin ich an einen Punkt meiner Erzählung gelangt, wo ich dieses Verfahren aufgeben und mich wieder auf mein Gedächtnis verlassen muß, unter Nutzung des Tagebuchs, das ich damals führte. Einige Auszüge aus demselben werden mich zu jenen Vorgängen bringen, die in allen Einzelheiten unauslöschlich meinem Gedächtnis eingeprägt sind. Ich beginne also mit dem Morgen, der unserer fruchtlosen Jagd nach dem Sträfling und den übrigen sonderbaren Erlebnissen auf dem Moor folgte.

16. Oktober – Ein trüber Nebeltag mit Nieselregen. Das Haus ist von Wolkenbänken umgeben, die sich zeitweilig heben, um einen Ausblick auf die öden Wellenlinien des Moors freizugeben, auf die schmalen silbernen Adern an den Flanken der Hügel und die fernen Felsblöcke, die schimmern, wo das Licht auf ihre nasse Oberfläche fällt. Melancholie herrscht außer- und innerhalb. Der Baronet ist nach den Aufregungen der Nacht in einer düsteren Stimmung. Mir selbst ist das Herz sehr schwer, und ich fühle eine Gefahr, die über uns hängt – allgegenwärtig und um so beängstigender, als ich sie nicht bestimmen kann.

Und habe ich nicht Anlaß zu einem solchen Gefühl? Man betrachte die lange Reihe von Zwischenfällen, die alle darauf schließen lassen, daß eine unheimliche Macht um uns herum am Werke ist. Da ist der Tod des letzten Herrn der Hall, der so genau mit den Einzelheiten der Familienlegende übereinstimmt, und da sind die wiederholten Berichte der Bauern über das Erscheinen eines fremdartigen Wesens auf dem Moor. Ich habe zweimal mit meinen eigenen Ohren den Laut gehört, der dem fernen Bellen eines Bluthundes ähnelt. Es ist unglaublich, unmöglich, daß sich dies tatsächlich außerhalb der gewöhnlichen Naturgesetze zutragen soll. Ein Gespensterhund, der diesseitige Fußspuren hinterläßt und die Luft mit seinem Jaulen erfüllt, ist sicher undenkbar. Stapleton mag sich einem solchen Aberglauben hingeben und Mortimer desgleichen, aber wenn ich mich einer Eigenschaft rühmen kann, ist es gesunder Menschenverstand, und nichts wird mich dazu bringen, an so etwas zu glauben. Man stünde dann ja auf einer Stufe mit diesen armen Bauern, denen ein gewöhnlicher Gespensterhund nicht genügt; sie beschreiben ihn auch noch als ein Tier, dem höllisches Feuer aus Maul und Augen lodert. Holmes würde sich solche Hirngespinste nicht anhören, und ich bin sein Vertreter. Aber Tatsachen sind Tatsachen, und ich habe zweimal das Geheul auf dem Moor gehört. Angenommen, es triebe sich wirklich ein riesiger Bluthund dort herum; das wäre schon fast eine Erklärung. Aber wo verbörge sich ein solcher Hund, wo fände er Nahrung, woher käme er und wieso sähe niemand ihn bei Tag?

Man muß zugeben, daß die natürliche Erklärung fast ebenso viele Probleme aufwirft wie die andere. Und abgesehen von dem Hund ist es doch sicher, daß in London menschliche Kräfte am Werk waren, der Mann in der Kutsche und der Brief, der Sir Henry vor dem Moor warnte. Dieser letztere wenigstens war echt, aber er könnte ebensogut das Werk eines Beschützers wie eines Feindes gewesen sein. Wo befindet sich dieser Beschützer oder Feind jetzt? Ist er in London geblieben oder ist er uns hierher gefolgt? Könnte es – könnte es der Fremde sein, den ich auf dem *tor* erblickt habe?

Zwar habe ich ihn nur dieses eine Mal flüchtig gesehen, aber da sind einige Dinge, die zu beschwören ich bereit bin. Es ist niemand, den ich hier unten gesehen hätte, und inzwischen habe ich alle Nachbarn kennengelernt. Die Gestalt war größer als die Stapletons und viel schlanker als die Franklands. Es hätte möglicherweise Barrymore sein können, aber wir hatten ihn doch im Schloß zurückgelassen, und ich bin sicher, daß er uns nicht nachgekommen ist. Wir werden also noch immer von einem Fremden verfolgt, genau so wie in London. Wir haben ihn nie abschütteln können. Wenn ich diesen Mann in die Hände bekommen könnte, wären wir wahrscheinlich am Ende all unserer Schwierigkeiten. Diesem Zweck muß ich nun meine ganze Tatkraft widmen.

Meine erste Eingebung war, Sir Henry über meine Absicht zu berichten. Meine zweite und gewiß klügere ist, auf eigene Faust zu handeln und mit allen so wenig wie möglich darüber zu sprechen. Sir Henry ist schweigsam und zerstreut. Seine Nerven sind von diesem Laut auf dem Moor seltsam zerrüttet worden. Ich möchte nicht dazu beitragen, seine Unruhe zu vermehren, darum werde ich selbständig vorgehen, um mein Ziel zu erreichen.

Heute morgen gab es nach dem Frühstück eine kleine Szene. Barrymore bat Sir Henry um eine Unterredung, und sie waren eine Weile allein im Schreibzimmer. Ich saß im Billardraum, hörte mehr als einmal Stimmen lauter werden und konnte mir wohl denken, welcher Punkt dort eben beredet wurde. Nach einer Weile öffnete der Baronet die Türe und rief mich hinein.

»Barrymore glaubt, Grund zu einer Beschwerde zu haben«, sagte er. »Er meint, daß es unfair von uns war, auf seinen Schwager Jagd zu machen, nachdem er uns freiwillig dessen Geheimnis verraten hat.«

Der Butler stand vor uns, sehr blaß, aber sehr gefaßt.

»Ich habe vielleicht zu heftig gesprochen, Sir«, sagte er, »und wenn es so war, bitte ich Sie aufrichtig um Entschuldigung. Aber ich war doch sehr überrascht, als ich die beiden Gentlemen heute früh heimkommen hörte. Der arme Kerl hat es schwer genug, ohne daß ich ihm auch noch zusätzliche Verfolger auf die Fersen setze.«

»Wenn Sie es uns freiwillig gesagt hätten, wäre es auch etwas anderes gewesen«, meinte der Baronet. »Sie – oder vielmehr Ihre Frau – haben es ja nur gestanden, als wir Sie dazu gezwungen haben und Sie nicht anders konnten.«

»Ich habe nicht gedacht, daß Sie es ausnutzen würden, Sir Henry – das habe ich wirklich nicht von Ihnen gedacht.«

»Der Mann ist eine Gefahr für die Öffentlichkeit. Überall auf dem Moor sind einsame Häuser verstreut, und er würde vor nichts zurückschrecken. Man braucht nur sein Gesicht zu sehen, um das zu wissen. Denken Sie zum Beispiel an Mr. Stapletons Haus, der niemanden als sich selbst hat, um sich zu wehren. Ehe dieser Kerl nicht wieder hinter Schloß und Riegel sitzt, ist niemand auf dem Moor sicher.«

»Er bricht nirgends ein, Sir. Ich gebe Ihnen mein heiliges Wort darauf. Und er wird nie wieder jemanden in diesem Land bedrohen. Ich versichere Ihnen, Sir Henry, daß in einigen Tagen das Notwendige erledigt ist und er auf dem Weg nach Südamerika sein wird. Ich flehe Sie an, Sir, um Gottes willen sagen Sie der Polizei nicht, daß er sich noch auf dem Moor befindet. Man hat die Suche dort aufgegeben, und er könnte verborgen bleiben, bis das Schiff abgeht. Sie können ihn auch nicht anzeigen, ohne meine Frau und mich in Ungelegenheiten zu verwickeln. Ich bitte Sie, Sir, sagen Sie der Polizei nichts davon.«

Ich zuckte die Achseln. »Wenn er außer Landes wäre, hätten die Steuerzahler eine Last weniger.«

»Was aber, wenn er noch jemanden überfällt, ehe er verschwindet?«

»Er würde nichts derart Verrücktes tun, Sir. Wir haben ihn doch mit allem versorgt, was er braucht. Wenn er ein Verbrechen beginge, würde er damit ja zeigen, wo er steckt.«

»Das ist wahr«, sagte Sir Henry. »Na, Barrymore –«

»Gott segne Sie, Sir, und ich danke Ihnen aus tiefstem Herzen! Es hätte meine arme Frau umgebracht, wenn man ihn wieder eingesperrt hätte.«

»Ich fürchte, daß wir uns da einer Begünstigung und Vorschubleistung schuldig machen, wie, Watson? Aber nach allem, was ich gehört habe, kann ich mich nicht entschließen, den Mann anzuzeigen, also Schluß damit. Es ist gut, Barrymore, Sie können gehen.«

Barrymore stammelte noch einige Dankesworte und wandte sich zum Gehen, zögerte jedoch und kam dann zurück.

»Sie sind so gut zu uns gewesen, Sir Henry, daß ich es Ihnen gern so gut ich kann vergelten würde. Ich weiß etwas, Sir Henry, und hätte es vielleicht schon früher sagen sollen, aber ich bin erst lange nach der Leichenschau darauf gekommen. Ich habe zu keiner Seele bis jetzt davon gesprochen. Es hat mit dem Tod des armen Sir Charles zu tun.«

Der Baronet und ich sprangen auf.

»Wissen Sie, wie er gestorben ist?«

»Nein, Sir, das weiß ich nicht.«

»Was wissen Sie denn?«

»Ich weiß, warum er zu dieser Zeit am Tor war. Er hatte eine Verabredung mit einer Frau.«

»Mit einer Frau! Er?«

»Ja, Sir.«

»Und der Name dieser Frau?«

»Den Namen kenne ich nicht, Sir, aber ich kann Ihnen die Anfangsbuchstaben sagen. Sie lauten L. L.«

»Woher wissen Sie das, Barrymore?«

»Nun, Sir Henry, an jenem Morgen hatte Sir Charles einen Brief erhalten. Er hat gewöhnlich viele Briefe bekommen, schließlich war er doch hier in der Gegend eine große Persönlichkeit und bekannt für sein gutes Herz, so daß sich jeder, der in Schwierigkeiten war, an ihn wandte. Aber an diesem Morgen war es der einzige Brief, und deshalb ist er mir aufgefallen. Er kam aus Coombe Tracey, und die Handschrift der Adresse stammte von einer Frau.«

»Und dann?«

»Und dann, Sir, habe ich nicht mehr daran gedacht und hätte es auch weiter nicht getan, wenn da nicht meine Frau gewesen wäre. Vor ein paar Wochen hat sie Sir Charles' Schreibzimmer – niemand hatte es seit seinem Tod betreten – aufgeräumt und dabei die Asche eines halbverbrannten Briefes im Kamin gefunden. Der größte Teil des Papiers war verkohlt, aber ein Streifchen war ganz geblieben, das Ende der Seite, und die Schrift war noch lesbar, wenn auch nur grau auf schwarzem Grund. Es schien uns eine Nachschrift am Schlusse des Briefes zu sein, die lautete: ›Bitte, bitte, da Sie ein Gentleman sind, verbrennen Sie diesen Brief und seien Sie um zehn Uhr am Tor.‹ Darunter standen die Buchstaben L. L.«

»Haben Sie diesen Streifen?«

»Nein, Sir, er ist zu Asche zerfallen, als wir ihn aufgehoben haben.«

»Hatte Sir Charles schon früher Briefe in derselben Handschrift erhalten?«

»Nun, Sir, ich habe mich nie sehr um seine Briefe gekümmert. Dieser wäre mir sicher auch nicht aufgefallen, wenn er nicht allein gekommen wäre.«

»Und Sie haben keine Ahnung, wer L. L. ist?«

»Nein, Sir. Nicht mehr als Sie selbst. Aber ich glaube, wenn wir diese Dame ermitteln könnten, würden wir mehr über Sir Charles' Tod erfahren.«

»Was ich nicht verstehen kann, Barrymore, ist, warum Sie diese wichtige Information verschwiegen haben.«

»Nun ja, Sir, unmittelbar danach fingen unsere eigenen Probleme an. Und dann – wir hatten beide Sir Charles sehr gern, was kein Wunder ist, wenn man bedenkt, wie gut er zu uns war. Diese Geschichte wieder aufzurühren hätte unserem armen Herrn nicht mehr genutzt, und es ist immer besser, vorsichtig zu sein, wenn eine Dame im Spiel ist. Auch der beste Mensch –«

»Sie meinen, es hätte seinem Ruf schaden können?«

»Also, Sir Henry, ich habe mir gedacht, daß Gutes dabei nicht herauskommen kann. Aber jetzt, wo Sie zu uns so gut gewesen sind, wäre es nicht recht, wenn ich Ihnen nicht alles erzählte, was ich über die Sache weiß.«

»Sehr gut, Barrymore; Sie können gehen.«

Als der Butler uns verlassen hatte, wandte sich der Baronet zu mir: »Nun, Watson, was halten Sie von diesem neuen lichtvollen Aspekt?«

»Mir scheint die Dunkelheit noch schwärzer als zuvor.«

»Das fürchte ich auch. Wenn wir aber herausfinden könnten, wer L. L. ist, würde sich die ganze Sache aufklären. Soviel haben wir jedenfalls gewonnen. Wir wissen, daß es eine gibt, die die Tatsachen kennt, aber wir müssen sie erst einmal finden. Was sollen wir Ihrer Ansicht nach jetzt tun?«

»Holmes sofort davon benachrichtigen. Es wird für ihn der Anhaltspunkt sein, nach dem er gesucht hat. Ich müßte mich sehr irren, wenn ihn das nicht dazu bewegen würde, herzukommen.«

Ich ging sogleich auf mein Zimmer und faßte meinen Bericht über das Morgengespräch für Holmes ab. Es war mir klar, daß er augenblicklich sehr beschäftigt sein mußte, denn die Nachrichten, die ich aus der Baker Street erhalten hatte, waren kurz und nicht sehr zahlreich, und sie enthielten kaum eine Erwähnung meiner Mission. Wahrscheinlich beanspruchte dieser Erpresserprozeß all seine Fähigkeiten. Und doch müßte dieser neue Faktor seine Aufmerksamkeit fesseln und sein Interesse neu beleben. Ich wollte, er wäre hier.

18. Oktober – Es hat den ganzen Tag hindurch geschüttet, der Regen rauscht im Efeu und trieft aus den Dachrinnen. Ich dachte an den Sträfling auf dem trostlosen, kalten, ungeschützten Moor. Armer Teufel! Was er auch begangen haben mag, jetzt büßt er einiges davon ab. Dann fiel mir der andere ein – das Gesicht in der Kutsche, die Gestalt im Mondschein. Befand auch er sich draußen in dieser Sintflut – der ungesehene Wächter, der Mann der Dunkelheit? Gegen Abend zog ich meinen Regenmantel an und wanderte weit hinaus auf das marschige Moor, voll düstrer Phantasien; der Regen schlug in mein Gesicht, und der Wind heulte mir um die Ohren. Gott schütze jene, die sich jetzt in dem großen Grimpen-Sumpf verirren; denn nun ist sogar das feste Land ein Sumpf geworden. Ich fand das Black *Tor*, auf dem ich den einsamen Wächter erblickt hatte, und vom zerklüfteten Gipfel sah ich selbst auf die trostlose Hügellandschaft hinab. Regenböen zogen über die braunrote Oberfläche, und die schweren, schieferfarbenen Wolken hingen tief über der Landschaft, hingen wie graue Schleier von den phantastischen Hügeln herab. Links in einer fernen, tiefen Mulde, halb vom Nebel verhüllt, ragten die beiden schlanken Türme von Baskerville Hall über die Bäume empor. Sie waren die einzigen Anzeichen menschlichen Lebens, die ich erblicken konnte, abgesehen von den vorgeschichtlichen Hütten, die dichtgedrängt auf den Abhängen der Hügel standen. Nirgends gab es eine Spur von dem einsamen Mann, den ich vor zwei Nächten an dieser Stelle gesehen hatte.

Auf dem Rückweg überholte mich Dr. Mortimer, der mit seinem kleinen Wagen über einen holprigen Moorweg von dem entlegenen Farmhaus Foulmire kam. Er benimmt sich uns gegenüber sehr aufmerksam, und es vergeht kaum ein Tag, an dem er nicht in der Hall vorspricht, um sich nach unserem Befinden zu erkundigen. Er bestand darauf, daß ich in seinen Wagen stieg, und brachte mich nach Haus. Ich erfuhr, daß er sehr betrübt über das Verschwinden seines kleinen Spaniels war, der auf das Moor hinausgelaufen und nie wiedergekommen war. Ich tröstete ihn, so gut ich konnte, aber mir fiel das Pony im Grimpen-Sumpf ein, und ich glaube nicht, daß er seinen kleinen Hund je wiedersehen wird.

»Hören Sie, Mortimer«, sagte ich, während wir den unebenen Weg entlangrumpelten, »es gibt wohl hier in der Gegend kaum jemanden, den Sie nicht kennen?«

»Nein, wirklich nicht.«

»Können Sie mir dann den Namen einer Frau sagen, deren Anfangsbuchstaben L. L. sind?«

Er dachte einige Minuten lang nach. »Nein«, erwiderte er dann. »Es gibt hier einige Zigeuner und Landarbeiter, über die ich nichts Genaues weiß, aber unter den Bauern und dem Landadel gibt es niemanden mit diesen Initialen. Aber warten Sie mal«, fuhr er nach einer kleinen Pause fort. »Da ist Laura Lyons – ihre Anfangsbuchstaben sind L. L. –, aber sie lebt in Coombe Tracey.«

»Wer ist das?« fragte ich.

»Franklands Tochter.«

»Was? Vom verdrehten alten Frankland?«

»Genau. Sie hat einen Maler namens Lyons geheiratet, der aufs Moor gekommen ist, um Skizzen zu machen. Er war, wie sich herausstellte, ein Lump und hat sie verlassen. Nach dem, was ich gehört habe, mag die Schuld aber nicht unbedingt einseitig gewesen sein. Ihr Vater wollte nichts mehr mit ihr zu tun haben, weil sie ohne seine Zustimmung geheiratet hatte, und vielleicht noch aus zwei oder drei anderen Gründen. Zwischen dem alten und dem jungen Sünder hat das Mädchen es bestimmt schwer gehabt.«

»Wovon lebt sie?«

»Ich glaube, der alte Frankland hat ihr eine Kleinigkeit ausgesetzt, aber viel kann es nicht sein, seine eigenen Verhältnisse sind ja ziemlich angespannt. Was sie sich aber auch immer eingebrockt haben mag – man konnte sie doch nicht ganz verkommen lassen. Ihre Geschichte hat die Runde gemacht, und einige der Leute hier haben ihr geholfen, einen anständigen Lebensunterhalt zu finden. Stapleton hat mitgemacht, Sir Charles auch. Sogar ich habe ein wenig beigesteuert. Sie hat sich eine Schreibmaschine gekauft und lebt nun von Schreibarbeiten.«

Er wollte wissen, warum ich das gefragt hatte, aber es gelang mir, seine Neugier zu befriedigen, ohne ihm zu viel zu sagen; es gibt ja wirklich keinen Grund, jemanden ins Vertrauen zu ziehen. Morgen vormittag werde ich mich nach Coombe Tracey begeben, und wenn ich diese Frau Laura Lyons von anscheinend zweifelhaftem Ruf sprechen kann, wird uns das wohl ein großes Stück näher zur Aufklärung eines der Ereignisse in dieser Kette von Rätseln bringen. Jedenfalls bin ich im Begriff, die Klugheit einer Schlange zu entwickeln, denn als Mortimer mir mit seinen Fragen zu unbequem wurde, fragte ich ihn ganz beiläufig, zu welchem Typus eigentlich Franklands Schädel gehört, und den Rest unserer Fahrt hörte ich nichts als Schädelkunde. Nicht umsonst habe ich viele Jahre mit Sherlock Holmes zusammengelebt.

Von dem heutigen stürmischen und melancholischen Tag habe ich nur noch einen einzigen Vorfall zu verzeichnen, und zwar mein eben beendetes Gespräch mit Barrymore, das mir eine bei Gelegenheit auszuspielende starke Trumpfkarte in die Hände gespielt hat.

Mortimer war zum Essen geblieben und spielte nachher mit dem Baronet *écarté*. Der Butler brachte mir den Kaffee in die Bibliothek, und ich nutzte die Gelegenheit, ihm einige Fragen zu stellen.

»Nun«, begann ich, »ist Ihr ehrenwerter Schwager fort, oder treibt er sich noch immer da draußen herum?«

»Ich weiß es nicht, Sir. Ich hoffe zu Gott, daß er fort ist, denn er hat uns nichts als Schwierigkeiten gebracht! Seit ich ihm das letzte Mal Essen gebracht habe, habe ich nichts von ihm gehört, und das ist drei Tage her.«

»Haben Sie ihn da gesehen?«

»Nein, Sir, aber das Essen war verschwunden, als ich das nächste Mal hinkam.«

»Dann ist er doch sicher dort gewesen?«

»Man sollte es glauben, Sir, wenn es nicht der andere Mann war, der es genommen hat.«

Ich saß da mit der Kaffeetasse auf halbem Wege zum Mund und starrte Barrymore an.

»Sie wissen also, daß noch ein anderer Mann da ist?«

»Ja, Sir, es ist noch ein anderer auf dem Moor.«

»Haben Sie ihn gesehen?«

»Nein, Sir.«

»Woher wissen Sie es denn?«

»Selden hat mir vor etwa einer Woche von ihm erzählt. Der andere versteckt sich auch, aber er ist kein Sträfling, soweit ich weiß. Es gefällt mir nicht, Dr. Watson – ich sage es Ihnen gerade heraus, Sir, daß es mir nicht gefällt.« Plötzlich sprach er mit eindringlichem Ernst.

»Nun, passen Sie mal auf, Barrymore! Ich verfolge bei dieser ganzen Sache nichts anderes als das Interesse Ihres Herrn. Ich bin nur hergekommen, um ihm zu helfen. Sagen Sie mir ganz aufrichtig, was es ist, das Ihnen bei dieser Sache nicht gefällt.«

Barrymore zögerte einen Augenblick, als bereue er seinen Ausbruch oder als falle es ihm schwer, seine Gefühle in Worte zu fassen.

»Alles, was da passiert, Sir«, rief er dann; mit der Hand winkte er dabei zum regengepeitschten Fenster, das auf das Moor hinaussah. »Da gehen schlimme Dinge vor sich, und irgendwo wird eine finstere Niedertracht ausgeheckt, das schwöre ich! Ich wäre sehr froh, Sir, wenn ich Sir Henry erst wieder auf der Rückreise nach London wüßte.«

»Was ist es denn, das Sie so beunruhigt?«

»Nehmen Sie nur Sir Charles' Tod! Trotz allem, was der Coroner sagte, war alles schlimm genug. Nehmen Sie die Geräusche nachts auf dem Moor. Kein Mensch würde es nach Sonnenuntergang überqueren, und wenn er dafür bezahlt würde. Dann dieser Fremde, der sich da draußen versteckt, beobachtet und wartet. Worauf wartet er? Was bedeutet das? Nichts Gutes für jemand, der den Namen Baskerville trägt, und ich werde sehr froh sein, wenn mich das alles nichts mehr angeht, an dem Tag, an dem Sir Henrys neue Diener bereit sind, Baskerville Hall zu übernehmen.«

»Aber dieser Fremde«, sagte ich. »Können Sir mir irgend etwas über ihn erzählen? Was hat Selden gesagt? Hat er herausgefunden, wo sich der Mann versteckt oder was er treibt?«

»Er hat den Mann ein- oder zweimal gesehen, aber Selden ist verschlossen und durchaus nicht geschwätzig. Zuerst hat er geglaubt, der andere sei von der Polizei, aber dann hat er bald gemerkt, daß er seine eigenen Absichten verfolgt. Soweit er es beurteilen konnte, ist er eine Art Gentleman, aber er konnte nicht herausfinden, was er da eigentlich treibt.«

»Und wo meint Selden, daß der Fremde haust?«

»In den alten Hütten zwischen den Hügeln – den Steinhütten, wo die Alten gelebt haben.«

»Aber wie steht es mit Essen?«

»Selden hat herausgefunden, daß ein Junge für ihn arbeitet und ihm alles besorgt, was er braucht. Ich nehme an, er geht nach Coombe Tracey, wenn er was haben will.«

»Sehr gut, Barrymore. Wir werden gelegentlich noch darüber sprechen.«

Als der Butler gegangen war, trat ich an das düstere Fenster und blickte durch die verregnete Scheibe auf die ziehenden Wolken und die schwankenden Umrisse der vom Wind geschüttelten Bäume. Eine böse Nacht hier drinnen – wie mußte es erst in einer Steinhütte auf dem Moor sein? Welch leidenschaftlicher Haß muß es sein, der einen Mann dazu bringt, an einem solchen Ort und zu einer solchen Jahreszeit auf der Lauer zu liegen? Welch ernste, unergründliche Absicht mag er verfolgen, die solche Mühsal erheischt? Dort, in jener Hütte auf dem Moor, scheint der Mittelpunkt des Problems zu sein, das mir so viel Kopfzerbrechen verursacht. Ich schwöre, daß kein Tag mehr vergehen soll, ohne daß ich alles Menschenmögliche daransetze, diesem Geheimnis auf den Grund zu kommen.

11. DER MANN AUF DEM ›TOR‹

DER Auszug aus meinem privaten Tagebuch, der dieses letzte Kapitel bildet, bringt meine Erzählung zum 18. Oktober, einem Tag, da diese seltsamen Ereignisse sich schnell ihrer schrecklichen Vollendung zu nähern begannen. Die Vorfälle der nächsten Tage sind unauslöschlich in mein Gedächtnis eingegraben, und ich kann sie wiedergeben, ohne meine damaligen Aufzeichnungen zu benutzen. Ich beginne also mit dem Tag nach jenem, an dem ich zwei Tatsachen von großer Bedeutung festgestellt hatte – die eine, daß Mrs. Laura Lyons aus Coombe Tracey an Sir Charles Baskerville geschrieben und mit ihm eine Verabredung für genau den Ort und die Stunde getroffen hatte, da er dann den Tod fand, und die andere, daß der lauernde Fremde in einer der Steinhütten auf den Hügeln anzutreffen wäre. Im Besitze dieser zwei Tatsachen meinte ich, daß es mir entweder an Intelligenz oder an Mut fehlen müßte, wenn es mir nicht gelänge, ein wenig mehr Licht auf diese düstren Schauplätze zu werfen.

Ich hatte am Abend vorher keine Gelegenheit, dem Baronet zu erzählen, was ich über Frau Laura Lyons erfahren hatte, weil Dr. Mortimer bis in die späte Nacht mit ihm über den Karten verweilte. Beim Frühstück setzte ich ihn jedoch von meiner Entdeckung in Kenntnis und fragte ihn, ob er mich nach Coombe Tracey begleiten wolle. Zuerst war er Feuer und Flamme; bei reiflicher Überlegung erschien es uns jedoch beiden, daß ich allein zu einem besseren Ergebnis gelangen könnte. Je förmlicher dieser Besuch vor sich ginge, desto weniger würden wir vielleicht erfahren. Ich verließ Sir Henry daher nicht ohne einige Gewissensbisse und brach zu meiner neuerlichen Nachforschung auf. In Coombe Tracey angekommen, wies ich Perkins an, die Pferde einzustellen, und erkundigte mich nach der Dame, die zu befragen ich gekommen war. Es war nicht schwer, ihre Wohnung zu finden, die mitten im Ort lag und sehr hübsch eingerichtet war. Ein Dienstmädchen führte mich ohne weitere Förmlichkeiten hinein, und als ich in den Wohnraum trat, sprang eine Dame, die vor einer Remington-Schreibmaschine saß, mit einem freundlichen Lächeln des Willkommens auf. Sie machte jedoch ein langes Gesicht, als sie sah, daß ich ein Fremder war, und sie setzte sich wieder und fragte mich nach dem Anlaß meines Besuches.

Der erste Eindruck, den Mrs. Lyons bei mir hinterließ, war der einer außerordentlichen Schönheit. Ihr Haar und ihre Augen waren von der gleichen vollen dunkelbraunen Farbe, und ihre Wangen, wiewohl sommersprossig, von dem erlesenen Flaum der Brünetten überzogen, jenem zartrosa Hauch, der sich im Herzen der gelben Rose birgt. Der erste Eindruck – ich wiederhole es – war Bewunderung. Der zweite jedoch war Kritik. Etwas in diesem Gesicht war auf eine subtile Weise unstimmig, ein Anflug von Gewöhnlichkeit, vielleicht eine gewisse Härte des Blicks, eine Schlaffheit der Lippen – etwas, das die vollkommene Schönheit beeinträchtigte. Natürlich sind dies jedoch spätere Erwägungen. Zu diesem Zeitpunkt wußte ich nur, daß ich einer sehr schönen Frau gegenübersaß und daß sie mich nach den Gründen für meinen Besuch fragte. Erst jetzt empfand ich, wie heikel meine Aufgabe war.

»Ich habe das Vergnügen«, begann ich, »Ihren Herrn Vater zu kennen.«

Das war eine plumpe Einleitung, und die Dame gab mir das auch zu verstehen.

»Zwischen meinem Vater und mir bestehen keine Beziehungen«, entgegnete sie. »Ich schulde ihm nichts, und seine Freunde sind nicht die meinen. Ohne den verstorbenen Sir Charles Baskerville und einige andere gütige Herzen hätte ich, was meinen Vater angeht, ebensogut verhungern können.«

»Der Anlaß meines Besuchs bei Ihnen ist eben der verstorbene Sir Charles Baskerville.«

Die Sommersprossen auf dem Gesicht der Dame traten hervor.

»Was könnte ich Ihnen über ihn sagen?« fragte sie, und ihre Finger spielten nervös mit den Tasten ihrer Schreibmaschine.

»Sie haben ihn gekannt, nicht wahr?«

»Ich habe Ihnen schon gesagt, daß ich seiner Güte vieles verdanke. Wenn ich imstande bin, mein Brot zu verdienen, so ist das in erster Linie seiner Anteilnahme an meiner unglücklichen Lage zuzuschreiben.«

»Haben Sie mit ihm korrespondiert?«

Sie blickte rasch auf, mit einem ärgerlichen Blitzen in den Augen.

»Was bezwecken Sie damit?« fragte sie scharf.

»Ich bezwecke damit, einen öffentlichen Skandal zu vermeiden. Es ist besser, daß ich diese Fragen hier an Sie richte, als daß die Angelegenheit außerhalb unseres Einflusses geriete.«

Sie schwieg, und ihr Gesicht war sehr blaß. Schließlich blickte sie auf; in ihrer Haltung lag nun ein gewisser leichtfertiger und herausfordernder Trotz.

»Gut, ich werde antworten«, sagte sie. »Was wollen Sie wissen?«

»Haben Sie mit Sir Charles korrespondiert?«

»Ich habe ihm natürlich ein- oder zweimal geschrieben, um ihm für sein Feingefühl und seine Großzügigkeit zu danken.«

»Wissen Sie die Daten dieser Briefe?«

»Nein.«

»Sind Sie je mit ihm zusammengekommen?«

»Ja, ein- oder zweimal, als er nach Coombe Tracey kam. Er hat sehr zurückgezogen gelebt und nur im stillen Gutes getan.«

»Aber wenn Sie ihn so selten gesehen und ihm so selten geschrieben haben, wie konnte er dann genug von Ihren Angelegenheiten wissen, um Ihnen zu helfen, was er ja nach Ihren Worten getan hat?«

Auch auf diesen Einwurf hatte sie rasch eine Erklärung.

»Es gab mehrere Gentlemen, die meine traurige Lage kannten und sich zusammengetan haben, um mir zu helfen. Einer von ihnen war Mr. Stapleton, ein Nachbar und enger Freund von Sir Charles, und durch ihn wurde Sir Charles über meine Angelegenheiten unterrichtet.«

Da ich bereits wußte, daß Sir Charles verschiedentlich Stapleton als Almosenier benutzt hatte, schien mir diese Angabe der Dame glaubwürdig.

»Haben Sie je an Sir Charles geschrieben, um eine Begegnung zu erbitten?« fragte ich weiter.

Mrs. Lyons wurde abermals rot vor Ärger.

»Das ist wirklich eine höchst sonderbare Frage, Sir!«

»Es tut mir sehr leid, Madame, aber ich muß auf dieser Frage bestehen.«

»Dann lautet meine Antwort – nein, bestimmt nicht.«

»Auch nicht am Tage von Sir Charles' Tod?«

Die Röte verflog im Nu, und vor mir war ein leichenfahles Gesicht. Ihre trockenen Lippen konnten kaum das ›nein‹ hervorbringen, das ich mehr sah als hörte.

»Ihr Gedächtnis muß Sie täuschen«, sagte ich. »Ich kann Ihnen sogar eine Stelle Ihres Briefes wiederholen. Sie lautet: ›Bitte, bitte, da Sie ein Gentleman sind, verbrennen Sie diesen Brief und seien Sie um zehn Uhr am Tor.‹«

Ich glaubte, sie würde ohnmächtig, aber mit einer gewaltigen Anstrengung hielt sie sich auf den Beinen.

»Gibt es denn keine Gentlemen mehr?« ächzte sie.

»Sie tun Sir Charles Unrecht. Er hat den Brief verbrannt. Manchmal aber bleibt ein Brief leserlich, auch wenn er verbrannt ist. Sie geben also zu, daß Sie es geschrieben haben?«

»Ja, ich habe es geschrieben«, rief sie, und sie ergoß ihre Seele in einem Schwall von Worten. »Ich habe es geschrieben. Warum soll ich es leugnen? Ich habe keinen Grund, mich dessen zu schämen. Ich wollte seine Hilfe und meinte, wenn ich selbst mit ihm sprechen könnte, würde er mir sicher helfen, und deshalb habe ich ihn um eine Zusammenkunft gebeten.«

»Warum aber zu einer solchen Stunde?«

»Weil ich gerade erfahren hatte, daß er am nächsten Tag nach London fahren und vielleicht monatelang abwesend sein würde. Aus verschiedenen Gründen konnte ich nicht früher hinkommen.«

»Warum aber ein Stelldichein im Garten statt eines Besuches im Haus?«

»Meinen Sie, daß eine Frau um eine solche Zeit allein in die Wohnung eines Junggesellen gehen kann?«

»Und was ist geschehen, als Sie dort angekommen sind?«

»Ich bin gar nicht hingegangen.«

»Mrs. Lyons!«

»Nein, ich schwöre es Ihnen bei allem, was mir heilig ist. Ich bin nicht hingegangen. Es ist etwas dazwischengekommen, das mich daran gehindert hat.«

»Und was war das?«

»Eine Privatangelegenheit. Ich kann es Ihnen nicht sagen.«

»Sie geben also zu, daß Sie mit Sir Charles genau zu der Stunde und an der Stelle, wo er starb, eine Verabredung hatten, aber Sie leugnen, die Verabredung eingehalten zu haben?«

»Das ist die Wahrheit.«

Ich fragte sie immer wieder, nahm sie ins Kreuzverhör, aber über diesen Punkt kam ich nicht hinaus.

»Mrs. Lyons«, sagte ich, als ich mich von diesem langen, ergebnislosen Gespräch erhob, »Sie nehmen eine große Verantwortung auf sich und bringen sich in eine zweifelhafte Lage, wenn Sie nicht alles sagen, was Sie wissen. Sollte ich die Hilfe der Polizei anrufen müssen, dann werden Sie sehen, wie ernstlich Sie kompromittiert sind. Wenn Sie unschuldig sind, warum haben Sie zuerst geleugnet, Sir Charles an jenem Tag geschrieben zu haben?«

»Weil ich Angst hatte, daß Sie daraus falsche Schlüsse ziehen und ich in einen Skandal verwickelt würde.«

»Und warum lag Ihnen so viel daran, daß Sir Charles Ihren Brief verbrennt?«

»Wenn Sie den Brief gelesen haben, wissen Sie es ja.«

»Ich habe nicht gesagt, daß ich den ganzen Brief gelesen habe.«

»Aber Sie haben doch etwas daraus zitiert.«

»Ich habe die Nachschrift zitiert. Der Brief war, wie ich Ihnen gesagt habe, verbrannt, und nur ein Teil davon lesbar. Ich frage Sie noch einmal, warum es Ihnen so wichtig war, daß Sir Charles den Brief, den er am Tag seines Todes erhielt, verbrannte?«

»Das ist eine ganz private Angelegenheit.«

»Desto mehr sollten Sie eine öffentliche Untersuchung vermeiden.«

»Also gut, ich will es Ihnen sagen. Wenn Sie etwas von meiner unglücklichen Geschichte kennen, werden Sie wissen, daß ich überstürzt geheiratet habe und Grund hatte, es zu bereuen.«

»Das habe ich gehört.«

»Seither werde ich unaufhörlich von einem Mann verfolgt, den ich verabscheue. Das Gesetz ist auf seiner Seite, und ich muß jeden Tag mit der Möglichkeit rechnen, daß er mich zwingt, mit ihm zu leben. Als ich Sir Charles diesen Brief schrieb, hatte ich gerade erfahren, daß es eine Möglichkeit gäbe, meine Freiheit wiederzuerlangen, wenn ich bestimmte Kosten tragen könnte. Es bedeutete alles für mich – Seelenruhe, Glück, Selbstachtung – alles. Ich kannte Sir Charles' Großmut, und ich glaubte, daß er mir helfen würde, wenn er die Geschichte aus meinem eigenen Mund hören könnte.«

»Warum sind Sie dann nicht einfach zu ihm gegangen?«

»Weil ich inzwischen von anderer Seite Hilfe bekommen hatte.«

»Warum haben Sie dann nicht an Sir Charles geschrieben und ihm das erklärt?«

»Ich hätte es getan, wenn ich nicht am nächsten Tag aus der Zeitung von seinem Tod erfahren hätte.«

Die Geschichte der Frau war in sich zusammenhängend und durch keine meiner Fragen zu erschüttern. Ich konnte dies alles nur überprüfen, indem ich herausfand, ob Mrs. Lyons ungefähr um die Zeit der Tragödie Schritte zu einer Ehescheidung eingeleitet hatte.

Es schien unwahrscheinlich, daß sie es wagen würde, zu behaupten, sie sei nicht in Baskerville Hall gewesen, wenn sie wirklich dort war, denn sie hätte eines Wagens bedurft, um dorthin zu gelangen, und wäre erst in den frühen Morgenstunden nach Coombe Tracey zurückgekommen. Solch ein Ausflug war nicht geheimzuhalten. Es war also wahrscheinlich, daß sie die Wahrheit sagte oder zumindest einen Teil der Wahrheit. Verwirrt und entmutigt verließ ich sie. Wieder hatte ich jene Sperrmauer erreicht, die auf jedem Weg errichtet zu sein schien, auf dem ich das Ziel meiner Mission zu erreichen suchte. Und doch – je mehr ich an das Gesicht und das Benehmen der Dame dachte, desto mehr fühlte ich, daß mir etwas vorenthalten wurde. Warum war sie so blaß geworden? Warum wehrte sie sich so sehr dagegen, etwas zuzugeben, bis man sie zwang? Warum war sie zur Zeit der Tragödie so schweigsam geblieben? Sicher konnte die Erklärung für all dies nicht so harmlos sein, wie sie mich glauben machen wollte. Im Augenblick konnte ich in dieser Richtung nicht weiter vordringen und mußte mich daher jenem anderen Schlüssel zuwenden, der zwischen den Steinhütten auf dem Moor zu suchen war. Und das war eine sehr vage Richtungsangabe. Ich begriff es, als ich auf dem Heimweg sah, daß ein Hügel nach dem anderen Spuren des Urvolks aufwies. Barrymore hatte nur gesagt, daß der Fremde in einer dieser verlassenen Hütten hause, und Hunderte von ihnen sind allenthalben über das Moor verstreut. Immerhin konnte ich mich nach meinen eigenen Beobachtungen richten, da ich doch den Mann auf der Spitze des Black *Tor* hatte stehen sehen. Also mußte meine Suche sich auf dieses Gebiet konzentrieren. Von dort aus würde ich jede einzelne Hütte auf dem Moor durchsuchen, bis ich die richtige fände. Wenn ich diesen Mann darin anträf, würde ich notfalls mit Hilfe des vorgehaltenen Revolvers aus seinem eigenen Mund erfahren, wer er war und warum er uns so lange verfolgt hatte. Im Gewühl der Regent Street mochte er uns entkommen sein, aber auf dem einsamen Moor sollte ihm dies schwieriger werden. Fände ich andererseits die Hütte, und ihr Bewohner wäre nicht anwesend, so müßte ich dort bis zu seiner Rückkehr warten, gleichgültig wie lange. Es wäre in der Tat ein Triumph für mich, wenn ich ihn zur Strecke brächte, während mein Meister versagt hatte.

Das Glück war bei dieser Untersuchung wieder und wieder gegen uns gewesen, aber nun kam es mir endlich zu Hilfe. Und der Glücksbote war kein anderer als Mr. Frankland, der mit grauem Backenbart und rotem Gesicht vor seinem Gartentor stand, als ich auf der Straße entlangkam.

»Guten Tag, Dr. Watson«, rief er in ungewöhnlich guter Laune. »Sie müssen Ihren Pferden eine Rast gönnen und hereinkommen, um ein Glas Wein mit mir zu trinken und mich zu beglückwünschen.«

Meine Gefühle für ihn waren keineswegs freundlich, nach allem, was ich über die Behandlung gehört hatte, die er seiner Tochter angedeihen ließ; mir lag jedoch daran, Perkins mit dem Wagen heimzuschicken, und die Gelegenheit war günstig. Ich stieg also aus und ließ Sir Henry sagen, daß ich zu Fuß zurückkehren und rechtzeitig zum Abendessen da sein würde. Dann folgte ich Frankland in sein Speisezimmer.

»Heute ist ein großer Tag für mich – einer der rot im Kalender angestrichenen Tage in meinem Leben«, rief er kichernd. »Ich habe zwei Fliegen mit einer Klappe geschlagen. Ich werde den Leuten hier beweisen, daß Gesetz Gesetz ist, und daß es einen Mann gibt, der sich nicht davor scheut, es anzurufen. Ich habe mir ein Durchgangsrecht geschaffen, mitten durch den Park des alten Middleton, geraden Wegs hindurch, Sir, keine hundert Yards von seiner Haustür entfernt. Was halten Sie davon? Wir werden diesen Magnaten zeigen, daß sie mit den gewöhnlichen Bürgern und ihren Rechten nicht einfach Schlitten fahren können, hol sie der Teufel! Und ich habe den Wald gesperrt, wo die Leute aus Fernworthy ihre Picknicks abgehalten haben. Dieses verfluchte Volk scheint zu glauben, daß es kein Eigentumsrecht gibt und daß sie sich mit ihren Zeitungen und Flaschen überall herumlümmeln können. Beide Fälle sind entschieden, Dr. Watson, und beide zu meinen Gunsten.

So einen Tag hatte ich nicht mehr, seit ich Sir John Morland wegen Verletzung fremden Eigentums dranbekommen habe, weil er in seinem eigenen Kaninchengehege gejagt hat.«

»Wie ist Ihnen denn das gelungen?«

»Lesen Sie es in den Büchern nach, Sir. Lohnende Lektüre – Frankland gegen Morland, Königlicher Gerichtshof. Es hat mich zweihundert Pfund gekostet, aber ich habe gewonnen.«

»Hat es Ihnen etwas genützt?«

»Nichts, Sir, nichts. Ich bin stolz darauf, sagen zu können, daß ich an der Sache keinerlei eigenes Interesse hatte. Ich handle nur aus Pflichtgefühl gegenüber der Öffentlichkeit. Ich zweifle zum Beispiel nicht daran, daß mich die Leute aus Fernworthy heute Nacht *in effigie* verbrennen werden. Als sie es das letzte Mal getan haben, habe ich der Polizei gesagt, sie sollte diesen schändlichen Zurschaustellungen ein Ende machen. Die Polizei der Grafschaft ist in einer skandalösen Verfassung, Sir, und sie hat mir nicht den Schutz gewährt, auf den ich Anspruch habe. Der Fall Frankland gegen die Königin wird die Sache an die Öffentlichkeit bringen. Ich habe ihnen gesagt, daß sie Gelegenheit haben würden, ihre Handlungsweise mir gegenüber zu bereuen, und meine Worte sind bereits zur Tatsache geworden.«

»Wie das?« fragte ich.

Der alte Mann machte ein sehr verschmitztes Gesicht.

»Weil ich ihnen etwas sagen könnte, das sie um ihr Leben gern wüßten; aber nichts wird mich dazu bewegen, diesen Schuften irgendwie zu helfen.«

Ich hatte schon nach einer Ausrede gesucht, um diesem Geschwätz entgehen zu können, aber nun begann ich, mehr davon hören zu wollen. Ich hatte von der Widerborstigkeit des alten Sünders genug gesehen, um zu wissen, daß eine laute Bekundung von Interesse die beste Möglichkeit wäre, ihn von weiteren vertraulichen Mitteilungen abzubringen.

»Wahrscheinlich eine Wilddieberei, oder?« sagte ich mit gleichgültigem Gesicht.

»Haha, mein Junge; etwas viel Wichtigeres als das! Wie wäre es mit dem Sträfling auf dem Moor?«

Ich fuhr zusammen. »Sie wollen doch nicht sagen, daß Sie wissen, wo er ist?« sagte ich.

»Ich weiß vielleicht nicht ganz genau, wo er ist, aber ich bin ziemlich sicher, daß ich der Polizei helfen könnte, ihn in die Hände zu bekommen. Ist Ihnen nie aufgefallen, daß der beste Weg, diesen Mann zu fangen, wäre, herauszufinden, woher er sein Essen bekommt, und ihn so aufzustöbern?«

Er schien der Wahrheit unangenehm nahe zu kommen. »Zweifellos«, gab ich zu, »aber woher wissen Sie, daß er überhaupt auf dem Moor ist?«

»Ich weiß es, weil ich mit meinen eigenen Augen den Boten gesehen habe, der ihm sein Essen bringt.«

Ich sorgte mich um Barrymore. Es war eine ernste Sache, in der Macht dieses boshaften alten Wichtigtuers zu sein. Bei seiner nächsten Bemerkung fiel mir jedoch ein Stein vom Herzen.

»Es wird Sie überraschen, daß ein Junge ihm das Essen bringt. Ich sehe ihn jeden Tag vom Dach aus durch mein Fernrohr. Er geht immer zur gleichen Zeit denselben Weg, und zu wem sollte er gehen als zu dem Sträfling?«

Da hatte ich nun wirklich Glück! Und dennoch bemühte ich mich, jeden Anschein von Interesse zu unterdrücken. Ein Junge! Barrymore hatte gesagt, daß unser Unbekannter durch einen Jungen versorgt würde. Frankland war über seine Fährte und nicht die des Sträflings gestolpert. Wenn ich erfahren konnte, was er wußte, würde es mir eine lange, mühsame Jagd ersparen. Aber offenbar waren Unglauben und Gleichgültigkeit meine besten Karten.

»Halten Sie es nicht für wahrscheinlicher, daß es der Sohn eines Schafhirten auf dem Moor ist, der seinem Vater das Essen bringt?«

Der geringste Anschein von Widerspruch stachelte den alten Autokraten auf. Er blickte mich höhnisch an, und sein grauer Backenbart sträubte sich wie der eines bösen Katers.

»Tatsächlich, Sir?« sagte er. Er deutete auf das weite Moor hinaus. »Sehen Sie dort drüben Black *Tor*? Sehen Sie den niedrigen Hügel dahinter, mit dem Dornbusch? Es ist der steinigste Teil des ganzen Moors. Ist das der Ort, wo sich ein Schafhirt niederlassen würde? Ihre Vermutung, Sir, ist reichlich absurd.«

Ich antwortete demütig, ich hätte ohne Kenntnis der Dinge geredet. Meine Unterwürfigkeit erfreute ihn und brachte ihn zu weiteren vertraulichen Mitteilungen.

»Sie können sicher sein, Sir, daß ich sehr guten Boden unter den Füßen habe, ehe ich mir eine Meinung bilde. Ich habe den Jungen mit seinem Bündel immer wieder gesehen. Jeden Tag, und manchmal sogar zweimal am Tag habe ich – aber, warten Sie einen Augenblick, Dr. Watson. Täuschen mich meine Augen, oder bewegt sich da etwas auf dem Abhang?«

Es war einige Meilen bis zu dem Hügel, aber trotzdem sah ich ganz deutlich einen kleinen dunklen Punkt vor dem stumpfen Grau und Grün.

»Kommen Sie, Sir, kommen Sie!« rief Frankland. Er lief die Treppe hinauf. »Sie werden es mit eigenen Augen sehen und können sich selbst Ihr Urteil bilden.«

Das Fernrohr, ein beeindruckendes Instrument, war auf einem dreibeinigen Stativ montiert und fand sich auf dem flachen Bleidach des Hauses. Frankland klemmte ein Auge dahinter und stieß einen Ausruf der Befriedigung aus.

»Rasch, Dr. Watson, rasch, bevor er über den Hügel ist!«

Und tatsächlich, da war er, ein kleiner Junge, der sich mit einem Bündel über der Schulter langsam den Hügel hinanmühte. Als er den Kamm erreichte, sah ich die zerlumpte, schmuddelige Gestalt sich einen Augenblick gegen den kalten, blauen Himmel abheben. Er sah sich scheu und verstohlen um, wie einer, der fürchtet, verfolgt zu werden. Dann verschwand er hinter dem Hügel.

»Nun, habe ich recht?«

»Offensichtlich; das ist ein Junge, der irgendeinen geheimen Auftrag zu haben scheint.«

»Und was der Auftrag ist, könnte sogar ein Constable der Grafschaft erraten. Aber von mir werden sie kein Wort erfahren, und ich verpflichte auch Sie zu Verschwiegenheit, Dr. Watson. Kein Wort! Verstehen Sie?«

»Ganz wie Sie wünschen.«

»Man hat mich schändlich behandelt, schändlich. Wenn im Prozeß Frankland gegen die Königin die Tatsachen ans Licht kommen, wird ein Schrei der Entrüstung durch das ganze Land gehen, wie ich wohl annehme. Nichts würde mich dazu bewegen, der Polizei auf irgendeine Weise zu helfen. Denen wäre es doch gleichgültig, wenn diese Halunken mich selbst statt meines Abbildes auf dem Scheiterhaufen verbrannt hätten. Sie wollen doch wohl nicht schon gehen! Sie müssen mir dabei helfen, zu Ehren dieses großen Ereignisses die Karaffe zu leeren!«

Ich widerstand jedoch all seinen Aufforderungen, und es gelang mir, ihn von seiner ausgesprochenen Absicht abzubringen, mich nach Hause zu begleiten. Solange er mich sehen konnte, blieb ich auf der Straße, bog aber dann ins Moor ab und machte mich auf zu dem steinigen Hügel, hinter dem der Junge verschwunden war. Alles lief zu meinen Gunsten, und ich schwor mir, daß ich die Chance, die mir Fortuna in den Schoß geworfen hatte, nicht aus Mangel an Tatkraft oder Ausdauer ungenutzt lassen würde.

Die Sonne ging bereits unter, als ich den Gipfel des Hügels erreichte, und die langen Abhänge unter mir waren auf der einen Seite goldgrün und auf der anderen schattengrau. Ein Dunstschleier lag auf dem fernsten Horizont, durchstoßen von den phantastischen Umrissen von Belliver und Vixen *Tor*. Auf der ganzen weiten Fläche gab es weder einen Laut noch Bewegung. Nur ein großer, grauer Vogel, Möwe oder Brachvogel, stieg empor in den blauen Himmel. Er und ich schienen die einzigen Lebewesen zwischen dem riesigen Gewölbe des Himmels und der Wüstenei darunter zu sein. Die öde Landschaft, das Gefühl der Einsamkeit und das Geheimnisvolle und Dringliche meines Vorhabens ließen mich frösteln. Der Junge war nirgendwo zu sehen. Unter mir jedoch, in einer Kerbe zwischen den Hügeln, stand ein Kreis der alten Steinhütten, und in ihrer Mitte bemerkte ich eine, deren Dach noch gut genug erhalten war, um Schutz gegen das Wetter zu bieten. Mein Herz klopfte schneller, als ich das sah. Dies mußte der Bau sein, in dem der Fremde lauerte. Endlich stand ich an der Schwelle seines Verstecks – nun lag sein Geheimnis greifbar vor mir.

Ich näherte mich der Hütte mit derselben Vorsicht, mit der Stapleton sich mit seinem Netz an einen Schmetterling heranschlich, und stellte befriedigt fest, daß diese Hütte wirklich als Wohnstätte benutzt worden war. Ein kaum erkennbarer Pfad zwischen den Felsblöcken führte zu der verfallenen Öffnung, die als Tür diente. Drinnen war alles still. Der Unbekannte mochte darin lauern oder sich auf dem Moor herumtreiben. Meine Nerven kribbelten vor Abenteuerlust. Ich warf die Zigarette weg, umklammerte den Griff meines Revolvers, schritt schnell auf die Türöffnung zu und blickte in die Hütte. Sie war leer.

Es gab jedoch ausreichende Anzeichen dafür, daß ich nicht auf einer falschen Fährte war. Ganz sicher lebte der Mann hier. Eingewickelt in einen Regenmantel lagen mehrere Wolldecken auf genau der Steinplatte, auf der einst der Steinzeitmensch geschlummert haben mochte. In einem groben Feuerloch lag ein Häuflein Asche, daneben einige Kochgeräte und ein halbvoller Wassereimer. Eine Anzahl leerer Konservenbüchsen bewies, daß der Ort längere Zeit bewohnt gewesen war, und als sich meine Augen an das gestreute Licht gewöhnt hatten, sah ich in einer Ecke ein Kännchen und eine halbvolle Flasche Schnaps. In der Mitte der Hütte diente ein flacher Stein als Tisch, und auf diesem lag ein kleines Stoffbündel – zweifellos dasselbe, das ich durch das Fernrohr auf der Schulter des Jungen gesehen hatte. Es enthielt einen Laib Brot, eine Büchse mit Zunge und zwei mit eingemachten Pfirsichen. Als ich nach sorgfältiger Untersuchung diese Gegenstände wieder hingelegt hatte, bemerkte ich plötzlich mit Herzklopfen, daß unter dem Bündel ein beschriebener Zettel lag. Ich nahm ihn auf und las folgendes unbeholfen mit Bleistift gekritzelt:

»Dr. Watson ist nach Coombe Tracey gefahren.«

Eine Minute lang stand ich mit dem Papier in der Hand und überlegte, was diese kurze Botschaft bedeuten mochte. So war ich es also und nicht Sir Henry, der von diesem geheimnisvollen Unbekannten belauert wurde. Er hatte mich nicht selbst verfolgt, sondern einen Agenten – vielleicht den Jungen – auf meine Spur gesetzt, und dies war dessen Bericht. Wahrscheinlich hatte ich seit meiner Ankunft auf dem Moor keinen Schritt getan, der nicht beobachtet und berichtet worden war. Immer wieder hatte ich das Gefühl einer unsichtbaren Macht, eines unendlich geschickt und fein um uns zusammengezogenen Netzes, das uns so leicht barg, daß man sich erst im entscheidenden Moment bewußt wurde, in seine Maschen verstrickt zu sein.

Wenn es diesen einen Bericht gab, mochte es auch andere geben, deshalb durchsuchte ich die Hütte. Ich fand jedoch nichts dergleichen und konnte auch keinerlei Anzeichen entdecken, welche mich über Wesen und Absichten des Mannes aufgeklärt hätten, der an diesem einzigartigen Ort lebte, außer darüber, daß er ein Mensch von spartanischen Gewohnheiten sein mußte und wenig Wert auf die Annehmlichkeiten des Lebens legte. Wenn ich an die schweren Regengüsse der letzten Tage dachte und das klaffende Dach sah, begriff ich, wie fest die Absicht sein mußte, die ihn in einem so unwirtlichen Unterschlupf unbeirrbar festhielt. War er unser erbitterter Feind, oder konnte er vielleicht unser Schutzengel sein? Ich schwor mir, die Hütte nicht zu verlassen, bis ich es wußte.

Draußen versank die Sonne, und der Westen glühte scharlachrot und golden. Der Widerschein lag auf den Wassertümpeln des großen Grimpen-Sumpfs. Die beiden Türme von Baskerville Hall waren zu sehen, und eine schwache Rauchsäule bezeichnete den Ort Grimpen. Zwischen diesen beiden Punkten lag jenseits der Hügel das Haus der Stapletons. Alles war sanft und mild und friedlich im goldenen Abendlicht, doch als ich es betrachtete, hatte meine Seele keinen Anteil am Frieden der Natur, sondern bebte ob der Unbestimmtheit und des Schreckens des Zusammentreffens, das jede Minute näher brachte. Mit angespannten Nerven, aber voll Entschlossenheit saß ich in der finsteren Hütte und wartete mit düsterer Beharrlichkeit auf die Rückkehr ihres Bewohners.

Und dann endlich hörte ich ihn. Von weither klang das harte Auftreffen eines Stiefels auf einen Stein. Wieder und wieder dieser Laut, immer näher und näher. Ich zog mich in die dunkelste Ecke zurück und spannte in der Tasche den Hahn meines Revolvers, fest entschlossen, meine Anwesenheit nicht zu verraten, bis ich den Fremden deutlich gesehen hätte. Eine längere Pause trat ein, die zeigte, daß er stehengeblieben war. Dann kamen die Schritte wieder näher, und ein Schatten fiel über die Türöffnung.

»Ein wunderbarer Abend, mein lieber Watson«, sagte eine wohlbekannte Stimme. »Ich glaube, daß es für Sie hier draußen bequemer sein wird als dort drinnen!«

12. TOD AUF DEM MOOR

FÜR einen Augenblick oder zwei stockte mir der Atem, und ich traute meinen Ohren kaum. Dann wurde ich wieder Herr meiner selbst und meiner Stimme, und die drückende Last der Verantwortung schien augenblicklich von meiner Seele genommen. Diese kalte, schneidende, ironische Stimme konnte auf der ganzen Welt nur einem Mann gehören.

»Holmes!« rief ich, »Holmes!«

»Kommen Sie heraus«, sagte er, »und seien Sie bitte vorsichtig mit dem Revolver.«

Ich duckte mich unter dem roh behauenen Türsturz, und da saß er auf einem Stein; seine grauen Augen funkelten vor Vergnügen, als sie auf mein verblüfftes Gesicht fielen. Er war dünn und abgezehrt, sah aber gesund und frisch aus, und sein scharfes Gesicht war von der Sonne gebräunt und vom Wind gegerbt. In seinem Tweedanzug und der Stoffmütze ähnelte er jedem beliebigen Touristen auf dem Moor, und dank seiner katzenhaften Passion für körperliche Reinlichkeit war sein Kinn so glattrasiert und sein Hemd so frisch, als wäre er in der Baker Street.

»Ich war noch nie in meinem Leben so froh, jemanden zu sehen«, sagte ich, als ich ihm die Hand schüttelte.

»Oder so überrascht, was?«

»Das will ich wohl zugeben.«

»Ich versichere Ihnen, daß die Überraschung nicht völlig einseitig ist. Ich hatte keine Ahnung, daß Sie meinen Schlupfwinkel entdeckt hatten, und noch weniger, daß Sie darin waren, bis zwanzig Schritte vor dem Eingang.«

»Meine Fußspur, nehme ich an?«

»Nein, Watson; ich fürchte, daß ich nicht imstande wäre, Ihre Fußspuren unter allen Fußspuren auf der Welt zu erkennen. Wenn Sie mich ernstlich täuschen wollen, müssen Sie Ihren Tabaklieferanten wechseln; wenn ich nämlich den

Stummel einer Zigarette Marke ›Bradley, Oxford Street‹ sehe, weiß ich, daß mein Freund Watson in der Nähe ist. Der Stummel liegt dort neben dem Weg. Wahrscheinlich haben Sie ihn in dem wichtigen Moment weggeworfen, als Sie zum Angriff auf die unbewohnte Hütte übergingen?«

»Richtig.«

»Ich dachte es mir – und da ich Ihre bewundernswerte Ausdauer kenne, war ich davon überzeugt, daß Sie mit einer Waffe in Reichweite im Hinterhalt sitzen würden, um den Bewohner der Hütte zu erwarten. Sie haben also wirklich geglaubt, ich wäre der Verbrecher?«

»Ich wußte nicht, wer hier hauste, aber ich war entschlossen, es herauszubekommen.«

»Ausgezeichnet, Watson! Und wie haben Sie mich entdeckt? Haben Sie mich vielleicht in der Nacht gesehen, in der Sie auf den Sträfling Jagd machten und ich so unvorsichtig war, den Mond hinter mir aufgehen zu lassen?«

»Ja, da habe ich Sie gesehen.«

»Und haben wahrscheinlich alle Hütten durchsucht, bis Sie zu dieser hier gekommen sind?«

»Nein. Ihr Junge ist beobachtet worden, das hat mir gezeigt, in welcher Richtung ich zu suchen hatte.«

»Wahrscheinlich der alte Gentleman mit dem Fernrohr. Ich konnte mir zuerst nicht erklären, was es war, als ich das Licht auf der Linse blitzen sah.« Holmes stand auf und blickte in die Hütte. »Ha, ich sehe, daß Cartwright Vorräte gebracht hat. Was ist mit dem Papier? Sie sind also in Coombe Tracey gewesen?«

»Ja.«

»Um Mrs. Laura Lyons zu sprechen?«

»Richtig.«

»Sehr gut! Unsere Nachforschungen sind anscheinend parallel verlaufen, und wenn wir unsere Ergebnisse zusammenfassen, dürften wir eine ziemlich vollständige Kenntnis des ganzen Falls besitzen.«

»Nun, ich bin von Herzen froh, daß Sie hier sind, denn

die Verantwortung und das Geheimnis waren zuviel für meine Nerven geworden. Wie aber, in Drei-Teufels-Namen, sind Sie hergekommen, und was haben Sie gemacht? Ich dachte, Sie wären in der Baker Street und vollkommen in die Erpressergeschichte vertieft.«

»Das sollten Sie auch glauben.«

»Sie nutzen mich also aus und vertrauen mir doch nicht!« rief ich einigermaßen verbittert aus. »Ich glaube, ich habe von Ihnen etwas Besseres verdient, Holmes.«

»Mein lieber Freund, Sie sind mir in diesem wie in vielen anderen Fällen unschätzbar wertvoll gewesen, und ich bitte Sie um Vergebung, wenn es aussieht, als hätte ich Ihnen einen Streich gespielt. Um die Wahrheit zu sagen, war es zum Teil Ihretwegen, daß ich es getan habe, und meine Einschätzung der Gefahr, in der Sie schweben, hat mich dazu bewogen, herzukommen und selbst die Sache zu untersuchen. Wenn ich mit Sir Henry und Ihnen zusammengewesen wäre, dann wäre mein Gesichtspunkt natürlich der gleiche wie Ihrer gewesen, und meine Gegenwart hätte unsere überaus gefährlichen Gegner veranlaßt, auf der Hut zu sein. So aber konnte ich mich frei bewegen, was unmöglich gewesen wäre, wenn ich auf Baskerville Hall gewohnt hätte, und in der ganzen Angelegenheit bleibe ich eine unbekannte Größe und kann in einem kritischen Augenblick mein ganzes Gewicht in die Waagschale werfen.«

»Aber warum haben Sie es mir verheimlicht?«

»Ihr Wissen hätte uns nicht geholfen, möglicherweise aber zu meiner Entdeckung geführt. Sie hätten mir etwas mitteilen oder in Ihrer Güte etwas zu meiner Bequemlichkeit beisteuern wollen, was ein überflüssiges Wagnis gewesen wäre. Ich habe Cartwright mitgebracht – Sie erinnern sich wohl an den kleinen Jungen im Expreß-Büro –, und er hat für meine einfachen Bedürfnisse gesorgt: einen Laib Brot und einen reinen Kragen. Was braucht man mehr? Außerdem bedeutet er ein zweites Augenpaar und ein zweites Paar sehr tüchtiger Füße, und beides war unschätzbar.«

»Dann waren also alle meine Berichte umsonst?« Meine Stimme zitterte, als ich an die Mühe und den Stolz bei ihrer Abfassung dachte.

Holmes zog ein Bündel Papiere aus seiner Tasche.

»Hier sind Ihre Berichte, lieber Freund, und ich habe sie gut durchgearbeitet, sage ich Ihnen. Ich habe ausgezeichnete Vorkehrungen getroffen, so daß sie nur um einen Tag verspätet in meine Hände gelangen. Ich muß Ihnen meine vollste Anerkennung für den Eifer und die Geschicklichkeit aussprechen, die Sie in diesem außerordentlich schwierigen Fall gezeigt haben.«

Ich fühlte mich zwar noch etwas verletzt wegen der Art, in der ich getäuscht worden war, aber die Wärme von Holmes' Lob verscheuchte meinen Ärger. Auch sah ich ein, daß er recht hatte mit dem, was er sagte, und daß es für unsere Zwecke das Beste war, daß ich über seine Anwesenheit auf dem Moor in Unkenntnis geblieben war.

»Schon besser«, sagte er, als er sah, daß mein Gesicht sich aufhellte. »Und nun berichten Sie mir über das Ergebnis Ihres Besuches bei Mrs. Laura Lyons – es war für mich nicht schwer zu erraten, daß Sie ihretwegen hingefahren sind; ich weiß natürlich, daß sie der einzige Mensch in Coombe Tracey ist, der uns in dieser Sache irgendwie nützen kann. Wenn Sie nicht heute hingegangen wären, hätte ich es deshalb wohl morgen getan.«

Die Sonne war untergegangen, und die Abenddämmerung sank auf das Moor hinab. Die Luft wurde kalt, und wir zogen uns der Wärme wegen in die Hütte zurück. Dort saßen wir im Zwielicht nebeneinander, und ich erzählte Holmes von meinem Gespräch mit Mrs. Lyons. Er war so interessiert, daß ich einiges wiederholen mußte, ehe er zufrieden war.

»Das ist sehr wichtig«, meinte er, als ich geendet hatte. »Es füllt eine Lücke aus, die ich bis jetzt in dieser höchst verwickelten Angelegenheit nicht überbrücken konnte. Sie wissen vielleicht, daß diese Dame und Stapleton miteinander eng vertraut sind?«

»Nein, von enger Vertrautheit wußte ich nichts.«

»Darüber kann es keinen Zweifel geben. Sie treffen und schreiben einander, es herrscht zwischen ihnen ein vollkommenes Einverständnis. Nun haben wir eine sehr wirkungsvolle Waffe in die Hand bekommen. Wenn ich sie nur dazu benutzen könnte, um seine Frau von ihm zu lösen . . .«

»Seine Frau?«

»Jetzt bekommen Sie von mir Informationen als Dank für alles, was Sie mir berichtet haben. Die Dame, die hier als Stapletons Schwester gilt, ist in Wirklichkeit seine Frau.«

»Um Himmels willen, Holmes, sind Sie dessen sicher? Wie konnte er dann zulassen, daß sich Sir Henry in sie verliebt?«

»Sir Henrys Verliebtheit konnte niemandem schaden als nur Sir Henry selbst. Außerdem hat Stapleton darauf geachtet, daß Sir Henry seine Liebe nicht in Taten umsetzt, das haben Sie ja selbst bemerkt. Ich wiederhole es: Die Dame ist seine Frau, nicht seine Schwester.«

»Aber wozu diese ausgeklügelte Täuschung?«

»Weil er vorausgesehen hat, daß sie ihm als unverheiratete Frau viel nützlicher sein konnte.«

All meine unausgesprochenen Empfindungen, meine vagen Vermutungen nahmen plötzlich Gestalt an und richteten sich gegen den Naturforscher. In diesem leidenschaftslosen, farblosen Mann mit seinem Strohhut und seinem Schmetterlingsnetz meinte ich jetzt etwas Fürchterliches zu sehen – ein Wesen von unendlicher Geduld und Tücke, mit lächerlichem Gesicht und Mord im Herzen.

»Dann ist er also unser Feind – derjenige, der uns in London verfolgt hat?«

»Das dürfte des Rätsels Lösung sein.«

»Und die Warnung – sie muß dann von ihr gekommen sein?«

»Richtig.«

Die Umrisse einer monströsen Schurkerei, halb gesehen, halb geahnt, dräuten plötzlich im Dunkel, das mich so lange umfangen hatte.

»Sind Sie ganz sicher, Holmes? Woher wissen Sie, daß die Frau seine Gattin ist?«

»Weil er sich so weit vergessen hat, Ihnen anläßlich Ihrer ersten Begegnung ein wahres Stückchen seiner Autobiographie zu erzählen, und ich bin sicher, daß er es seither oft bereut hat. Er ist wirklich einmal Leiter einer Schule in Nordengland gewesen. Nun kann man über keinen Menschen leichter etwas erfahren als über einen Schulleiter. Es gibt Vermittlungen für Lehrer, durch die man jeden identifizieren kann, der einmal diesen Beruf ausgeübt hat. Durch eine kleine Nachforschung erfuhr ich, daß eine Schule unter gräßlichen Umständen zugrunde gegangen war und daß der Mann, dem sie gehörte – es war ein anderer Name – mit seiner Frau verschwunden ist. Die Beschreibungen stimmten. Als ich dann noch erfuhr, daß der verschwundene Mann passionierter Entomologe war, war die Identifizierung vollständig.«

Das Dunkel lichtete sich, aber noch immer war vieles von Schatten verhüllt.

»Wenn diese Dame wirklich seine Frau ist, was ist dann mit Mrs. Laura Lyons?« fragte ich.

»Das ist eben einer der Punkte, die Ihre Nachforschungen erhellt haben. Ihr Gespräch mit der Dame hat die Situation bedeutend geklärt. Ich wußte nichts von einer geplanten Scheidung zwischen ihr und ihrem Mann. In diesem Fall rechnet sie sicher damit, daß Stapleton, den sie für einen Junggesellen hält, sie heiraten wird.«

»Und wenn sie alles erfährt?«

»Nun, dann wird uns diese Dame vielleicht sehr nützlich sein. Das erste, was wir morgen zu tun haben, ist, daß wir sie aufsuchen – und zwar zusammen. Glauben Sie nicht, Watson, daß Sie Ihren Schutzbefohlenen schon ziemlich lange alleingelassen haben? Sie sollten in Baskerville Hall sein.«

Die letzten roten Strahlen waren im Westen verblichen, und Nacht lag über dem Moor. Einige schwache Sterne glommen am violetten Himmel.

»Eine letzte Frage, Holmes«, sagte ich, während ich mich

erhob. »Wir brauchen doch kein Geheimnis voreinander zu haben. Was bedeutet das alles? Was für einen Zweck verfolgt er?«

Holmes' Stimme wurde zu einem Flüstern, als er antwortete: »Mord, Watson, abgefeimter, kaltblütiger, vorsätzlicher Mord. Fragen Sie mich nicht nach Einzelheiten. Meine Netze ziehen sich um ihn zusammen, so wie seine um Sir Henry, und dank Ihrer Hilfe ist er schon beinahe in meiner Hand. Nur eine Gefahr kann uns noch drohen. Daß er nämlich losschlägt, ehe wir soweit sind. Ein Tag noch – höchstens zwei; aber bis dahin bewachen Sie Ihren Schützling so sorgsam wie je eine Mutter ihr krankes Kind. Ihre heutige Mission hat sich selbst gerechtfertigt, und trotzdem wäre mir fast lieber, Sie wären an seiner Seite geblieben. – Hören Sie!«

Ein furchtbarer Schrei – lang und gellend, voll Angst und Entsetzen – brach aus der Stille des Moors. Ein fürchterlicher Laut, der das Blut in meinen Adern erstarren ließ.

»Um Gottes willen«, ächzte ich. »Was ist das?«

Holmes war aufgesprungen, und ich sah seine dunkle, athletische Gestalt in der Tür der Hütte; die Schulter gebeugt, den Kopf vorgestreckt, suchte er mit den Blicken die Finsternis zu durchdringen.

»Pst«, flüsterte er, »pst!«

Der Schrei war wegen seiner Heftigkeit laut gewesen, aber er war weit entfernt erschollen, irgendwo auf der dunklen Ebene. Nun drang ein neuer Schrei zu uns herüber, näher, lauter, drängender als zuvor.

»Wo ist es?« flüsterte Holmes, und am Beben seiner Stimme erkannte ich, daß sogar er, der Mann aus Eisen, in der Seele erschüttert war. »Wo ist es, Watson?«

»Dort, glaube ich.« Ich deutete in die Dunkelheit.

»Nein, da.«

Wieder durchbrach der verzweifelte Schrei die stille Nacht, lauter und viel näher als vorhin, und ein neuer Klang mischte sich darunter, ein tiefes murmelndes Grollen, klangvoll und doch drohend, steigend und fallend wie das unablässige Rauschen des Meeres.

»Der Bluthund!« schrie Holmes. »Rasch, Watson, vorwärts! Um Himmels willen, wenn wir nur nicht zu spät kommen!«

Er rannte schnell über das Moor, und ich folgte ihm auf den Fersen. Aber plötzlich kam irgendwo vor uns, aus dem unebenen Gelände, ein letzter verzweifelt gellender Schrei und dann ein dumpfer schwerer Fall. Wir blieben stehen und horchten. Kein Laut durchbrach mehr das lastende Schweigen der windstillen Nacht.

Ich sah, wie Holmes sich mit der Hand an die Stirn fuhr, wie ein zerstreuter Mensch. Er stampfte mit dem Fuß auf den Boden.

»Er hat uns geschlagen, Watson. Wir sind zu spät.«

»Nein, nein, sicher nicht!«

»Welch ein Narr war ich, mich zurückzuhalten! Und Sie, Watson, sehen, was dabei herauskommt, wenn man seinen Posten verläßt. Aber bei Gott, wenn wirklich das Schlimmste geschehen ist, werden wir ihn rächen!«

Blindlings rannten wir durch die Dunkelheit; wir liefen gegen Felsblöcke, zwängten uns zwischen Ginsterbüschen hindurch, keuchten Hügel hinauf, stürzten Abhänge hinunter, immer in die Richtung, aus der diese furchtbaren Schreie gekommen waren. Auf jeder Anhöhe blickte Holmes gespannt um sich, aber die Schatten lagen schwer über dem Moor, und nichts rührte sich auf der öden Fläche.

»Sehen Sie etwas?«

»Nichts.«

»Aber horchen Sie, was ist das?«

Ein leises Stöhnen war an unsere Ohren gedrungen. Da noch einmal, zu unserer Linken! Auf dieser Seite endete ein Felsengrat in einer steilen Klippe, die einen mit Steinen besäten Abhang überragte. Auf diesem unebenen Grund lag etwas Dunkles von eigentümlicher Form. Als wir hinzuliefen, nahm der unbestimmte Umriß feste Gestalt an. Am Boden lag ein Mann mit dem Gesicht nach unten. Sein Kopf steckte in einem fürchterlichen Winkel unter seiner Brust, die Schultern vorgebeugt und der Körper so zusammengezogen wie für einen Purzelbaum. So grotesk war die ganze Haltung, daß mir zuerst gar nicht zu Bewußtsein kam, daß der Mann mit jenem Seufzer seine Seele ausgehaucht hatte. Kein Hauch, kein Röcheln kam nun von der dunklen Gestalt, über die wir uns beugten. Holmes berührte ihn mit der Hand und hielt sie hoch, mit einem Ausruf des Entsetzens. Der Schein des Streichholzes, das er entzündete, beleuchtete seine besudelten Finger und die grausige Lache, die sich unter dem zertrümmerten Schädel des Opfers immer mehr erweiterte. Und es beleuchtete noch etwas anderes, das unsere Herzen vor Schmerz und Trauer krank machte – die Leiche von Sir Henry Baskerville!

Keiner von uns hätte je den eigentümlichen rötlichen Tweedanzug vergessen – eben jenen, den Sir Henry am ersten Morgen getragen hatte, als er uns in der Baker Street aufsuchte. Wir konnten nur einen kurzen, aber eindeutigen Blick darauf werfen, und dann flackerte und erlosch das Licht, ebenso wie jede Hoffnung in uns erloschen war. Holmes stöhnte auf; sein Gesicht schimmerte bleich durch die Dunkelheit.

»Die Bestie, die Bestie!« schrie ich; ich ballte die Fäuste. »O Holmes, ich werde es mir nie verzeihen, daß ich Sir Henry seinem Schicksal überlassen habe!«

»Meine Schuld ist größer als Ihre, Watson. Um meinen Fall schön abgerundet und vollständig zu haben, habe ich das Leben meines Klienten fortgeworfen. Es ist der härteste Schlag, der mich auf meiner Laufbahn getroffen hat. Aber wie konnte ich wissen – wie konnte ich wissen, daß er trotz all meiner Warnungen allein auf das Moor hinausgehen und sein Leben riskieren würde?«

»Daß wir seine Schreie gehört haben – mein Gott, diese Schreie! – und ihm nicht helfen konnten. Wo ist dieses Ungeheuer von einem Bluthund, der ihn zu Tode gehetzt hat? Vielleicht lauert er zwischen den Felsen, noch in diesem Augenblick. Und Stapleton, wo ist er? Er soll für seine Tat büßen!«

»Das wird er. Dafür werde ich sorgen. Onkel und Neffe sind ermordet worden – der eine zu Tode erschreckt durch den bloßen Anblick einer Bestie, die er für übernatürlich hielt, der andere in seiner wilden Flucht vor demselben Tier in sein Verderben getrieben. Aber jetzt müssen wir die Verbindung zwischen dem Mann und dem Tier beweisen. Von diesem haben wir allerdings nur gehört und können seine Existenz nicht beschwören, da Sir Henry offenbar an seinem Sturz gestorben ist. Aber, beim Himmel, so schlau der Kerl auch sein mag – ehe noch ein Tag vergangen ist, wird er in meiner Gewalt sein.«

Wir standen mit bitteren Herzen bei dem zerschmetterten Leichnam, überwältigt von diesem plötzlichen, nie wieder gutzumachenden Unheil, das all unsere langwierige Arbeit und erschöpfende Mühsal zu einem so kläglichen Ende gebracht hatte. Als dann der Mond aufging, stiegen wir zu der Höhe der Felsen empor, von denen unser armer Freund herabgestürzt war, und vom Gipfel aus blickten wir über das weite Moor, das halb silbern und halb düster war. Weit entfernt, Meilen in Richtung Grimpen, schien ruhig ein einzelnes gelbes Licht. Es konnte nur aus dem einsamen Haus der Stapletons kommen. Mit einem bitteren Fluch schüttelte ich meine Faust in diese Richtung.

»Warum können wir ihn nicht sofort ergreifen?«

»Unsere Beweise sind nicht vollständig. Der Kerl ist über alle Maßen vorsichtig und schlau. Es geht nicht um das, was wir wissen, sondern um das, was wir beweisen können. Ein falscher Schritt, und der Schurke kann uns immer noch entwischen.«

»Was können wir jetzt tun?«

»Morgen werden wir genug zu tun haben. Für heute bleibt uns nichts übrig, als unserem armen Freund den letzten Dienst zu erweisen.«

Wir stiegen wieder den steilen Abhang hinab und näherten uns dem Leichnam, der sich schwarz und deutlich von den silbernen Steinen abhob. Der Anblick dieser im Todeskampf verrenkten Gliedmaßen erschütterte mich so sehr, daß mir die Tränen in die Augen schossen.

»Wir müssen Hilfe holen, Holmes! Wir können ihn nicht allein den ganzen Weg bis zur Hall tragen. Lieber Gott, sind Sie verrückt geworden?«

Holmes hatte einen Schrei ausgestoßen und sich über den Leichnam gebeugt. Nun tanzte er herum und lachte und schüttelte mir die Hand. Konnte das mein ernster, beherrschter Freund sein? Wahrlich stille Wasser!

»Ein Bart! Ein Bart! Der Mann hat einen Bart!«

»Einen Bart?«

»Es ist nicht der Baronet – es ist – ja wahrhaftig, es ist mein Nachbar, der Sträfling!«

In fiebriger Hast drehten wir den Leichnam um, und der zottige Bart starrte zum kalten Mond empor. Es war kein Zweifel möglich, die vorspringende Stirn, die eingesunkenen tierischen Augen . . . Es war das Gesicht, das mich im Kerzenlicht damals über die Felskante angestarrt hatte – das Gesicht des Verbrechers Selden.

Im nächsten Augenblick war mir alles klar. Ich erinnerte mich daran, daß der Baronet mir gesagt hatte, er habe Barrymore seine alte Garderobe geschenkt. Barrymore hatte sie an Selden weitergegeben, um ihm die Flucht zu ermöglichen. Stiefel, Hemd, Mütze – alles hatte Sir Henry gehört. Die Tragödie war noch immer düster genug, aber der Mann hatte immerhin nach den Gesetzen seines Landes den Tod verdient. Mit vor Freude und Dankbarkeit überschäumendem Herzen setzte ich Holmes die Sache auseinander.

»Dann haben die Kleider den Tod des armen Teufels verschuldet«, sagte er. »Es ist klar, daß der Bluthund auf ein von Sir Henry getragenes Kleidungsstück abgerichtet ist, wahrscheinlich auf den Schuh, der Sir Henry im Hotel abhanden kam, und auf diese Weise hat er den Mann gestellt. Etwas Sonderbares ist aber doch dabei: Wie konnte Selden im Dunkeln wissen, daß ihm der Hund auf den Fersen war?«

»Er hat ihn gehört.«

»Einen Hund auf dem Moor zu hören würde doch einem so harten Mann wie diesem Sträfling kaum eine so panische

Angst einjagen, daß er riskiert, durch seine wilden Hilfeschreie wieder eingefangen zu werden? Seinen Rufen nach muß er noch lange gerannt sein, nachdem er gemerkt hatte, daß das Tier ihm auf den Fersen war. Woher wußte er es?«

»Ein noch größeres Rätsel ist es für mich, warum dieser Bluthund, angenommen, daß unsere Mutmaßungen richtig sind . . .«

»Ich mutmaße gar nichts.«

»Nun also – warum dieser Bluthund heute abend frei auf dem Moor herumgelaufen ist? Ich nehme an, daß er nicht immer freigelassen wird. Stapleton würde ihn nicht loslassen, wenn er nicht Grund hätte, anzunehmen, daß Sir Henry auf dem Moor ist.«

»Von diesen beiden Schwierigkeiten ist jedenfalls meine die beängstigendere, denn für die Ihre werden wir wohl bald eine Erklärung finden, während meine für immer ein unaufgeklärtes Geheimnis bleiben könnte. Die Frage ist nun: Was machen wir mit der Leiche dieses armen Teufels? Wir können ihn doch nicht hier für die Füchse und die Raben liegen lassen.«

»Ich schlage vor, daß wir ihn in eine der Hütten legen und dann die Polizei benachrichtigen.«

»Gut. Ich glaube, so weit können Sie und ich ihn ohne Mühe tragen. Hallo, Watson, was ist das? Unser Mann höchstselbst, bei allem, was erstaunlich und frech ist! Kein Wort von unserem Verdacht – kein Wort, oder alle meine Pläne brechen in sich zusammen!«

Eine Gestalt kam vom Moor her auf uns zu, und ich sah die dumpfe rote Glut einer Zigarre. Das Mondlicht fiel auf ihn, und ich konnte die schmächtige Gestalt und den munteren Schritt des Naturforschers erkennen. Er stutzte, als er uns erblickte, und kam dann rasch auf uns zu.

»Na, Dr. Watson, sind Sie es wirklich? Sie sind der letzte, den ich zur Nachtzeit auf dem Moor zu finden glaubte. Aber mein Gott, was ist das? Jemand verunglückt? Nein – sagen Sie mir nicht, daß es unser Freund Sir Henry ist!«

Stapleton eilte an mir vorbei und beugte sich über den

Toten. Ich hörte ihn tief Luft holen, und die Zigarre fiel ihm aus der Hand.

»Wer – wer ist das?« stammelte er.

»Es ist Selden, der entlaufene Sträfling aus Princetown.«

Er wandte uns sein totenblasses Antlitz zu – aber mit äußerster Willensanstrengung rang er seine Bestürzung und Enttäuschung nieder. Er blickte Holmes und mich forschend an.

»Mein Gott! Wie entsetzlich! Wie ist er denn gestorben?«

»Er scheint sich das Genick gebrochen zu haben, als er von diesem Felsen abstürzte. Mein Freund und ich waren gerade auf einem Spaziergang über das Moor, als wir einen Schrei hörten.«

»Einen Schrei habe ich auch gehört. Deshalb bin ich hergekommen. Ich war wegen Sir Henry beunruhigt.«

»Warum gerade wegen Sir Henry?« Ich konnte mir diese Frage nicht verkneifen.

»Weil ich ihm vorgeschlagen hatte, den Abend bei uns zu verbringen. Als er dann nicht kam, war ich erstaunt, und natürlich habe ich mir Sorgen um seine Sicherheit gemacht, als ich Schreie auf dem Moor hörte. Übrigens«, seine Augen wanderten wieder von meinem Gesicht zu Holmes', »haben Sie außer den Schreien nichts anderes gehört?«

»Nein«, sagte Holmes, »und Sie?«

»Ich auch nicht.«

»Was soll Ihre Frage denn dann bedeuten?«

»Ach, Sie kennen ja die Geschichten, die die Bauern erzählen, von einem Geisterhund und so weiter. Man hört ihn angeblich nachts auf dem Moor. Ich dachte nur, ob vielleicht heute nacht so etwas zu hören war?«

»Wir haben jedenfalls nichts gehört«, sagte ich.

»Und was ist Ihre Theorie über den Tod dieses armen Teufels?«

»Ich zweifle nicht daran, daß die Angst vor der Gefahr der Entdeckung ihn um seinen Verstand gebracht hat. Er ist in einem Zustand der Umnachtung im Moor umhergerannt, hier abgestürzt und hat sich das Genick gebrochen.«

»Das kommt mir auch sehr wahrscheinlich vor«, sagte Stapleton mit einem Seufzer, den ich als Seufzer der Erleichterung auffaßte. »Und was halten Sie davon, Mr. Sherlock Holmes?«

Mein Freund verbeugte sich.

»Ich sehe, daß Sie mich rasch erkannt haben«, sagte er.

»Wir haben Sie seit Dr. Watsons Ankunft hier erwartet. Nun kommen Sie gerade zu rechter Zeit, um eine Tragödie zu sehen.«

»Ja, allerdings. Ich zweifle nicht, daß die Erklärung meines Freundes die richtige ist. Jedenfalls nehme ich morgen eine unerfreuliche Erinnerung mit nach London zurück.«

»Ach, Sie reisen morgen wieder ab?«

»Das ist meine Absicht.«

»Ich hoffe, daß Ihr Besuch einiges Licht in diese Begebenheiten gebracht hat, die uns so viel Kopfzerbrechen verursachen?«

Holmes zuckte die Achseln. »Man kann nicht immer den Erfolg haben, auf den man hofft. Ein Ermittler braucht Tatsachen, nicht Legenden oder Gerüchte. Es war kein befriedigender Fall.«

Mein Freund sprach in seiner offensten und unbefangensten Weise. Stapleton musterte ihn noch immer scharf. Dann wandte er sich mir zu.

»Ich hätte Ihnen vorgeschlagen, den armen Kerl in mein Haus zu bringen, aber es würde meine Schwester so erschrecken, daß ich mich nicht dazu berechtigt fühle. Ich glaube, wenn wir sein Gesicht zudecken, wird er bis morgen früh unversehrt liegenbleiben.«

Wir verfuhren in dieser Weise. Stapletons gastliche Einladung lehnten wir ab; Holmes und ich ließen den Naturforscher allein und machten uns auf den Weg nach Baskerville Hall. Als wir uns umblickten, sahen wir seine Gestalt langsam über das weite Moor dahinwandern, und hinter ihm den einen dunklen Fleck auf dem silbrigen Abhang, wo der Mann lag, der ein so grauenhaftes Ende gefunden hatte.

»Endlich geht es zur Sache«, sagte Holmes, während wir das Moor überquerten. »Welche Nerven dieser Bursche hat! Wie er sich zusammenriß, obwohl er doch einen lähmenden Schock empfunden haben muß, als er sah, daß der Falsche seinem Anschlag zum Opfer gefallen ist! Ich habe es Ihnen in London gesagt, Watson, und sage es Ihnen hier noch einmal: Noch nie haben wir einen Gegner gehabt, der unserer Klinge würdiger gewesen wäre.«

»Es tut mir leid, daß er Sie gesehen hat.«

»Mir hat es zuerst auch leid getan. Es war aber nicht zu vermeiden.«

»Welchen Einfluß wird es, glauben Sie, auf seine Pläne haben, daß er jetzt von Ihrer Anwesenheit weiß?«

»Es kann ihn dazu bringen, vorsichtiger zu sein, oder es treibt ihn sofort zu verzweifelten Maßnahmen. Wie die meisten klugen Verbrecher überschätzt er vielleicht seine eigene Schlauheit und bildet sich ein, uns vollständig getäuscht zu haben.«

»Warum können wir ihn eigentlich nicht auf der Stelle festnehmen?«

»Mein lieber Watson, Sie sind der geborene Mann der Tat. Ihr Instinkt treibt Sie immer dazu, energische Maßnahmen zu ergreifen. Aber angenommen, wir ließen ihn heute nacht festnehmen, was um alles in der Welt hätten wir davon? Wir können ihm ja nichts nachweisen. Das ist ja eben seine teuflische Schlauheit! Wenn er sich eines menschlichen Werkzeuges bediente, könnten wir Beweise gegen ihn finden; aber auch wenn wir diesen Riesenhund ans Tageslicht brächten, wäre das noch lange nicht genug, um seinem Herrn die Schlinge um den Hals zu legen.«

»Wir haben aber doch genug für ein Verfahren.«

»Nicht im mindesten; nur Vermutungen und Theorien. Man würde uns vor Gericht auslachen, wenn wir mit einer solchen Geschichte und solchen Beweisen daherkämen.«

»Aber Sir Charles' Tod.«

»Tot aufgefunden, ohne ein Mal an ihm. Sie und ich wissen,

daß er an blankem Entsetzen gestorben ist, und wir wissen auch, was ihn entsetzt hat; aber wie sollen wir zwölf behäbige Geschworene dazu bringen, es zu glauben? Was läßt auf einen Hund schließen? Wo sind die Spuren seiner Zähne? Wir wissen natürlich, daß ein Hund keinen Leichnam beißt, und daß Sir Charles längst tot war, ehe die Bestie ihn einholte. Aber wir müssen das alles beweisen, und dazu sind wir eben nicht in der Lage.«

»Und was ist mit heute nacht?«

»Wir sind heute nacht auch nicht viel besser daran. Es gibt wieder keinen unmittelbaren Zusammenhang zwischen dem Bluthund und dem Tod des Mannes. Wir haben den Hund nicht gesehen. Wir haben ihn gehört, aber wir können nicht beweisen, daß er hinter diesem Mann her war. Es gibt keinerlei Motiv. Nein, mein Lieber; wir müssen uns damit abfinden, daß wir gegenwärtig nichts daraus machen können, und daß wir daher alles daransetzen müssen, uns entsprechendes Beweismaterial zu beschaffen.«

»Und was schlagen Sie dazu vor?«

»Ich setze große Hoffnungen auf das, was Mrs. Laura Lyons für uns tun kann, sobald wir sie über die Sachlage aufgeklärt haben. Und natürlich habe ich auch meine eigenen Pläne. Reichlich genug für morgen; ich hoffe aber, die Oberhand gewonnen zu haben, bevor der Tag vergangen ist.«

Mehr konnte ich nicht aus ihm herausbringen, und er ging ganz in Gedanken versunken mit mir bis zu Baskervilles Einfahrt.

»Kommen Sie mit herauf?«

»Ja; ich sehe keinen Grund, mich weiterhin zu verstecken. Ein Wort noch, Watson. Sagen Sie Sir Henry nichts von dem Bluthund. Lassen Sie ihn glauben, daß Seldens Tod sich so ergeben hat, wie Stapleton uns glauben machen will. Er wird dann bessere Nerven haben, um die harte Probe, die ihm morgen bevorsteht, zu ertragen. Soviel ich mich aus Ihrem Bericht erinnere, ist er morgen abend mit diesen Leuten zum Essen verabredet.«

»Ja, und ich auch.«

»Dann müssen Sie sich entschuldigen, und er muß allein gehen. Das wird leicht zu machen sein. Und wenn wir nun auch zum Dinner zu spät kommen, sind wir, glaube ich, beide für ein Supper zu haben.«

13. DAS NETZ WIRD AUSGELEGT

SIR HENRY war mehr erfreut als überrascht, Sherlock Holmes zu sehen, denn er hatte schon seit einigen Tagen erwartet, daß die letzten Ereignisse ihn von London herbeibringen würden. Allerdings hob er die Brauen, als er bemerkte, daß mein Freund weder Gepäck noch eine Erklärung für dessen Fehlen hatte. Sir Henry und ich halfen ihm mit unseren Sachen aus, und bei einem verspäteten Abendessen teilten wir dem Baronet so viel von unseren Erlebnissen mit, als ratsam schien. Vorher hatte ich jedoch noch die unerfreuliche Aufgabe, Barrymore und seiner Frau die Nachricht von Seldens Tod beizubringen. Für ihn mochte es eine große Erleichterung sein, aber sie weinte bitterlich in ihre Schürze. Für alle Welt war er der Mann der Gewalt, halb Tier und halb Dämon, aber für sie war er noch immer der kleine, eigensinnige Knabe aus ihrer Jugend, das Kind, das sich an ihre Hand geklammert hatte. Wahrhaft verworfen ist der Mann, um den keine Frau weint.

»Ich habe mich, seit Watson heute früh wegfuhr, den ganzen Tag im Hause gelangweilt«, sagte der Baronet. »Ich finde, Sie sollten mich dafür loben, daß ich mein Versprechen gehalten habe. Wenn ich Ihnen nicht geschworen hätte, nicht allein auszugehen, hätte ich einen viel lebendigeren Abend haben können; Stapleton hat mir nämlich eine Nachricht geschickt, um mich einzuladen.«

»Ich zweifle nicht daran, daß Sie einen lebendigeren Abend gehabt hätten«, sagte Holmes trocken. »Übrigens – ich glaube, Sie werden es nicht schätzen, daß wir Sie schon betrauert haben, in der Annahme, Sie hätten sich das Genick gebrochen?«

Sir Henry riß die Augen auf. »Wie bitte?«

»Dieser arme Teufel hatte Ihre Kleider an. Ich fürchte, Ihr Diener, der sie ihm geschenkt hat, wird Ungelegenheiten mit der Polizei haben.«

»Das glaube ich nicht. Soviel ich weiß, hatten meine Anzüge keine Zeichen.«

»Um so besser für ihn – überhaupt für Sie alle, da Sie ja in dieser Angelegenheit auf der falschen Seite des Gesetzes stehen. Ich bin nicht ganz sicher, ob ich nicht als gewissenhafter Detektiv die Pflicht hätte, sämtliche Hausbewohner zu verhaften. Watsons Berichte sind im höchsten Grade belastend.«

»Und wie steht es mit unserem Fall?« erkundigte sich der Baronet. »Haben Sie den Knäuel schon entwirrt? Ich glaube nicht, daß Watson und ich durch unseren Aufenthalt hier viel klüger geworden sind.«

»Ich glaube, daß ich bald in der Lage sein werde, Ihnen die Situation besser darzulegen. Es ist eine äußerst schwierige und ungemein verwickelte Angelegenheit gewesen. Einige Punkte bleiben noch zu klären, aber auch das wird bald kommen.«

»Wir haben ein Erlebnis gehabt, wie Watson Ihnen gewiß berichtet hat. Wir haben den Bluthund auf dem Moor gehört, deshalb kann ich beschwören, daß nicht alles eitler Aberglaube ist. Ich hatte draußen im Fernen Westen viel mit Hunden zu tun, und ich weiß, wann ich einen höre. Wenn Sie diesem Köter einen Maulkorb und eine Kette anlegen können, bin ich bereit zu beeiden, daß Sie der größte Detektiv aller Zeiten sind.«

»Ich glaube, ich werde dem Hund gut Maulkorb und Kette anlegen können, wenn Sie mir dabei helfen.«

»Ich tue alles, was Sie mir sagen.«

»Sehr gut; und ich werde Sie bitten, meinen Anordnungen blindlings zu folgen, ohne jedes Mal nach dem Grund zu fragen.«

»Ganz wie Sie wünschen.«

»Wenn Sie das tun, spricht alles dafür, daß unser kleines Rätsel bald gelöst sein wird. Ich zweifle nicht . . .«

Er hielt plötzlich inne und blickte über meinen Kopf hinweg starr in die Luft. Die Lampe schien ihm ins Gesicht, und es war so angespannt und regunglos, daß es einer trefflich gemeißelten klassischen Statue hätte gehören und die Personifizierung von Wachsamkeit und Erwartung hätte sein können.

»Was gibt es?« riefen wir beide.

Ich sah, als er wieder die Augen senkte, daß er eine starke innere Bewegung unterdrückte. Seine Züge waren noch immer gefaßt, aber seine Augen leuchteten in amüsiertem Triumph.

»Entschuldigen Sie, wenn ein Kunstkenner sich hinreißen läßt«, sagte er und wies auf die Reihe von Porträts, die die gegenüberliegende Wand bedeckte. »Watson will es nicht wahrhaben, daß ich irgend etwas von Kunst verstehe, aber das ist nichts als Eifersucht, weil unsere Ansichten darüber auseinandergehen. Dies hier ist nun wirklich eine sehr schöne Portraitsammlung.«

»Na, ich freue mich, das zu hören«, sagte Sir Henry; er sah meinen Freund etwas überrascht an. »Ich kann nicht behaupten, daß ich viel von diesen Dingen verstünde, und ich kann ein Pferd oder einen Stier besser beurteilen als ein Bild. Ich wußte nicht, daß Sie Zeit für solche Dinge haben.«

»Ich weiß, was gut ist, wenn ich es sehe, und hier sehe ich so etwas. Das ist ein Kneller, schätze ich, die Dame in blauer Seide da drüben, und der kräftige Gentleman mit Perücke müßte ein Reynolds sein. Das sind wohl lauter Familienportraits, nicht wahr?«

»Ja, alle.«

»Kennen Sie auch ihre Namen?«

»Barrymore hat sie mir gut eingepaukt; ich glaube, ich kann meine Lektion ganz ordentlich aufsagen.«

»Wer ist der Gentleman mit dem Fernrohr?«

»Das ist Konteradmiral Baskerville, der unter Rodney in Westindien gedient hat. Der Mann im blauen Rock, mit der Papierrolle, ist Sir William Baskerville, der unter Pitt Ausschußvorsitzender im Unterhaus war.«

»Und dieser Kavalier gerade mir gegenüber – der in schwarzem Samt und Spitzenkragen?«

»Ah, die Information steht Ihnen wirklich zu. Das ist der Urheber allen Unheils, der böse Hugo, dem die Baskervilles den Bluthund verdanken. Wir werden ihn kaum je vergessen.«

Ich blickte interessiert und etwas erstaunt auf das Bildnis.

»Nein, so etwas!« sagte Holmes. »Er sieht ganz ruhig und sanftmütig aus, aber da lauert wohl doch ein Teufel in seinen Augen. Ich hätte ihn mir als einen kräftigen Raufbold vorgestellt.«

»Über die Echtheit gibt es keinen Zweifel, weil sein Name und das Datum 1647 auf der Rückseite der Leinwand stehen.«

Holmes sagte nicht viel mehr, aber das Bild des alten Bösewichts schien eine große Anziehungskraft auf ihn auszuüben, und während des ganzen Essens hingen seine Augen daran. Erst viel später, als Sir Henry sich zurückgezogen hatte, konnte ich seinen Gedankengängen folgen. Er führte mich in den Bankettsaal zurück, die Kerze in der Hand, und hielt sie hoch vor das von der Zeit beeinträchtigte Portrait an der Wand.

»Fällt Ihnen daran etwas auf?«

Ich blickte auf den breitkrempigen Federhut, die langen Schmachtlocken, den weißen Spitzenkragen und das davon eingerahmte strenge Gesicht. Der Gesichtsausdruck war nicht brutal, aber steif, hart und streng, mit festem dünnen Mund und kalten, unduldsamen Augen.

»Erinnert das Bild Sie an jemanden, den Sie kennen?«

»Das Kinn erinnert vielleicht etwas an Sir Henry.«

»Nur eine Andeutung, vielleicht. Aber warten Sie einen Augenblick!«

Er stieg auf einen Stuhl und verdeckte, die Kerze in der linken Hand haltend, mit dem rechten Arm den Federhut und die langen Locken.

»Lieber Himmel!« rief ich erstaunt.

Von der Leinwand starrte mir Stapletons Antlitz entgegen.

»Ha, nun sehen Sie es auch. Meine Augen haben Übung darin, ein Gesicht zu sehen und nicht das Beiwerk. Bei der Verbrechensermittlung sollte man vor allem Verkleidungen durchschauen können.«

»Aber das ist phantastisch. Es könnte sein Portrait sein.«
»Ja, es ist ein interessantes Beispiel eines offenbar sowohl physischen als auch moralischen Widerscheins. Das Studium von Familienportraits reicht aus, um einen zur Lehre von der Wiedergeburt zu bekehren. Der Kerl ist ein Baskerville – das ist vollkommen klar.«
»Mit Absichten auf die Erbschaft.«
»Genau das. Der Zufall diesen Bildes verschafft uns eines der wichtigsten, bisher fehlenden Glieder unserer Kette. Wir haben ihn, Watson, wir haben ihn, und ich wage darauf zu schwören, daß er noch vor morgen abend so hilflos in unserem Netz flattern wird wie einer seiner eigenen Schmetterlinge. Eine Nadel, ein Korken und ein Etikett, und er wird der Baker-Street-Kollektion einverleibt.«

Er wandte sich vom Bild ab und brach in eines seiner seltenen Gelächter aus. Ich habe ihn nicht oft lachen hören, aber immer bedeutete es für jemanden etwas Schlechtes.

Ich war am Morgen zeitig auf den Beinen, aber Holmes war mir noch zuvorgekommen, denn während ich mich ankleidete, sah ich ihn die Allee heraufkommen.

»Ja, wir dürften heute einen ausgefüllten Tag haben« meinte er und rieb sich dabei voll Tatendurst die Hände. »Die Netze sind ausgeworfen, der Fischzug wird bald beginnen. Ehe der Tag zu Ende ist, werden wir wissen, ob wir unseren großen gefräßigen Hecht gefangen haben oder ob er uns durch die Maschen gegangen ist.«

»Sind Sie schon auf dem Moor gewesen?«
»Ich habe von Grimpen aus einen Bericht über Seldens Tod nach Princetown abgeschickt. Ich glaube, versprechen zu können, daß niemand hier deswegen behelligt werden wird. Ich habe auch meinen getreuen Cartwright benachrichtigt, der sonst gewiß an der Schwelle meiner Hütte dahingesiecht wäre wie ein Hund auf dem Grabe seines Herrn, wenn ich ihm nicht zu seinem Seelenfrieden mitgeteilt hätte, daß ich in Sicherheit bin.«

»Was machen wir als Nächstes?«

»Sir Henry aufsuchen. Ah, da ist er ja!«

»Guten Morgen, Holmes«, sagte der Baronet. »Sie sehen aus wie ein General, der mit seinem Stabschef einen Schlachtplan ausarbeitet.«

»Das ist auch der Fall. Watson hat sich eben nach seinen Befehlen erkundigt.«

»Das tue auch ich.«

»Sehr gut. Soviel ich weiß, sind Sie heute abend bei unseren Freunden, den Stapletons, zum Essen geladen?«

»Ich hoffe, daß Sie auch kommen. Es sind sehr gastfreundliche Leute, und ich bin sicher, sie würden sich freuen, Sie zu sehen.«

»Ich fürchte, daß Watson und ich nach London fahren müssen.«

»Nach London?«

»Ja. Ich glaube, so, wie die Sache jetzt steht, können wir uns dort nützlicher machen.«

Das Gesicht des Baronets wurde sichtlich länger. »Ich hatte gehofft, Sie würden mir bis zum Schluß zur Seite stehen. Baskerville Hall und das Moor sind keine besonders angenehmen Orte, wenn man allein ist.«

»Mein lieber Freund, Sie müssen mir unbedingt vertrauen und genau tun, was ich Ihnen sage. Sie können Ihren Freunden sagen, daß wir Sie sehr gerne begleitet hätten, daß jedoch dringende Geschäfte unsere Anwesenheit in der Stadt verlangen. Wir hoffen, sehr bald nach Devonshire zurückzukehren. Werden Sie daran denken, das auszurichten?«

»Wenn Sie darauf bestehen.«

»Ich versichere Ihnen, daß es keine Alternative gibt.«

Ich sah der umwölkten Stirn des Baronets an, daß er unsere Abreise als Fahnenflucht betrachtete und darüber tief gekränkt war.

»Wann wünschen Sie abzureisen?« fragte er kühl.

»Gleich nach dem Frühstück. Wir werden nach Coombe Tracey fahren, aber Watson wird sein Gepäck als Pfand für seine Rückkehr bei Ihnen lassen. Watson, Sie werden eine

Notiz für Stapleton schreiben, um ihm mitzuteilen, daß Sie bedauern, nicht kommen zu können.«

»Ich hätte die größte Lust, mit Ihnen nach London zu fahren«, sagte der Baronet. »Warum soll ich eigentlich allein hierbleiben?«

»Weil Ihr Posten hier ist. Weil Sie mir Ihr Wort gegeben haben, daß Sie tun würden, was ich Ihnen sage, und ich sage Ihnen, daß Sie hierbleiben sollen.«

»Also gut, dann bleibe ich.«

»Noch eins! Ich möchte, daß Sie nach Merripit House fahren. Schicken Sie aber dann Ihren Wagen zurück, und sagen Sie den Stapletons, daß Sie zu Fuß nach Hause gehen wollen.«

»Zu Fuß über das Moor?«

»Ja.«

»Gerade davor haben Sie mich doch immer gewarnt.«

»Diesmal können Sie es ruhig tun. Wenn ich nicht rückhaltloses Vertrauen in Ihren Mut und Ihre Nerven hätte, würde ich es Ihnen nicht vorschlagen, aber es ist unbedingt nötig.«

»Dann werde ich es tun.«

»Und wenn Ihnen Ihr Leben lieb ist, gehen Sie keinen anderen Weg über das Moor als den geraden Weg, der von Merripit House bis zur Straße nach Grimpen führt und der für Sie der kürzeste Weg nach Hause ist.«

»Ich werde genau das tun, was Sie sagen.«

»Sehr gut. Ich möchte nach dem Frühstück so bald wie möglich wegfahren, damit ich nachmittags in London sein kann.«

Ich wunderte mich sehr über dieses Programm, obwohl ich mich erinnerte, daß Holmes am Abend vorher zu Stapleton gesagt hatte, sein Aufenthalt würde am nächsten Tag zu Ende gehen. Ich war jedoch nicht auf die Idee gekommen, daß er Wert auf meine Begleitung legen könnte, und konnte auch nicht begreifen, daß wir beide in einem Augenblick, den er selbst als kritisch bezeichnet hatte, abwesend sein würden. Doch gab es nichts als stillschweigenden Gehorsam; also verabschiedeten wir uns von unserem bedauernswerten Freund.

Zwei Stunden später waren wir in Coombe Tracey und hatten den Wagen zurückgeschickt. Auf dem Bahnsteig stand wartend ein kleiner Junge.

»Befehle, Sir?«

»Du nimmst diesen Zug nach London, Cartwright. Gleich nach deiner Ankunft gibst du ein Telegramm an Sir Henry Baskerville in meinem Namen auf, daß er, wenn er das Notizbuch findet, das ich verloren habe, es bitte eingeschrieben in die Baker Street schicken möchte.«

»Ja, Sir.«

»Und jetzt geh zum Stationsvorsteher und frag, ob eine Nachricht für mich gekommen ist.«

Der Junge kehrte mit einem Telegramm zurück, das Holmes mir reichte. Es lautete:

»Telegramm erhalten. Komme mit offenem Haftbefehl. Ankunft 17 Uhr 40, Lestrade.«

»Das ist die Antwort auf mein Telegramm von heute früh. Ich halte ihn für den Besten in seinem Beruf, und wir werden seine Hilfe vielleicht brauchen. Nun, Watson, können wir, glaube ich, mit unserer Zeit nichts Besseres tun, als Ihrer Freundin Mrs. Laura Lyons einen Besuch abzustatten.«

Langsam begann ich, seinen Schlachtplan zu begreifen. Er wollte den Baronet benutzen, um die Stapletons zu überzeugen, daß wir wirklich abgereist seien, während wir gerade dann wiederkommen würden, wenn wir wahrscheinlich gebraucht wurden. Das Telegramm aus London, falls Sir Henry es den Stapletons gegenüber erwähnte, mußte auch ihren letzten Verdacht zerstreuen. Ich sah bereits, wie sich unsere Netze um den gefräßigen Hecht zusammenzogen.

Mrs. Laura Lyons war in ihrem Büro, und Sherlock Holmes eröffnete das Gespräch mit einer Offenheit und Freimütigkeit, die sie sehr überraschten.

»Ich untersuche die Umstände, unter welchen der verstorbene Sir Charles Baskerville sein Ende fand«, sagte er. »Mein Freund Dr. Watson hat mir mitgeteilt, was Sie ihm erzählt und auch, was Sie ihm im Zusammenhang mit dieser Angelegenheit verschwiegen haben.«

»Was sollte ich verschwiegen haben?« fragte sie herausfordernd.

»Sie haben zugegeben, daß Sie Sir Charles gebeten hatten, um zehn Uhr abends am Tor zu sein. Wir wissen, daß es die Stelle und die Stunde seines Todes war. Sie haben den Zusammenhang zwischen diesen beiden Tatsachen verschwiegen.«

»Es gibt keinen Zusammenhang.«

»Dann muß allerdings das Zusammentreffen ein außerordentlicher Zufall gewesen sein. Aber ich hoffe, wir werden jetzt trotz allem den Zusammenhang herstellen können. Ich will Ihnen gegenüber ganz aufrichtig sein, Mrs. Lyons. Wir halten die Ereignisse für einen Fall von Mord, und den Indizien nach könnte nicht nur Ihr Freund, Mr. Stapleton, sondern auch seine Gattin damit zu tun haben.«

Die Dame sprang von ihrem Stuhle auf. »Seine Gattin!« rief sie.

»Diese Tatsache ist kein Geheimnis mehr. Die Person, die er als seine Schwester ausgibt, ist in Wahrheit seine Frau.«

Mrs. Lyons hatte sich wieder gesetzt. Ihre Hände krallten sich in die Armlehnen, daß von dem Druck die rosigen Fingernägel weiß geworden waren.

»Seine Frau!« wiederholte sie. »Seine Frau! Er war doch nicht verheiratet.«

Sherlock Holmes zuckte die Achseln.

»Beweisen Sie es mir! Beweisen Sie es mir! Und wenn Sie dazu imstande sind, dann . . .« Das wilde Glitzern ihrer Augen sagte mehr als alle Worte.

»Ich habe mich darauf vorbereitet, bevor ich gekommen bin«, sagte Holmes. Er zog einige Papiere aus der Tasche. »Hier ist eine vor vier Jahren in York aufgenommene Photographie des Paares. Sie ist mit Mr. und Mrs. Vandeleur gezeichnet, aber Sie werden ihn ohne weiteres erkennen und, falls Sie seine Frau gesehen haben, auch diese. Hier die Aussagen von drei glaubwürdigen Zeugen, Beschreibungen von Mr. und Mrs.

Vandeleur, welche um jene Zeit die Privatschule St. Oliver leiteten. Lesen Sie sie, und sagen Sie mir, ob Sie an der Identität dieser beiden Leute noch zweifeln können.«

Sie überflog die Schriftstücke und blickte dann mit dem starren Gesicht einer verzweifelten Frau zu uns auf.

»Mr. Holmes«, sagte sie, »dieser Mann hat mir die Ehe versprochen, unter der Bedingung, daß ich die Scheidung von meinem Mann erreiche. Der Schuft hat mich in jeder erdenklichen Weise belogen. Kein wahres Wort hat er mir je gesagt. Und warum – warum? Ich habe mir eingebildet, es wäre alles meinetwegen. Aber jetzt sehe ich, daß ich nie etwas anderes als ein Werkzeug in seiner Hand war. Warum soll ich zu ihm halten, der nie zu mir gehalten hat? Warum soll ich versuchen, ihn vor den Folgen seiner eigenen Missetaten zu schützen? Fragen Sie mich, was Sie wollen, und ich werde Ihnen nichts vorenthalten. Eines schwöre ich Ihnen: Als ich den Brief schrieb, habe ich nicht im Traum daran gedacht, dem alten Gentleman, der immer mein gütigster Freund gewesen war, etwas Böses anzutun.«

»Davon bin ich vollkommen überzeugt, Madame«, antwortete Holmes. »Der Bericht über diese Ereignisse muß für Sie wohl schmerzlich sein, und vielleicht ist es für Sie leichter, wenn ich Ihnen sage, was geschehen ist, und Sie mich berichtigen, wenn ich mich in wichtigen Punkten irre. Stapleton hat Ihnen vorgeschlagen, diesen Brief zu schreiben?«

»Er hat ihn diktiert.«

»Ich nehme an, als Grund hat er angegeben, daß Sir Charles Ihnen bei den mit Ihrer Scheidung verbundenen Gerichtskosten helfen würde?«

»Das stimmt.«

»Und als Sie den Brief abgeschickt hatten, hat er Sie davon abgehalten, das Rendezvous einzuhalten?«

»Er sagte mir, es würde doch seine Selbstachtung kränken, wenn ein anderer Mann mir zu diesem Zweck Geld gäbe, und obwohl er ein armer Mann sei, wolle er seinen letzten Penny dafür opfern, die Hindernisse zwischen uns zu beseitigen.«

»Er ist anscheinend ein sehr zielstrebiger Charakter. Und dann haben Sie nichts mehr gehört, bis Sie die Nachricht vom Tod in der Zeitung lasen?«

»Stimmt.«

»Und Stapleton hat Sie schwören lassen, daß Sie nichts von Ihrer Verabredung mit Sir Charles sagen würden.«

»So ist es. Er sagte, der Tod von Sir Charles sei mysteriös und man würde mich sicher verdächtigen, wenn die Tatsachen herauskämen. Er hat mir angst gemacht, deshalb habe ich geschwiegen.«

»Aha. Aber Sie hatten den einen oder anderen Verdacht?«

Sie zögerte und schlug die Augen nieder. »Ich kannte ihn«, sagte sie. »Aber wenn er nicht treulos gewesen wäre, hätte ich ihn nie im Stich gelassen.«

»Ich finde, daß Sie insgesamt gut davongekommen sind«, sagte Sherlock Holmes. »Sie hatten ihn in Ihrer Macht, und er wußte es, und trotzdem sind Sie noch am Leben. Sie sind einige Monate lang sehr nah am Rand eines Abgrundes gewandelt. Wir müssen uns nun verabschieden, Mrs. Lyons, aber ich nehme an, daß Sie sehr bald wieder von uns hören werden.«

»Unser Fall rundet sich ab, und eine Schwierigkeit nach der anderen löst sich vor uns auf«, sagte Holmes, während wir auf die Ankunft des Schnellzuges aus London warteten. »Ich werde bald in der Lage sein, in einer einzigen, zusammenhängenden Darstellung eines der merkwürdigsten und sensationellsten Verbrechen unserer Zeit zu schildern. Studenten der Kriminalistik werden sich an die analogen Vorfälle in Grodno in Klein-Rußland im Jahre 1866 erinnern, und auch an die Andersonschen Morde in North Carolina, aber dieser Fall weist einige Züge auf, die ihm allein eigen sind. Selbst jetzt haben wir noch keinen einwandfreien Beweis gegen diesen überaus gerissenen Mann. Aber es sollte mich sehr wundern, wenn nicht alles völlig aufgeklärt wäre, ehe wir heute abend zu Bett gehen.«

Der Schnellzug aus London brauste in diesem Augenblick

in den Bahnhof, und eine kleine, drahtige Bulldogge von Mann sprang aus einem Abteil Erster Klasse. Wir schüttelten einander die Hände, und dem ehrfürchtigen Blick, mit dem Lestrade meinen Gefährten musterte, entnahm ich sogleich, daß er seit den ersten Tagen ihrer Zusammenarbeit einiges gelernt hatte. Ich entsann mich noch sehr wohl der Geringschätzung, die die Theorien des Denkers bei dem Mann der Praxis damals hervorgerufen hatten.

»Etwas Gutes?« fragte er.

»Der großartigste Fall seit Jahren«, antwortete Holmes. »Wir haben zwei Stunden, ehe wir losgehen müssen. Ich glaube, wir sollten sie auf ein Essen verwenden, und dann, Lestrade, werden wir Ihnen den Londoner Nebel aus der Kehle treiben und Sie die reine Nachtluft von Dartmoor einatmen lassen. Sie sind noch nie hier gewesen? Ah, also, ich glaube nicht, daß Sie Ihren ersten Besuch vergessen werden.«

14. DER HUND DER BASKERVILLES

Einer von Sherlock Holmes' Fehlern – wenn man dies denn einen Fehler nennen kann – war seine heftige Abneigung dagegen, vor ihrer Erfüllung jemandem volle Kenntnis seiner Pläne zu geben. Zum Teil lag dies sicher an seinem gebieterischen Wesen, das seine Umgebung gern beherrschte und überraschte. Zum Teil lag es auch an seiner beruflichen Vorsicht, die ihn dazu nötigte, nie Risiken einzugehen. Die Wirkung war jedoch sehr aufreibend für seine Mitarbeiter und Helfer. Ich hatte oft darunter gelitten, aber noch nie so wie während dieser langen Fahrt durch die Finsternis. Die große Kraftprobe lag vor uns, und trotzdem hatte Holmes noch nichts gesagt, und ich konnte mich nur in Vermutungen über das ergehen, was er plante. Meine Nerven bebten vor Erwartung, als ich endlich an dem kalten Wind, der uns ins Gesicht blies, und an den dunklen, öden Flächen auf beiden Seiten der schmalen Straße erkannte, daß wir wieder auf dem Moor waren. Jeder Schritt der Pferde und jede Umdrehung der Räder brachten uns dem Höhepunkt unseres Abenteuers näher.

Unser Gespräch war durch die Anwesenheit des Mietkutschers gestört, so daß wir uns gezwungen sahen, nur über nebensächliche Dinge zu reden, während unsere Nerven doch von Erregung und Erwartung angespannt waren. Nach dieser unnatürlichen Zurückhaltung war es mir eine Erleichterung, als wir endlich an Franklands Haus vorbeifuhren und ich wußte, daß wir uns nun Baskerville Hall und dem Schauplatz der Handlung näherten. Wir fuhren nicht bis zum Portal, sondern stiegen in der Nähe der Einfahrt in die Allee aus. Der Kutscher wurde entlohnt und angewiesen, umgehend nach Coombe Tracey zurückzukehren, und wir machten uns zu Fuß auf den Weg nach Merripit House.

»Sind Sie bewaffnet, Lestrade?«

Der kleine Detektiv lächelte. »Solange ich meine Hosen anhabe, habe ich eine Hüfttasche, und solange ich eine Hüfttasche habe, habe ich etwas darin.«

»Gut! Mein Freund und ich sind auch auf Notfälle vorbereitet.«

»Sie machen aber ein Geheimnis aus dieser Angelegenheit, Mr. Holmes. Was für ein Spiel spielen wir denn jetzt?«

»Ein Geduldsspiel.«

»Also, Ehrenwort, das scheint mir keine sehr fröhliche Gegend zu sein«, sagte der Detektiv und schüttelte sich; dabei blickte er auf die düsteren Hänge der Hügel und das große Nebelmeer, das über dem Grimpen-Sumpf lag. »Ich sehe die Lichter eines Hauses gerade vor uns.«

»Das ist Merripit House, das Ende unserer Reise. Ich muß Sie bitten, auf Zehenspitzen zu gehen und höchstens zu flüstern.«

Wir gingen vorsichtig den Weg entlang, als wollten wir zum Haus, aber als wir ungefähr zweihundert Yards davon entfernt waren, hielt Holmes uns an.

»Hier wird es gehen«, sagte er. »Diese Felsen hier rechts geben ein wunderbares Versteck ab.«

»Sollen wir hier warten?«

»Ja, wir legen hier einen kleinen Hinterhalt. Kriechen Sie in diese Vertiefung, Lestrade. Sie sind schon einmal im Haus gewesen, nicht wahr, Watson? Können Sie mir die Lage der Zimmer angeben? Was sind das für vergitterte Fenster auf unserer Seite?«

»Ich glaube, es sind die Küchenfenster.«

»Und dahinter das Fenster, das so hell erleuchtet ist?«

»Das muß das Speisezimmer sein.«

»Die Vorhänge sind zurückgezogen. Sie kennen sich hier am besten aus. Kriechen Sie vorsichtig hin, und sehen Sie nach, was drinnen vorgeht – aber lassen Sie sie um Gottes willen nicht merken, daß sie beobachtet werden.«

Ich huschte den Pfad entlang und duckte mich hinter die niedrige Mauer, die den kümmerlichen Obstgarten umgab. Ich kroch im Schatten der Mauer entlang, bis ich eine Stelle erreichte, von der aus ich unmittelbar in das unverhangene Fenster sehen konnte.

Im Raum waren nur zwei Männer, Sir Henry und Stapleton. Sie saßen einander gegenüber am runden Tisch und wandten mir beide ihr Profil zu. Sie rauchten Zigarren, und vor ihnen standen Kaffee und Wein. Stapleton redete lebhaft, aber der Baronet blickte blaß und zerstreut drein. Vielleicht bedrückte ihn der Gedanke an den einsamen Weg über das unheimliche Moor.

Während ich sie beobachtete, erhob Stapleton sich und verließ das Zimmer. Sir Henry füllte sein Glas nach, lehnte sich in seinem Stuhl zurück und sog an seiner Zigarre. Ich hörte das Knarren einer Tür und das knirschende Geräusch von Schuhen auf dem Kies. Die Schritte folgten dem Weg auf der anderen Seite der Mauer, hinter der ich hockte. Ich spähte über die Mauer und sah den Naturforscher vor der Tür eines kleines Pavillons am Ende des Obstgartens stehen. Ein Schlüssel drehte sich in einem Schloß, und als der Mann hineinging, hörte ich ein sonderbar raschelndes Geräusch. Er blieb kaum mehr als eine Minute darin, dann hörte ich erneut das Geräusch des Schlüssels, und er kehrte an mir vorbei ins Haus zurück. Ich sah, wie er sich wieder zu seinem Gast setzte, schlich vorsichtig dorthin zurück, wo meine Begleiter warteten, und erzählte ihnen, was ich gesehen hatte.

»Sie sagen also, Watson, daß die Dame nicht im Zimmer ist?« fragte Holmes, als ich meinen Bericht beendet hatte.

»Nein.«

»Wo kann sie denn sein, da doch in keinem anderen Zimmer Licht ist, außer in der Küche?«

»Ich weiß auch nicht, wo sie sein könnte.«

Ich habe bereits erwähnt, daß über dem Grimpen-Sumpf dicker, weißer Nebel hing. Er trieb langsam auf uns zu und staute sich als dichte, niedrige, scharf abgegrenzte Mauer neben uns auf. Der Mond schien darauf, und es sah aus wie eine weite, schimmernde Eisfläche; die Spitzen der fernen *tors* glichen auf dem Eis ruhenden Felsen. Holmes hatte das Gesicht dem Nebel zugewandt und murmelte ungeduldig vor sich hin, während er die träge Trift beobachtete.

»Es nähert sich uns, Watson.«

»Ist das schlimm?«

»Sogar sehr schlimm – das einzige auf Erden, was meine Pläne zunichte machen kann. Er muß aber doch bald kommen. Es ist schon zehn Uhr. Unser Erfolg und vielleicht sein Leben könnten davon abhängen, daß er das Haus verläßt, ehe der Nebel den Weg bedeckt.«

Die Nacht über uns war klar und schön. Die Sterne leuchteten kalt und hell, und ein Halbmond tauchte die Landschaft in weiches, ungewisses Licht. Vor uns lag die dunkle Masse des Hauses; das gezähnte Dach und die ragenden Kamine hoben sich scharf vom silberbesäten Himmel ab. Breite Streifen goldenen Lichts erstreckten sich aus den Fenstern des Erdgeschosses über den Obstgarten und das Moor. Eines der Lichter wurde plötzlich gelöscht. Die Diener hatten die Küche verlassen. Es blieb nur die Lampe im Speisezimmer, wo die beiden Männer, der mörderische Gastgeber und der ahnungslose Gast, immer noch bei Zigarren plauderten.

Mit jeder Minute trieb die weiße, wollige Schicht, die bereits die Hälfte des Moors bedeckte, näher an das Haus heran. Schon kräuselten sich die ersten feinen Fühler des Nebels vor dem goldenen Viereck des hellen Fensters. Die rückwärtige Mauer des Obstgartens war schon unsichtbar, und die Bäume ragten aus weiß brodelndem Dampf. Während wir hinsahen, kamen Nebelkräusel um das Haus gekrochen und rollten ineinander zu einer dichten Bank, auf der das obere Stockwerk und das Dach des Hauses wie ein seltsames Schiff auf einem Schattenmeer trieben. Holmes schlug erregt mit der Hand auf den Felsen vor uns und stampfte in seiner Ungeduld mit den Füßen.

»Wenn er nicht innerhalb einer Viertelstunde herauskommt, ist der Pfad bedeckt. In einer halben Stunde werden wir nicht mehr die Hand vor Augen sehen können.«

»Sollen wir uns auf den höheren Grund dahinter zurückziehen?«

»Ja, das könnte nicht schaden.«

Und während also die Nebelbank näher trieb, zogen wir uns vor ihr zurück, bis wir eine halbe Meile vom Haus entfernt waren, und noch immer schwappte diese dichte weiße See langsam und unerbittlich vorwärts, und der Mond ließ die oberste Schicht Silber werden.

»Wir gehen zu weit«, sagte Holmes. »Wir dürfen nicht das Risiko eingehen, daß er eingeholt wird, ehe er uns erreichen kann. Wir müssen um jeden Preis hier stehen bleiben.« Er kniete nieder und legte das Ohr an den Boden. »Gott sei Dank, ich glaube, ich höre ihn kommen.«

Der Klang schneller Schritte brach die Stille des Moors. Wir kauerten zwischen den Felsen und starrten angespannt in die silbrige Nebelbank vor uns. Die Schritte wurden lauter, und wie durch einen Vorhang trat durch den Nebel der Mann, auf den wir gewartet hatten. Er blickte überrascht um sich, als er sich in der hellen, sternklaren Nacht wiederfand. Dann kam er schnell den Pfad herunter, ging nah an unserem Versteck vorüber und machte sich auf den langen Anstieg des Hügels hinter uns. Dabei blickte er immer wieder bald über die eine, bald über die andere Schulter zurück, wie jemand, dem unheimlich zumute ist.

»Achtung!« rief Holmes, und ich hörte das scharfe Klacken des Revolverhahns. »Aufgepaßt, er kommt!«

Wir hörten ein dünnes, trockenes, regelmäßiges Trappeln irgendwo tief in dieser kriechenden Nebelbank. Die Wolke war nur noch fünfzig Yards von uns entfernt, und wir starrten dorthin, alle drei, in der ungewissen Erwartung eines Grauens, das aus ihr hervorbrechen würde. Ich stand gleich neben Holmes, und einen Augenblick lang sah ich in sein Gesicht. Es war blaß und triumphierend, seine Augen leuchteten hell im Mondschein. Dann aber traten sie jählings aus den Höhlen, starr und gebannt, und seine Lippen öffneten sich in maßloser Verwirrung. Im selben Moment stieß Lestrade einen gellenden Schreckensschrei aus und warf sich mit dem Gesicht nach unten auf die Erde. Ich sprang auf, den Revolver in kraftlosen Fingern, mein Geist gelähmt ob der entsetzlichen Gestalt, die aus den Nebelschatten über uns gekommen war. Es war wirklich ein Bluthund, ein riesiger rabenschwarzer Bluthund, ein Bluthund, wie ihn die Augen von Sterblichen jedoch niemals geschaut haben. Feuer schlug aus seinem offenen Maul, die Augen glühten in einem verhaltenen Lodern, Schnauze, Nakken und Wamme waren von flackernden Flammen gezackt. Auch die Wahnträume eines kranken Hirns könnten nichts gebären, das grausiger, erschreckender, höllischer wäre als diese dunkle, gräßlich anzusehende Gestalt, die aus der Nebelwand über uns kam.

In langen Sätzen jagte die riesige, schwarze Bestie den Weg entlang; die Nase dicht über den Spuren unseres Freundes. So gelähmt waren wir durch diese Erscheinung, daß der Hund schon an uns vorüber war, ehe wir wieder zur Besinnung kamen. Dann feuerten Holmes und ich gleichzeitig, und der Hund stieß ein grauenhaftes Geheul aus, dem wir entnehmen konnten, daß wenigstens ein Schuß ihn getroffen hatte. Er hielt jedoch nicht inne, sondern jagte weiter. Weit vor uns auf dem Weg sahen wir Sir Henry; er blickte zurück, sein Gesicht weiß im Mondlicht, die Hände entsetzt erhoben, und hilflos starrte er auf das fürchterliche Geschöpf, das ihn da zur Strecke brachte.

Aber das Wehgeheul des Hundes hatte unsere Furcht in alle Winde verscheucht. Wenn er verwundbar war, war er sterblich, und wenn wir ihn verwunden konnten, konnten wir ihn töten. Ich habe noch nie einen Mann rennen sehen, wie Holmes an diesem Abend rannte. Ich gelte als leichtfüßig, aber er war so viel schneller als ich, wie ich schneller war als der kleine Polizist. Vor uns, als wir den Weg hinaufrasten, hörten wir Sir Henry immer wieder schreien, und das tiefe Grollen des Bluthundes. Ich sah noch, wie die Bestie ihr Opfer ansprang, es zu Boden warf und nach seiner Kehle schnappte. Aber im nächsten Augenblick hatte Holmes die übrigen fünf Kammern seines Revolvers in die Flanke des Tieres geleert. Der Bluthund schnappte noch einmal in die Luft, jaulte im Todeskampf auf, wälzte sich, alle Viere gereckt, auf den Rücken und fiel dann schlaff auf die Seite. Ich bückte mich keuchend und preßte meinen Revolver an diesen gräßlichen, schimmernden Kopf, aber ich brauchte nicht mehr abzudrücken. Der riesige Bluthund war tot.

Sir Henry lag bewußtlos dort, wo er zusammengebrochen war. Wir rissen seinen Kragen auf, und Holmes stieß ein Dankgebet aus, als wir sahen, daß der Hals heil und die Rettungsaktion noch rechtzeitig erfolgt war. Die Augenlider unseres Freundes zuckten bereits, und er machte einige schwache Bewegungen. Lestrade schob dem Baronet sein Brandyfläschchen zwischen die Zähne, und zwei Augen blickten zu uns auf.

»Mein Gott!« flüsterte er. »Was war das? Um Himmels willen, was war das?«

»Was auch immer es sein mag, es ist tot«, sagte Holmes. »Wir haben dem Familiengespenst endgültig den Garaus gemacht.«

Allein durch Größe und Stärke war das Tier, das nun vor uns hingestreckt lag, furchterregend. Es war weder ein reinrassiger Bluthund noch eine reine Dogge, sondern schien eine Mischung von beiden zu sein – hager, wild und so groß wie eine kleine Löwin. Selbst jetzt, in der Reglosigkeit des Todes, schien von den mächtigen Fängen bläuliches Feuer zu triefen, und die kleinen, tiefliegenden, tückischen Augen waren von Flämmchen umgeben. Ich legte die Hand auf die glimmende Schnauze, und als ich sie dann emporhielt, leuchteten und glühten meine eigenen Finger in der Dunkelheit.

»Phosphor«, sagte ich.

»Ein geschickt bereitetes Phosphorpräparat«, sagte Holmes; er roch an dem toten Tier. »Kein Geruch, der die Witterung des Hundes hätte beeinträchtigen können. Wir müssen uns aus tiefstem Herzen bei Ihnen entschuldigen, Sir Henry, daß wir Sie diesem Schrecken ausgesetzt haben. Auf einen Hund war ich gefaßt, aber nicht auf solch eine Kreatur. Und der Nebel hat uns kaum Zeit gelassen, ihn in Empfang zu nehmen.«

»Sie haben mir das Leben gerettet.«

»Nachdem wir Sie zuerst in Lebensgefahr gebracht hatten. Fühlen Sie sich kräftig genug um aufzustehen?«

»Geben Sie mir noch einen Schluck Brandy, und ich bin zu allem bereit. So! Helfen Sie mir bitte beim Aufstehen. Was haben Sie jetzt vor?«

»Sie hier zu lassen. Sie sind nicht imstande, heute weitere Abenteuer mitzumachen. Wenn Sie hier warten wollen, wird einer von uns Sie ins Schloß zurückbegleiten.«

Sir Henry versuchte aufzustehen, aber er war noch immer totenblaß und zitterte an allen Gliedern. Wir führten ihn zu einem Felsen, wo er sich setzte und zusammenschauernd das Gesicht in den Händen vergrub.

»Wir müssen Sie nun verlassen«, sagte Holmes. »Unsere Arbeit muß zu Ende gebracht werden, und jeder Augenblick zählt. Wir haben das Verbrechen aufgeklärt, und jetzt fehlt uns nur noch der Verbrecher.«

»Tausend zu eins, daß wir ihn nicht daheim antreffen«, fuhr er fort, während wir rasch den Weg zurückgingen. »Die Schüsse haben ihm sicher verraten, daß er das Spiel verloren hat.«

»Wir waren doch ziemlich weit entfernt, und der Nebel hat vielleicht den Schall gedämpft.«

»Er ist dem Hund gefolgt, um ihn abzurufen, dessen können Sie sicher sein. Nein, nein, inzwischen ist er fort! Aber wir werden das Haus durchsuchen, um sicherzugehen.«

Die Eingangstür stand offen, also stürmten wir hinein und eilten von Zimmer zu Zimmer, zur Verblüffung des alten, tatterigen Dieners, der uns im Gang entgegenkam. Nur im Speiseraum war Licht, aber Holmes nahm die Lampe und ließ keinen Winkel des Hauses unerforscht. Von dem Mann, den wir jagten, war nichts zu sehen. Im ersten Stockwerk war jedoch die Tür eines der Schlafräume abgeschlossen.

»Jemand ist darinnen!« rief Lestrade. »Ich höre etwas. Öffnen Sie die Tür!«

Wir hörten ein schwaches Stöhnen und Rascheln. Holmes trat knapp über dem Schloß gegen die Tür, und sie sprang auf. Mit der Waffe in der Hand stürzten wir alle drei in das Zimmer.

Aber wir fanden keine Spur von dem verzweifelten, trotzigen Schurken, den wir zu sehen gehofft hatten. Statt dessen bot sich uns ein Anblick, der so sonderbar und unerwartet war, daß wir einen Augenblick entgeistert starrten.

Das Zimmer war eine Art kleines Museum; an den Wänden hing eine Anzahl Glaskästen mit den Schmetterlingen und Faltern, die dieser gefährliche und raffinierte Verbrecher zu seiner Entspannung gesammelt hatte. In der Mitte des Raums stand ein Pfosten, der vor Zeiten zur Stützung des alten, vom Holzwurm zernagten Dachbalkens eingefügt worden war. An diesen Pfeiler war eine Gestalt gebunden, durch Tücher so fest und sicher verhüllt und vermummt, daß wir zuerst nicht sagen konnten, ob es ein Mann oder eine Frau war. Ein Handtuch war um die Kehle geschlungen und hinter dem Pfosten zusammengeknotet. Ein zweites bedeckte den untern Teil des Gesichts, und darüber starrten zwei dunkle Augen – Augen voll Kummer und Scham und angstvollen Fragen – uns an. Im Nu hatten wir den Knebel weggerissen, die Tücher gelöst, und Mrs. Stapleton sank zu unseren Füßen zusammen. Als sich ihr schönes Haupt auf ihre Brust neigte, konnte ich deutlich den scharfen roten Striemen eines Peitschenhiebs auf ihrem Hals erkennen.

»Diese Bestie!« rief Holmes. »Schnell, Lestrade, Ihre Brandyflasche! Setzt sie auf den Stuhl! Sie ist vor Erschöpfung und von den Mißhandlungen ohnmächtig geworden.«

Mrs. Stapleton öffnete die Augen. »Ist er in Sicherheit?« fragte sie. »Ist er entkommen?«

»Er kann uns nicht entkommen, Madam.«

»Nein, nein, ich meine nicht meinen Mann. Sir Henry? Ist er in Sicherheit?«

»Ja.«

»Und der Hund?«

»Der ist tot.«

Sie stieß einen langen Seufzer der Erleichterung aus. »Gott sei Dank! Gott sei Dank! O dieser Schuft! Sehen Sie nur, wie er mich behandelt hat!« Sie schlug die Ärmel zurück, und wir sahen mit Entsetzen, daß ihre Arme von blauen Flecken übersät waren. »Aber das ist ja nichts – gar nichts. Er hat meine Seele gequält und geschändet. Alles konnte ich ertragen. Mißhandlungen, Einsamkeit, Enttäuschung, alles, solange ich mich noch an die Hoffnung klammern konnte, daß er mich doch liebt, aber nun weiß ich, daß er mich auch darin hintergangen hat, und daß ich nur sein Werkzeug war!« Sie brach bei diesen Worten in ein heftiges Schluchzen aus.

»Da Sie ihm nicht mehr wohlgesonnen sind«, meinte Holmes, »können Sie uns sicher verraten, wo wir ihn finden. Wenn Sie ihm je im Bösen geholfen haben, dann machen Sie es jetzt wieder gut, indem Sie uns helfen!«

»Es gibt nur einen Ort, an den er sich geflüchtet haben kann«, antwortete sie. »Auf der Insel mitten im Sumpf gibt es eine alte Zinngrube. Dort hielt er seinen Hund, und dort hat er sich auch einen Zufluchtsort geschaffen. Dorthin muß er geflohen sein.«

Die Nebelbank lag wie weiße Wolle vor dem Fenster. Holmes hielt die Lampe darauf.

»Sehen Sie«, sagte er, »heute nacht könnte niemand einen Weg in den Grimpen-Sumpf finden.«

Sie lachte auf und klatschte in die Hände. Ihre Zähne und Augen blitzten in wilder Freude.

»Er findet vielleicht den Weg hinein, aber nie heraus«, rief sie. »Wie könnte er jetzt die Markierungsstäbe sehen? Wir haben sie gemeinsam gesetzt, er und ich, um den Pfad durch den Sumpf zu kennzeichnen. Oh, hätte ich sie nur heute herausreißen können! Dann hätten Sie ihn wirklich in der Hand gehabt.«

Es war uns allen klar, daß jede Verfolgung sinnlos war, solange der Nebel sich nicht verzogen hatte. Bis dahin überließen wir das Haus Lestrade, während Holmes und ich mit dem Baronet nach Baskerville Hall zurückgingen. Die Geschichte der Stapletons konnte ihm nicht länger vorenthalten werden, aber er steckte den Schlag tapfer weg, als er die Wahrheit über die Frau erfuhr, die er geliebt hatte. Das nächtliche Abenteuer hatte jedoch seine Nerven erschüttert, und ehe noch der Morgen kam, lag er, betreut von Dr. Mortimer, bewußtlos in hohem Fieber. Die beiden sollten gemeinsam auf eine Weltreise gehen, ehe Sir Henry wieder der gesunde, kräftige Mann wurde, der er gewesen war, bevor er seine Herrschaft über dieses unheilvolle Lehen angetreten hatte.

Und nun komme ich zum Schluß dieses einzigartigen Berichts, darin ich versucht habe, den Leser an jenen dunklen Ängsten und vagen Mutmaßungen teilhaben zu lassen, die unser Leben so lange überschatteten und in so tragischer Weise endeten. Am Morgen nach dem Tode des Hundes hatte sich der Nebel verzogen, und Mrs. Stapleton führte uns dorthin, wo der von ihnen entdeckte Weg durch den Sumpf begann. Als wir sahen, wie eifrig und freudig sie uns auf die Fährte ihres Mannes brachte, begannen wir zu begreifen, wie grauenvoll das Leben dieser Frau gewesen sein mußte. Wir ließen sie zurück auf der schmalen Landzunge festen Torfbodens, die in den ausgedehnten Sumpf hineinreichte. Ab dort markierten hie und da kleine Stäbe den Pfad, der im Zickzack von einem Binsenbüschel zum anderen führte, inmitten dieser mit grünem Schaum bedeckten Gruben und stinkenden Sümpfe, die dem Fremden zum Verhängnis werden. Ein dumpfer Verwesungsgeruch von fauligem Ried und üppigen, schleimigen Wasserpflanzen schlug uns ins Gesicht, und mehr als einmal sanken wir durch einen falschen Schritt bis zu den Hüften in das dunkle, bebende Moor, das viele Yards um uns her sanft schwappte. Sein zäher Griff zerrte an unseren Absätzen, und wenn wir darin einsanken, war es, als zöge eine tückische Hand uns in diese obszönen Tiefen hinab, so grimmig und entschlossen schien die Umklammerung zu sein. Nur einmal sahen wir Anzeichen, daß jemand vor uns diesen gefährlichen Weg gegangen war. Ein dunkler Gegenstand ragte aus einem

Büschel von Baumwollgras, der ihn über den Schlamm herauszuheben schien. Holmes versank bis an die Hüften, als er vom Pfad abwich, um danach zu greifen, und wären wir nicht dagewesen, ihn herauszuziehen, so hätte er wohl nie mehr seinen Fuß auf festen Boden gesetzt. Er hielt einen alten schwarzen Schuh empor. »Meyers, Toronto«, war auf dem Innenleder zu lesen.

»Das ist wohl ein Moorbad wert«, sagte er. »Der Schuh, den unser Freund Sir Henry verloren hat.«

»Stapleton muß ihn auf der Flucht fortgeworfen haben.«

»Richtig. Er behielt ihn wohl in der Hand, nachdem er ihn benutzt hatte, um den Hund auf Sir Henrys Fährte zu hetzen. Als er sah, daß das Spiel verloren war, ist er geflohen, immer noch mit dem Schuh in der Hand. Als er bis hierher gekommen war, hat er ihn fortgeworfen. Nun wissen wir immerhin, daß er bis hierhin gekommen ist.«

Aber mehr als das sollten wir nie erfahren, wenn wir auch viele Vermutungen anstellen konnten. Es war unmöglich, im Moor Spuren zu finden, denn der Schlamm füllte sie sofort wieder auf, doch suchten wir alle aufmerksam nach Fußspuren, als wir endlich festeren Grund jenseits des Morasts erreichten. Wir fanden jedoch nicht das mindeste. Wenn der Boden uns die Wahrheit sagte, hat Stapleton niemals die rettende Insel erreicht, zu der er in jener letzten Nacht durch den Nebel flüchten wollte. Irgendwo mitten im großen Grimpen-Sumpf, tief im stinkenden Schlamm des riesigen Morasts, der ihn hinabgesogen hat, ist dieser kalte, grausame Mann für immer begraben.

Auf der sumpfumgürteten Insel, wo er seinen wilden Verbündeten versteckt gehalten hatte, fanden wir viele Spuren von ihm. Ein großes Treibrad und ein von Abfall verschütteter Schacht zeigten, wo sich die aufgegebene Mine befand. Daneben standen verfallende Reste von den Hütten der Bergleute, die sicherlich der schlimme Gestank des Sumpfs vertrieben hatte. In einer dieser Hütten bewiesen eine Krampe und eine Kette, zusammen mit einer Menge abgenagter Knochen, daß hier das Tier gehalten worden war. Ein Skelett, an dem noch ein Büschel brauner Haare hing, lag irgendwo dazwischen.

»Ein Hund!« sagte Holmes. »Lieber Himmel, ein langhaariger Spaniel. Der arme Mortimer wird seinen Liebling nie wiedersehen. Nun denn; ich glaube nicht, daß hier noch Geheimnisse verborgen sind, die wir nicht längst ergründet haben. Er konnte wohl seinen Hund verbergen, aber er konnte ihm das Heulen nicht verbieten, und daher kamen diese Töne, die auch bei hellichtem Tag nicht erfreulich anzuhören waren. Wenn es absolut notwendig war, konnte er den Hund im Gartenhaus von Merripit House unterbringen, aber das war immerhin sehr gewagt, und er hat es auch nur am letzten Tag getan, als er sein Ziel erreicht zu haben glaubte. Die Paste in dieser Dose ist zweifellos die Phosphorlösung, mit der er die Bestie eingerieben hat. Dieser Einfall kam ihm natürlich durch die Geschichte des Höllenhundes der Familie und den Wunsch, den alten Sir Charles zu Tode zu erschrecken. Kein Wunder, daß der arme Teufel von einem Sträfling genau wie unser Freund gerannt ist und geschrien hat, als er dieses Untier in der Dunkelheit auf dem Moor hinter sich herjagen sah. Wir hätten uns nicht anders verhalten. Sehr schlau ausgeheckt; so konnte er sein Opfer zu Tode hetzen, und außerdem – welcher Bauer würde es wagen, genauere Nachforschungen nach einer solchen Bestie anzustellen, wenn er sie auf dem Moor sieht, was ja viele getan haben? Ich habe es in London gesagt, Watson, und ich wiederhole es: Noch nie haben wir geholfen, einen gefährlicheren Mann zur Strecke zu bringen als den, der da irgendwo liegt« – mit seinem langen Arm wies er auf die weite, scheckige Fläche des von grünen Flecken übersäten Sumpfes, die sich in alle Richtungen ausdehnte, bis sie mit den rostfarbenen Hängen des Moors verschmolz.

15. EIN RÜCKBLICK

AN einem unfreundlichen, nebligen Abend Ende November saßen Holmes und ich vor einem prasselnden Feuer in unserem Wohnraum in der Baker Street. Seit dem tragischen Ende unseres Besuchs in Devonshire hatte er sich mit zwei Angelegenheiten von äußerster Bedeutung befaßt; im ersten hatte er das niederträchtige Verhalten des Obersten Upwood im Zusammenhang mit dem berühmten Falschspielerskandal des Nonpareil-Club bloßgestellt; im zweiten Fall hatte er die unglückliche Mme. Montpensier vor der Anklage des Mordes bewahrt, die ihr wegen des Todes ihrer Stieftochter, Mlle. Carère drohte, jener jungen Dame, die bekanntlich sechs Monate später lebend und verheiratet in New York gefunden wurde. Mein Freund war wegen der glücklichen Lösung dieser rasch aufeinanderfolgenden, schwierigen und wichtigen Fälle in bester Laune, so daß ich ihn dazu bewegen konnte, die Einzelheiten des Baskerville-Rätsels mit mir zu erörtern. Ich hatte geduldig auf diese Gelegenheit gewartet, denn wie ich wußte, ließ er nie zu, daß mehrere Fälle einander überlagerten, noch, daß sein klarer, logischer Verstand von der Arbeit der Gegenwart zum Schwelgen in Erinnerungen an die Vergangenheit abgelenkt wurde. Sir Henry und Dr. Mortimer waren jedoch vor Antritt der langen Reise, die Sir Henry zur Heilung seiner erschütterten Nerven empfohlen worden war, in London eingetroffen. Sie hatten uns an diesem Nachmittag besucht, und so war es ganz natürlich, daß wir auf den Fall Baskerville zu sprechen kamen.

»Der Ablauf der Ereignisse insgesamt«, sagte Holmes, »war, vom Gesichtspunkt des Mannes, der sich Stapleton nannte, einfach und natürlich, während sie uns, die wir anfänglich nichts über die Beweggründe seines Tuns wissen konnten und erst nach und nach Teile davon erfuhren, äußerst verwickelt erschienen. Ich habe zweimal mit Mrs. Stapleton sprechen können, und der Fall ist nun vollständig geklärt; ich glaube nicht, daß uns noch etwas verborgen geblieben ist. Sie werden einige Notizen darüber unter dem Buchstaben B in der Liste meiner Fälle finden.«

»Vielleicht wären Sie so freundlich, mir aus dem Gedächtnis den Gang der Ereignisse zu umreißen.«

»Aber gern, obwohl ich nicht dafür bürgen kann, daß ich alle Tatsachen im Kopf habe. Höchste geistige Konzentration hat die merkwürdige Eigenschaft, alles Vorherige zu verdrängen. Ein Anwalt, der seinen Fall auswendig kennt und mit einem Experten über dessen Fachgebiet streiten kann, wird nach ein oder zwei Wochen vor Gericht nichts mehr davon wissen. So verdrängt jeder meiner Fälle den vorherigen, und Mlle. Carère hat meine Erinnerung an Baskerville Hall getrübt. Morgen schon kann mir ein anderes Problem vorgelegt werden, das wiederum die schöne Französin und den infamen Upwood aus meinen Gedanken verdrängt. Was den Bluthund betrifft, will ich versuchen, Ihnen die Reihenfolge der Begebenheiten so gut ich kann zu schildern, und Sie werden mir aushelfen, wenn ich etwas vergessen haben sollte.

Meine Nachforschungen beweisen ohne jeden Zweifel, daß das Ahnenportrait nicht gelogen hat und daß dieser Kerl wirklich ein Baskerville war. Er war ein Sohn von jenem Rodger Baskerville, Sir Charles' jüngstem Bruder, der mit einem äußerst schlechten Ruf nach Südamerika geflohen ist, wo er unverheiratet gestorben sein soll. Er war aber doch verheiratet und hatte ein Kind, diesen Kerl, dessen richtiger Name der seines Vaters ist. Er heiratete Beryl Garcia, eine der Schönheiten von Costa Rica, und nachdem er eine große Summe öffentlicher Gelder veruntreut hatte, änderte er seinen Namen in Vandeleur und floh nach England, wo er eine Schule im Osten von Yorkshire einrichtete. Der Anlaß zu gerade diesem Beruf war, daß er auf der Überfahrt die Bekanntschaft eines schwindsüchtigen Lehrers gemacht hatte und nun die Fähigkeiten dieses Mannes ausnutzte, um das Unterfangen zu einem Erfolg zu machen. Fraser, der Lehrer, ist jedoch gestorben, und die Schule, die einen guten Anfang gemacht hatte, geriet in Verruf und Schande. Die Vandeleurs fanden es zweckmäßig, ihren Namen in Stapleton zu ändern, und so hat er die Reste seines Vermögens, seine Zukunftspläne und seine Neigung zur Entomologie nach Englands Süden verbracht. Im Britischen Museum hörte ich, daß er eine anerkannte Autorität auf diesem Gebiet ist, und daß der Name Vandeleur einem bestimmten Falter beigegeben wurde, den er in seiner Zeit in Yorkshire als erster beschrieben hat.

Wir kommen nun zu jenem Abschnitt seines Lebens, der für uns so ungeheuer interessant geworden ist. Er hatte offenbar Nachforschungen angestellt und herausgefunden, daß nur zwei Menschenleben zwischen ihm und einem wertvollen Grundbesitz standen. Als er nach Devonshire kam, waren seine Pläne wohl noch sehr verschwommen, aber daß er von Anfang an Übles im Sinn hatte, beweist die Art und Weise, in der er seine Frau als seine Schwester ausgab. Er hatte sicher schon damals die Absicht, sie irgendwann als Lockvogel zu benutzen, wenn ihm auch die Abfolge der Einzelheiten seines Vorhabens noch nicht klar gewesen sein dürfte. Er wollte auf jeden Fall das Besitztum haben und war entschlossen, für dieses Ziel jedes Mittel einzusetzen und jede Gefahr einzugehen. Sein erster Schritt war, sich so nahe der Heimstatt seiner Ahnen wie möglich niederzulassen; der zweite war, mit Sir Charles und den Nachbarn Freundschaft zu schließen.

Der Baronet selbst hat ihm die Geschichte des Höllenhundes der Familie erzählt und so seinen eigenen Tod vorbereitet. Stapleton, wie wir ihn noch immer nennen wollen, wußte, daß der alte Mann ein schwaches Herz hatte und daß ein Schock ihn töten würde. Er hatte auch erfahren, daß Sir Charles abergläubisch war und die böse Legende sehr ernst nahm. Sein erfinderischer Geist verfiel sofort auf eine Möglichkeit, den Baronet vom Leben zum Tode zu befördern, ohne den wahren Mörder einer Zuweisung der Schuld auszusetzen.

Sobald er einmal diesen Vorsatz gefaßt hatte, begann er, ihn mit außerordentlicher Geschicklichkeit durchzuführen.

Ein gewöhnlicher Verbrecher hätte sich mit einem reißenden Hund begnügt. Der Einsatz künstlicher Mittel mit dem Ziel, das Untier diabolisch zu machen, war ein Genieblitz. Er hat den Hund in London bei Ross & Mangles in der Fulham Road gekauft. Es war der stärkste und bösartigste Hund, den sie besaßen. Er schaffte ihn mit der North-Devon-Linie fort und ging mit ihm weit über das Moor, um ihn unbemerkt nach Hause zu bringen. Während seiner Insektenjagden hatte er sich bereits bestens mit dem Grimpen-Sumpf vertraut gemacht und dort ein sicheres Versteck für das Tier gefunden. Dort hat er es untergebracht und auf eine günstige Gelegenheit gewartet.

Allerdings hat er lange warten müssen. Der alte Gentleman war nicht dazu zu bewegen, nachts seinen Park zu verlassen. Stapleton lauerte mit seinem Hund mehrmals in der Umgebung, aber immer ohne Erfolg. Während dieser Ausflüge wurde er, oder vielmehr sein Hund, von Bauern gesehen, und die Geschichte vom Teufelshund wurde erneut lebendig. Er hatte gehofft, seine Frau könnte Sir Charles ins Verderben locken, aber sie erwies sich als wider Erwarten eigenständig. Sie war nicht dazu zu bewegen, den alten Gentleman in Verwirrungen des Gefühls zu verstricken, die ihn seinem Feind hätten ausliefern können. Drohungen und leider auch Schläge konnten sie nicht dazu bringen. Sie wollte nichts damit zu tun haben, so daß Stapleton eine Zeitlang nicht vom Fleck kam.

Einen Ausweg aus diesen Schwierigkeiten fand er, als Sir Charles, der mit ihm Freundschaft geschlossen hatte, ihn als Mittler seiner Mildtätigkeit im Fall dieser unglücklichen Frau, Mrs. Laura Lyons, benutzte. Stapleton gab sich als unverheiratet aus, errang Einfluß über sie und deutete ihr an, daß er sie heiraten würde, wenn sie von ihrem Mann die Scheidung bekäme. Seinen Plänen drohte jählings das Ende, als er erfuhr, daß Sir Charles im Begriff war, auf Dr. Mortimers Rat Baskerville Hall zu verlassen; eine Empfehlung, der er selbst beizupflichten vorgab. Er mußte sofort handeln, da ihm sonst sein Opfer entgangen wäre. Er hat daher Mrs. Lyons überredet, den Brief zu schreiben, in dem sie den alten Mann um ein Gespräch am Abend vor seiner Abreise nach London bat. Dann hat er einen überzeugenden Grund dafür gefunden, daß sie die Verabredung nicht einhielt, und hatte damit endlich die Gelegenheit, auf die er so lange gewartet hatte.

Er kehrte gegen Abend aus Coombe Tracey zurück und hatte genug Zeit, die Bestie mit seiner Höllentinktur zu bemalen und zum Tor zu bringen, an dem, wie er annehmen durfte, der alte Gentleman warten würde. Von seinem Herrn angetrieben setzte der Hund über das Gitter und verfolgte den unseligen Baronet, der schreiend die Eibenallee hinunterrannte. In dem düsteren Tunnel muß es schon ein schauerlicher Anblick gewesen sein, wie das riesige schwarze Ungeheuer mit glühendem Rachen und flammenden Augen sein Opfer hetzte. Der Baronet brach am Ende der Allee aus Angst und Herzschwäche tot zusammen. Der Hund war den Rasenstreifen entlanggelaufen, während der Baronet auf dem Pfad blieb, daher waren nur die Fußspuren des Mannes zu sehen. Der Hund hat sich dann wohl dem am Boden Liegenden genähert und an ihm geschnüffelt, aber als er merkte, daß er tot war, sich wieder von ihm abgewandt. Bei dieser Gelegenheit entstanden dann die Fußspuren, die Dr. Mortimer sah. Der Hund wurde zurückgerufen und zu seinem Versteck im Grimpen-Sumpf zurückgebracht, und es blieb ein Rätsel übrig, das den Behörden Kopfzerbrechen machte, die Gegend beunruhigte und den Fall schließlich zu unserer Kenntnis brachte.

So viel über den Tod von Sir Charles Baskerville. Sie bemerken sicher die teuflische Schlauheit dahinter; es war nämlich wirklich unmöglich, eine Anklage gegen den eigentlichen Mörder zu formulieren. Sein einziger Mitschuldiger konnte ihn nie verraten, und das groteske, unglaubliche Vorgehen machte alles nur noch wirkungsvoller. Beide betroffenen Frauen, Mrs. Stapleton und Mrs. Laura Lyons, faßten starken Verdacht gegen Stapleton. Mrs. Stapleton wußte, daß er etwas gegen den alten Herrn im Schilde führte; außerdem wußte sie von der Existenz des Hundes. Mrs. Lyons wußte von beidem nichts, war aber betroffen davon, daß der Tod sich zum Zeitpunkt einer nicht abgesagten Verabredung ereignet hatte, von der nur Stapleton wußte. Da aber beide Frauen vollständig unter seinem Einfluß standen, hatte er von ihnen nichts zu befürchten. Die erste Hälfte seines Vorhabens hatte er erfolgreich ausgeführt, aber die schwierigere blieb noch.

Es ist möglich, daß Stapleton nicht von der Existenz eines Erben in Kanada wußte. Jedenfalls muß er es bald durch seinen Freund Dr. Mortimer erfahren haben, der ihm auch alle Einzelheiten über Sir Henry Baskervilles Ankunft mitteilte. Stapletons erster Gedanke war, daß dieser junge Fremdling aus Kanada in London umgebracht werden könnte, bevor er überhaupt nach Devonshire kam. Seit seine Frau sich geweigert hatte, den alten Mann in eine Falle zu locken, wagte er nicht mehr, sie lange aus den Augen zu lassen, weil er fürchtete, seinen Einfluß auf sie zu verlieren. Deshalb nahm er sie mit nach London. Sie wohnten, wie ich herausfand, im Mexborough Private Hotel in der Craven Street, einem der Hotels, in denen mein Agent nach Hinweisen suchte. Stapleton hielt seine Frau in ihrem Zimmer eingeschlossen, während er, mit einem falschen Bart maskiert, Dr. Mortimer zur Baker Street, dann zum Bahnhof und zum Northumberland Hotel verfolgte. Seine Frau ahnte etwas von seinem Vorhaben; sie hatte aber vor ihrem Mann eine so große, durch seine Mißhandlungen begründete Angst, daß sie es nicht gewagt hat, den Mann, den sie in Gefahr wußte, schriftlich zu warnen. Wäre der Brief in Stapletons Hände gefallen, wäre es um sie geschehen gewesen. Wie wir wissen, kam sie auf den Einfall, die Wörter auszuschneiden, die dann die Botschaft ergaben, und adressierte den Brief mit verstellter Handschrift. Der Baronet erhielt ihn und damit die erste Warnung vor der Gefahr, in der er schwebte.

Es war für Stapleton äußerst wichtig, ein Kleidungsstück von Sir Henry in die Hand zu bekommen, um den Hund auf seine Fährte hetzen zu können, falls sich dies als notwendig erweisen sollte. Mit der für ihn charakteristischen Schnelligkeit und Frechheit hat er sich daran gemacht, und zweifellos hat er den Schuhputzer oder das Zimmermädchen des Hotels gut geschmiert, damit sie ihm dabei halfen. Zufällig war aber der erste Schuh, den er bekam, neu und ungetragen, also für seine Zwecke nutzlos. Er ließ ihn zurückbringen und erhielt einen anderen – ein sehr lehrreicher Zwischenfall, der mir bewies, daß wir es mit einem richtigen Hund zu tun hatten. Es konnte keinen anderen Grund dafür geben, einen neuen Schuh zu verschmähen und unbedingt einen getragenen haben zu wollen. Je sonderbarer und grotesker ein Zwischenfall scheint, desto genauer verdient er untersucht zu werden, denn gerade das, was einen Fall scheinbar verwirrt, stellt sich bei näherer Betrachtung und wissenschaftlichem Vorgehen als der Punkt heraus, der zur Erhellung des Rätsels wesentlich beiträgt.

Am nächsten Morgen hatten wir dann unsere Freunde zu Besuch, wobei sie von Stapleton im Wagen beschattet wurden. Aus seiner Kenntnis unserer Wohnung und meiner Person sowie aus seinem Benehmen überhaupt glaube ich schließen zu können, daß sich Stapletons verbrecherische Laufbahn nicht nur auf diese Baskerville-Sache beschränkt hat. Es ist interessant, daß im Laufe der letzten drei Jahre im Westen Englands vier bedeutende Einbrüche verübt wurden, und für keinen konnte je ein Täter dingfest gemacht werden. Der letzte davon, im Mai, in Folkestone Court, war insofern auffällig, als dort der Page, der den einzelnen, maskierten Einbrecher überraschte, kalten Blutes niedergeschossen wurde. Ich zweifle nicht daran, daß Stapleton auf diese Weise seine schwindenden Mittel ergänzt hat und daß er schon seit Jahren ein zu allem entschlossener, gefährlicher Mann war.

Er hat uns ein Beispiel für seinen Einfallsreichtum gegeben, als er uns an jenem Morgen so erfolgreich entkommen ist, und auch für seine Frechheit, indem er mir meinen eigenen Namen durch den Kutscher übermitteln ließ. In diesem Augenblick hatte er begriffen, daß ich den Fall in London übernommen hatte und daß es daher hier keine Chance für ihn gab. Er ist nach Dartmoor zurückgekehrt und hat dort die Ankunft des Baronets erwartet.«

»Einen Augenblick«, sagte ich. »Sie haben den Ablauf der Dinge bisher zweifellos richtig geschildert, aber einen Punkt haben Sie ungeklärt gelassen. Wer hat sich um den Hund gekümmert, während sein Herr in London war?«

»Ich habe dieser Frage einige Aufmerksamkeit gewidmet, und ganz ohne Zweifel ist sie von Bedeutung. Stapleton hatte zweifellos einen Vertrauten, wenn es auch unwahrscheinlich ist, daß er sich je in dessen Gewalt begeben hat, indem er ihn in alle seine Pläne einweihte. In Merripit House gab es einen alten Diener namens Anthony. Seine Verbindung zu den Stapletons läßt sich viele Jahre zurückverfolgen, bis zu den Tagen der Schule in Yorkshire, so daß er gewußt haben muß, daß sein Herr und seine Herrin in Wirklichkeit Mann und Frau waren. Dieser Mann ist verschwunden und außer Landes gegangen. Es sollte uns zu denken geben, daß Anthony in England kein sehr gebräuchlicher Name ist, wohl dagegen Antonio in allen spanischen oder hispano-amerikanischen Ländern. Wie Mrs. Stapleton selbst sprach er ein gutes Englisch, aber mit einem seltsam lispelnden Akzent. Ich selbst habe den alten Mann auf dem von Stapleton markierten Pfad über den Grimpen-Sumpf gehen sehen. Es ist daher wahrscheinlich, daß er sich in der Abwesenheit seines Herren um den Hund gekümmert hat, wenn er auch vielleicht niemals ahnte, zu welchem Zweck die Bestie bestimmt war.

Die Stapletons sind dann nach Devonshire zurückgefahren, und Sie und Sir Henry sind ihnen bald gefolgt. Einige Worte über den damaligen Stand meiner Kenntnisse. Es mag Ihnen erinnerlich sein, daß ich den Bogen Papier, auf den die gedruckten Wörter geklebt waren, sehr gründlich auf das Wasserzeichen hin untersucht habe. Als ich dies tat, habe ich ihn ganz nahe an die Augen gehalten und dabei einen schwachen Duft des sogenannten weißen Jasmin bemerkt. Es gibt fünfundsiebzig verschiedene Parfums, die voneinander unterscheiden zu können für einen Kriminalisten unerläßlich ist. Das

Parfum wies auf die Mitwirkung einer Dame hin, und ich begann bereits die Stapletons in Betracht zu ziehen. Ich hatte also schon den Hund sicher und den Verbrecher erraten, ehe wir überhaupt in die westlichen Grafschaften gereist sind.

Ich mußte Stapleton beobachten. Selbstverständlich konnte ich das nicht tun, wenn ich bei Ihnen wohnte, weil er sicherlich sehr auf der Hut war. Ich mußte also alle, Sie inbegriffen, täuschen und bin heimlich nach Devonshire gekommen, als man mich in London wähnte. Die Unbequemlichkeiten, die ich hinnehmen mußte, waren nicht so arg, wie Sie glauben; außerdem dürfen solche Kleinigkeiten einen niemals an der Untersuchung eines Falles hindern. Ich habe mich meistens in Coombe Tracey aufgehalten und die Hütte auf dem Moor benutzt, wenn es nötig war, dem Schauplatz nahe zu sein. Cartwright war mit mir gefahren, und er hat mir in seiner Verkleidung als Bauernjunge große Dienste geleistet. Ich war, was Essen und reine Wäsche betrifft, von ihm abhängig. Während ich Stapleton beobachtete, hat Cartwright oft Sie im Auge behalten, so daß ich alle Fäden gleichzeitig in Händen halten konnte.

Wie ich schon sagte, haben Ihre Berichte mich rasch erreicht, da sie von der Baker Street sofort nach Coombe Tracey weitergeleitet wurden. Sie waren mir sehr aufschlußreich, besonders die zufällig wahre Episode aus Stapletons Lebenslauf. Dadurch konnte ich die Identität des Mannes und der Frau feststellen und wußte nun genau, woran ich war. Beträchtlich kompliziert wurde der Fall durch den entsprungenen Sträfling und die Verbindung zwischen ihm und den Barrymores. Auch das haben Sie restlos aufgeklärt, wenn ich auch durch meine Beobachtungen schon zu dem gleichen Schluß gekommen war.

Als Sie mich auf dem Moor entdeckt haben, war mir die ganze Sache bereits klar, aber es war noch kein Fall für die Geschworenen. Sogar Stapletons Anschlag gegen Sir Henry, der mit dem Tod des unseligen Sträflings endete, konnte uns nicht helfen, unseren Mann des Mordes zu überführen. Offenbar gab es keine andere Möglichkeit, als ihn *in flagranti* zu ertappen, und zu diesem Behuf mußten wir Sir Henry allein und scheinbar schutzlos als Köder benutzen. Wir haben es getan, und um den Preis eines schweren Schocks, den unser Klient erlitt, ist es uns gelungen, unseren Fall zu vollenden und Stapleton in den Untergang zu treiben. Daß Sir Henry einer solchen Gefahr ausgesetzt wurde, ist, wie ich zugeben muß, ein grober Mangel in meiner Handhabung des Falls, aber wir konnten das fürchterliche, lähmende Schauspiel, das die Bestie bot, keineswegs voraussehen, noch konnten wir den Nebel vorhersagen, der es dem Untier möglich machte, ohne Vorwarnung über uns zu kommen. Wir haben unseren Erfolg um einen Preis errungen, den sowohl der Spezialist als auch Dr. Mortimer als vorübergehend bezeichnen. Eine lange Reise mag unseren Freund in die Lage versetzen, sich nicht nur von seinen zerrütteten Nerven, sondern auch von seinen verletzten Gefühlen zu erholen. Seine Liebe zu der Dame war tief und aufrichtig, und für ihn ist der traurigste Teil dieser düsteren Angelegenheit, daß sie ihn getäuscht hat.

Es bleibt nur noch übrig, die Rolle, die Mrs. Stapleton in dieser Angelegenheit gespielt hat, zu beleuchten. Zweifellos hatte Stapleton einen Einfluß auf sie, der Angst oder Liebe oder vielleicht beides gewesen sein kann; schließlich sind diese beiden Gefühle keineswegs unvereinbar. Auf seinen Befehl hin willigte sie ein, als seine Schwester zu gelten, wenn er auch an die Grenzen seiner Macht über sie gestoßen ist, als er versucht hat, sie zur Mithilfe bei einem Mord anzustiften. Sie wollte Sir Henry warnen, soweit dies möglich war, ohne ihren Mann hineinzuziehen, und sie hat es mehrmals versucht. Stapleton selbst scheint der Eifersucht fähig gewesen zu sein, und als er sah, wie der Baronet seiner Frau den Hof machte, konnte er, obwohl es Teil seines Plans war, den leidenschaftlichen Ausbruch nicht unterdrücken, mit dem er das Spiel unterbrach, und dieser Ausbruch hat die hitzige Seele offenbart, die seine beherrschte Art so geschickt verbarg. Indem er die Innigkeit förderte, hat er dafür gesorgt, daß Sir Henry öfter nach Merripit House kam, damit er früher oder später die Gelegenheit erhielte, die er herbeisehnte. Am entscheidenden Tag hat sich seine Frau jedoch plötzlich gegen ihn aufgelehnt. Sie hatte etwas vom Tod des Sträflings erfahren und wußte, daß an dem Abend, an dem Sir Henry zum Dinner erwartet wurde, der Hund im Gartenhaus untergebracht war. Sie hat ihrem Mann das geplante Verbrechen vorgeworfen, und es folgte eine schreckliche Szene, während der er sie erstmals wissen ließ, daß sie eine Rivalin hatte. Im selben Augenblick verwandelte sich ihre Ergebenheit in bitteren Haß, und er begriff, daß sie ihn verraten würde. Deshalb hat er sie gefesselt, damit sie Sir Henry nicht warnen konnte, und sicher hat er gehofft, seine Frau zurückgewinnen und zu stillschweigender Hinnahme einer vollendeten Tatsache bewegen zu können, wenn erst der ganze Landstrich den Tod des Baronets dem Familienfluch zuschriebe, was man sicherlich getan hätte. Ich glaube aber, daß er sich da in jedem Fall verrechnet hat, und daß sein Schicksal auch ohne uns besiegelt gewesen wäre. Eine Frau spanischen Bluts verzeiht eine solche Beleidigung nicht so leicht. Und nun, mein lieber Watson, kann ich Ihnen, ohne meine Aufzeichnungen zu Hilfe zu nehmen, keine weiteren Einzelheiten über diesen merkwürdigen Fall mitteilen. Ich glaube nicht, daß ich etwas Wichtiges unerklärt gelassen habe.«

»Stapleton hat aber doch nicht annehmen können, daß er Sir Henry mit seinem Hundepopanz zu Tode erschrecken kann wie den alten Onkel.«

»Die Bestie war wild und halb verhungert. Wenn ihr Anblick das Opfer nicht zu Tode erschreckt, muß er doch jede denkbare Gegenwehr lähmen.«

»Das ist sicher richtig. Es bleibt aber ein Problem. Wenn Stapleton die Erbfolge angetreten hätte, wie hätte er die Tatsache erklären können, daß er, der Erbe, so nahe dem Besitztum unter einem anderen Namen gelebt hatte, ohne sich zu erkennen zu geben? Wie konnte er das Erbe fordern, ohne Verdacht und Nachforschungen auszulösen?«

»Das ist ein großes Problem, und ich fürchte, daß Sie zuviel verlangen, wenn Sie von mir eine Antwort erwarten. Meine Ermittlungen erstrecken sich auf Vergangenheit und Gegenwart, aber was ein Mensch in der Zukunft tun wird, das ist schwer zu beantworten. Mrs. Stapleton hat ihren Mann dreimal dieses Problem aufwerfen hören. Es gab drei Möglichkeiten. Er konnte nach Südamerika zurückfahren, von dort aus seine Erbansprüche anmelden, seine Identität von den dortigen englischen Behörden feststellen lassen und sich in den Besitz des Vermögens setzen, ohne überhaupt nach England zurückzukehren; oder er konnte während des kurzen Aufenthalts, der in London unabdingbar war, eine völlig unkenntliche Verkleidung wählen; er konnte aber auch einem Komplizen die nötigen Beweise und Papiere übergeben, ihn als Erben vorschieben und Anspruch auf einen Teil seines Einkommens anmelden. Nach dem, was wir von ihm wissen, können wir nicht daran zweifeln, daß er einen Ausweg aus diesem Problem gefunden hätte. Und nun, mein lieber Watson, haben wir einige Wochen schwerer Arbeit hinter uns, und ich finde, daß wir für einen Abend unsere Gedanken in angenehmere Kanäle lenken dürfen. Ich habe eine Loge für *Les Huguenots* reserviert. Haben Sie De Reszkes je gehört? Darf ich Sie dann bitten, in einer halben Stunde bereit zu sein? Wir können unterwegs bei Marcini eine Pause für ein kleines Nachtmahl einlegen.«

Editorische Notiz

Die vorliegende Neuübersetzung folgt den englischsprachigen Standardausgaben von *The Hound of the Baskervilles*, sie ist vollständig und wortgetreu; dies auch insofern, als der Titel erstmals die deutsche Behauptung (»Der Hund von Baskerville«) aufgibt, es handle sich bei Baskerville um einen Ortsnamen.

Eigentümlichkeiten englischer Institutionen (z. B. Coroner) oder geographische Begriffe (z. B. *tor*) wurden unverändert übernommen und finden sich, sofern nicht inzwischen im Deutschen eingebürgert oder als bekannt vorauszusetzen, in den Anmerkungen erläutert.

Einige Unstimmigkeiten, so z. B. Ausdehnung von und Entfernungsangaben in und um Dartmoor, wurden nicht korrigiert, da durch Richtigstellung Ablauf und Atmosphäre der Handlung beeinträchtigt würden. Weiterhin habe ich im Interesse der Gesamtwirkung des Buchs darauf verzichtet, die als Gespräche zwischen überaus gebildeten Viktorianern lesbaren hohen Dialoge herabzumindern, und nur dort, wo es mir unabdingbar schien, vorsichtig Anpassungen des Tempus an deutsche Gepflogenheiten (Perfekt statt Imperfekt) vorgenommen.

Anmerkungen

Seite 7

M.R.C.S., Member of the Royal College of Surgeons, hat kaum mehr Bedeutung als etwa: approbierter Arzt.

»Malaiischer Gesetzgeber«: wörtl. *Penang lawyer*, von *Penang* (malaiisch *Pinang* = Betelnuß), seit 1963 Teil Malaysias, Staat und Insel im NW der malaiischen Halbinsel; vormals britisch; und *lawyer*, engl. »Rechtskundiger, Anwalt«. Möglich ist auch Ableitung aus einem Provinzialismus, *lawyer* = langer Zweig/Ast eines Dorn- oder Brombeerbuschs. *Penang lawyer* ist ein Spazierstock mit Knauf, geschnitten aus dem Stamm einer auf der Insel Penang vorkommenden Palme (*Licuala acutifida*).

Seite 16
»Große Rebellion«: der englische Bürgerkrieg von 1642–1649 aus der Sicht der Royalisten; Edward Hyde, Earl of Clarendon (1609–1674), Politiker (zeitweilig Lordkanzler) und Historiker, verfaßte eine detailreiche, wiewohl voreingenommene *History of the Rebellion and Civil Wars in England*, 3 Bände, erschienen 1702–04.

Seite 24
»Coroner« (von lat. *corona*, Krone), ursprünglich den König vertretender Beamter, dessen Aufgabe es ist, bei Todesfällen, die durch Gewaltanwendung oder sonstwie verdächtige Umstände auffallen, mit Hilfe von Zeugenaussagen, Gutachten etc. sowie einer Jury von Geschworenen die Todesursache zu ermitteln und evtl. Verfahren zu beantragen.

Seite 43
Sir Arthur Conan Doyles (bzw. Sherlock Holmes') Feststellung, ein morgens früh aufgegebener Brief würde den Empfänger vor dem Frühstück erreicht haben, hat zweifellos für den Mitteleuropäer des Jahres 1984, der an verlorene Pakete gewöhnt ist sowie an Eilbriefe, die wochenlang zum Nachbarort unterwegs sind, den Ruch des überaus Phantastischen; da sich derartige Aussagen in der älteren Literatur häufiger finden und schon aus Pietät nicht sämtliche verstorbenen Autoren der Lüge geziehen werden können, ist hieraus zwingend abzuleiten, daß die Effektivität der europäischen Postdienste in dem Maß ihrer organisatorischen und technischen Fortentwicklung nachgelassen hat.

Seite 53
»Bilder der modernen belgischen Meister«: Was das für Bilder gewesen sein könnten, darüber gibt H. R. F. Keating in *Sherlock Holmes – The Man and his World* Auskunft: ›Karneval am Strand‹ und ›Der Teufel führt Christus in die Hölle‹ von James Ensor und ›Les Sataniques‹, ›Les monstres‹ und ›La buveuse d'Absinthe‹ von Félicien Rops. Die letzteren finden sich wieder in *Félicien Rops. Der weibliche Körper – der männliche Blick* von Friederike Hassauer und Peter Roos, Zürich 1984.

Seite 57
Einige Vergleichszahlen zum Wert von Sir Charles' Nachlaß liefert Sir Arthur Conan Doyle an anderen Stellen seiner Werke. 100 £ pro Jahr werden als durchschnittliches Einkommen eines Londoner Journalisten und als hohes Einkommen einer Gouvernante bezeichnet; Sherlock Holmes nennt ein Hotel, in dem man 8 Shilling für eine Übernachtung

ünd 8 Pence für ein Glas Sherry bezahlt, »eines der teuersten« in London. 1983/84 kostet ein nicht eben teures Hotel in London nicht 8 Shilling (= heute 40 Pence, zwei Fünftel eines Pfunds), sondern 25 £ und mehr. Man wird die für Sir Charles Baskervilles Nachlaß genannten Summen ruhig mit 100 multiplizieren können, um den heutigen DM-Wert zu ermitteln, der demnach bei etwa 100 Millionen DM läge.

Seite 70
cairn (von gälisch *carn*, Haufen), Steinhaufen, meist als Grab- oder Denkmal.
tor (gälisch *tur*, vermutl. aus lat. *turris*, Turm), schroffe, die Umgebung turmartig überragende Felsspitze.

Seite 132
écarté, frz. Kartenspiel für zwei Personen, bei dem jeder Spieler Karten ablegen (*écarter*) und dafür andere ziehen kann.

Seite 195
»Nord-Devon-Linie«, Eisenbahnlinie, die nördlich von Dartmoor verläuft; den Schilderungen nach erreichten Watson & Co. ihr dortiges Ziel jedoch mit der »Süd-Devon-Linie« von Süden her; Stapleton hingegen wollte auf keinen Fall gesehen werden.

G. H.